Beatrice Sonntag

Earthventure in Las Vegas

Abenteuerurlaub auf der Erde

Futureverse by Phantorion ist die Marke des Phantorion Verlags
für Science-Fiction.

Earthventure in Las Vegas
Abenteuerurlaub auf der Erde

1. Neuauflage, September 2025

Herausgeber & Verlag
Futureverse by Phantorion
Phantorion Verlag, Ludwigswinkel

Kontakt
contact@phantorion.de
www.phantorion.de

Satz: Frederike Struck,
WB Media & Commerce GmbH, Ludwigswinkel
Lektorat & Korrektorat: Tina Wieczorek
Coverdesign: Daniela Szegedi

Druck: Eisermann Media GmbH, Asendorf
Gedruckt in Deutschland

ISBN: 978-3-911884-05-1

www.myfutureverse.de

Über die Autorin

Beatrice Sonntag ist eine deutsche Autorin, Reisebloggerin und Diplom-Ingenieurin, die über 150 Länder bereist und ihre Erlebnisse in humorvollen Büchern festhält. Mit ihrer skurril-witzigen Earthventure-Reihe hat sie auch in der Science-Fiction Fuß gefasst.

Seit 2024 engagiert sie sich im Phantastik-Autoren-Netzwerk PAN e. V. und im Literarischen Stammtisch Saarbrücken. Ihre Mischung aus Weltoffenheit, Fantasie und feinem Humor macht sie zu einer markanten Stimme der deutschen Gegenwartsliteratur.

Beatrice Sonntag

Earthventure in Las Vegas

Abenteuerurlaub auf der Erde

FUTUREVERSE
by PHANTORION

Josh hatte ein stinknormales Leben. Im Wartezimmer seiner Zahnärztin hatte er einmal in einem Magazin gelesen, dass der 11. April 1954 der langweiligste Tag im 20. Jahrhundert gewesen sei. Wissenschaftler hatten dies durch die Analyse von 300 Millionen Daten zu historischen Ereignissen herausgefunden. Josh fühlte sich mit dem 11. April 1954 sehr verbunden.

1

Ulionk nippte an ihrem Zuckerschlumpen, der schon langsam kalt wurde. Sie ließ ihren Blick über das Feuilleton der Angrodan International News gleiten und las ein paar Abschnitte eines Reiseberichts über den Planeten Paphyrion Delta, auf dem sich die Bewohner der beiden größten Landmassen seit über sechzehn Generationen bekriegen.

»Genießen Sie blutige Schlachten zwischen den Kilonen und den Kilanen, die sich in Sachen Grausamkeit in nichts nachstehen. Aus sicherem Orbit können Sie auch das kleinste Detail hautnah miterleben, sehen die Äxte fliegen und hören das Kreischen der Kettensägen.«

Der Reisebericht ging nahtlos in eine Werbeanzeige für Reisen nach Paphyrion Delta über. Ulionk verzog die Mundwinkel und wunderte sich wieder einmal darüber, wie es so weit hatte kommen können, dass sich alle Bewohner des Planeten Paphyrion Delta nur einem Ziel verschrieben hatten: Der bestialischen Ermordung aller Lebewesen auf dem Kontinent, der jeweils nicht ihr eigener war. Eigenartig.

Ulionk hatte oft Langeweile, seit sie in den letzten Monaten immer mehr Bereiche ihres Jobs als Leiterin der intergalaktischen Raumfahrtbehörde von Angrodan an zwei ihrer Untergebenen delegiert hatte und schließlich in Rente gegangen war. Aber so langweilig, dass sie anderen Leuten die Köpfe einschlagen wollte, war ihr auch wieder nicht. Ein blutrünstiger Kampf war dennoch etwas, wobei sich Ulionk entspannen konnte. In dieser Frage war sie eine typische Angrodanerin. Sie war bereits mehrfach nach Paphyrion Delta gereist, um sich für ein paar Stunden ein unterhaltsames Gemetzel anzusehen. Aber durch die große Entfernung zum Geschehen auf dem Planeten wurde dieses Vergnügen irgendwann langweilig.

Vielleicht bin ich einfach zu alt für diesen Quatsch, dachte Ulionk.

Sie blickte wieder hinab auf ihr Datenpad und las eine Anzeige für Ferien in einem romantischen All-inclusive-Resort auf Beta Kerion Prime, wo riesige pinkfarbene Zitteraale am Abend das Meer in ein elektrisierendes Naturschauspiel verwandeln. Mit der Romantik war Ulionk durch. Ihr Eheleben war schon seit Jahren zu einer gleichförmigen Routine geworden, in der sie nur noch eine Nebenrolle spielte.

Da fiel Ulionks Blick auf eine Anzeige für etwas, das als »Abenteuerurlaub auf der Erde« angepriesen wurde.

»Tauchen Sie ein in das ursprüngliche und authentische Leben eines noch unbekannten, nahezu unberührten

Planeten, dessen Bewohner einen enormen Unterhaltungswert haben. Lassen Sie sich von einem echten und naturbelassenen Einheimischen in die Kultur der Erde einführen und erleben Sie einen unvergesslichen Kurzurlaub auf diesem abgelegenen und exotischen Planeten! Earthventure – Abenteuer in der Wildnis. Authentisch und ursprünglich. Rufen Sie uns gleich an!«, stand da zu lesen.

Ulionk blickte von ihrem Datenpad auf und richtete ihren Blick durch das große Fenster auf den Pool und den Garten. Naturbelassen. Das sprach Ulionk genau aus der Seele. Sie sehnte sich nach einer großen Reise mit viel Abwechslung. Sie wollte endlich mal wieder etwas erleben. Die letzte richtige Abenteuerreise, die sie unternommen hatte, war ihre Heldenreise kurz vor ihrer Hochzeit gewesen. Mit der tatkräftigen Unterstützung ihrer Mutter hatte sie auf Krapulon IV mit einem mächtigen Schwert gegen Riesenspinnen gekämpft und später die marinierten Spinnenbeine über einem Lagerfeuer gegrillt.

Es war furchterregend gewesen und schweißtreibend, genauso, wie eine Heldenreise für eine angehende Braut sein musste. Die Männer hatten ihr zu Füßen gelegen, denn Angrodaner hatten im Allgemeinen Ehrfurcht vor Frauen, die sich freiwillig einer wie auch immer gearteten Anstrengung stellten. Körperliche Betätigung war nur im Rahmen traditioneller Rituale gesellschaftlich akzeptiert. Die Neigung von außerangrodanischen Wesen, Wanderungen zu unternehmen oder Sport zu treiben, stieß bei Ulionk und ihren Artgenossen auf vollkommenes Unverständnis.

Deshalb hatte sie in ihren Jahren als berufstätige Ehefrau und Mutter stets bequeme Reisen unternommen. Gesichert mit einem Gehörschutz, Gewitterschnarcher beim Winterschlaf beobachten, an einem Kochkurs auf dem Planeten der Pestwanzen teilnehmen oder aus dem Raumschiff heraus einen blutigen Krieg beobachten – das waren typische Urlaubsreisen für Angrodaner. Ulionk war es leid. Sie wollte etwas Neues erleben.

Erde. Davon hatte sie noch nie gehört. In letzter Zeit war es auf Angrodan Mode geworden, für Planeten die Namen der Einheimischen zu nutzen. Bestimmt war es einer der kleinen Planeten in dieser neu entdeckten Galaxie, die bisher nicht vollständig kartografiert und daher auch noch nicht unter Schutz gestellt war. Erde. Das klang nach wilden Eingeborenen und Abenteuer.

Sie hatte während der vergangenen Jahre viele dieser Safaris unternommen, die in der Hydrion-Galaxie angeboten wurden. Ulionk hatte es genossen, den Lebewesen auf den einzelnen Planeten bei ihren täglichen Routinen zuzusehen, ihre religiösen Rituale zu verfolgen, Auseinandersetzungen mitzuerleben und ihnen mit etwas Glück sogar bei der Paarung zusehen zu können. Aber auf all diesen Planeten in der Hydrion-Galaxie durften Touristen schon seit Jahrzehnten nicht mehr aus den getarnten Shuttles aussteigen. Der echte Kontakt zu den Planetenbewohnern war nicht möglich.

Ulionk fasste den Entschluss, im Datenstrom mehr Informationen über die Erde zu suchen und sich bei Earthventure zu erkundigen. Sie berührte den Bildschirm ihres Datenpads mit dem kleinsten der sechs Finger ihrer rechten Hand, sodass die Anzeige von Earthventure gespeichert wurde.

In dem Moment öffnete sich die Tür der Veranda und Buklu, einer von Ulionks drei Ehemännern, betrat den Raum. Er grüßte höflich, aber knapp und ging schnurgerade auf den Schrank zu, in dem die Süßigkeiten aufbewahrt wurden. Als Buklu den Raum wieder verließ, um zurück zu Turklu und Guriglu zu gehen, lächelte er Ulionk etwas verlegen an.

Buklu hatte noch immer seinen fülligen Körper. Hätte Ulionk die Erde besser gekannt, dann wäre ihr sicher aufgefallen, dass Buklus Körperform am besten mit der eines ausgewachsenen Walrosses vergleichbar war. Ulionk fand ihn noch immer attraktiv, aber sie hatte sich längst daran gewöhnt, das fünfte Rad am Wagen zu sein. Sie war nach so vielen Jahren kaum noch enttäuscht darüber, dass ihre drei Ehemänner sich fast den ganzen Tag im Gartenhaus aufhielten, biranischen Poker spielten und Unmengen von Kuchen in sich hineinstopften. So war das wohl, wenn man schon lange verheiratet war. Dank Ulionks fast schon unverschämt hohem Gehalt als Chefin der intergalaktischen Raumfahrtbehörde von Angrodan ging es den vier Eheleuten finanziell und materiell sehr gut. Sie hatten ein schönes Haus, das kleine Poolhaus und den riesigen Pool, der stets mit kühlem blubberndem Schlamm gefüllt war. Sie besaßen mehrere Raumgleiter, sogar einen mit offenem Verdeck. Die sieben Kinder waren an guten Universitäten oder arbeiteten an ihren eigenen Karrieren.

Ulionk war so was von bereit, sich endlich wieder in ein Abenteuer zu stürzen. *Erde*, dachte sie erneut. Das klingt aufregend. Sie startete auf ihrem Datenpad eine Suche, um möglichst viele Informationen über diesen entlegenen Planeten zu bekommen.

»Die Erde gehört zu einer Gruppe von Planeten, die im siebzehnten Jahr des Schwanzlurches von dem Team um den Raumforscher Pubulliak III entdeckt wurden. Die Kartografierung der Erde hat bisher mangels Finanzierung der Forschung noch keine wesentlichen Fortschritte gemacht. Über die Bewohner der Erde ist bisher bekannt, dass sie sich auf einer unteren Entwicklungsstufe im Zeitalter der Verbrennungsmotoren befinden und einen primitiven Geldhandel betreiben. Dem Zeitalter der Kriege ist die Erde weitestgehend, aber nicht vollständig, entwachsen. Es sind sogar zögerliche Bemühungen zu erkennen, die fortgeschrittene Zerstörung des eigenen Planeten zu verlangsamen …«

Sehr interessant, dachte Ulionk und holte sich noch einen Zuckerschlumpen, bevor sie erneut die klobigen Füße hochlegte und weiterlas.

2

Odiklu legte den Schalter für den Autopiloten ein. Er flog in sicherer Entfernung über eine dieser ewig langen Ausfallstraßen der Stadt, welche die Erdenbewohner als Las Vegas bezeichneten. Er hatte diese Stadt aus mehreren Gründen für sein erfolgversprechendes neues Tourismusprojekt auserkoren. Zunächst einmal gab es in Las Vegas etwas, das die Bewohner Eiscreme nannten, und das bei Odiklu bereits bei seinem ersten unfreiwilligen Besuch auf der Erde einen bleibenden Eindruck hinterlassen hatte. Warum nicht das Geschäftliche mit dem Leckeren verbinden?

Zudem hatte sich herausgestellt, dass Las Vegas aus noch nicht geklärten Gründen extrem viele ungewöhnliche Erdenbewohner beherbergte. Die Stadt schien schräge Typen in lustigen Kostümen magisch anzuziehen, weshalb es in Las Vegas am leichtesten war, als Angrodaner unterzutauchen und dabei selbst dann nicht aufzufallen, wenn man sich üble Patzer leistete.

Odiklu dachte nicht weiter über die Gründe nach. Er hatte Las Vegas, die Erde und die Eiscreme als erster Angrodaner gefunden und das war tralliagastisch. Er konnte sein Glück nicht fassen und war fest entschlossen, die

Gelegenheit, endlich stinkreich zu werden, nicht ungenutzt zu lassen.

Über dem Zentrum von Las Vegas passte er die Geschwindigkeit seines in die Jahre gekommenen Raumgleiters den Fahrzeugen an, die auf dem langen, breiten und unglaublich bunten Boulevard entlangfuhren, welchen die Erdenbewohner liebevoll und manchmal nahezu ehrfürchtig den »Strip« nannten. Odiklu fühlte sich fast schon ein wenig zu Hause.

Nach langen Monaten der Recherche auf der Erde hatte Odiklu den perfekten Plan. Deshalb war er in diesem Moment auf der Suche nach einem passenden Gastgeber für seine ersten Touristen. Die Anzeigen in der Angrodan International News waren geschaltet und es war nur eine Frage der Zeit, bis sich eine wohlhabende Touristin oder vielleicht sogar eine ganze Familie für sein Angebot interessierte. Odiklu war fest entschlossen, diesmal erfolgreich zu sein und nichts dem Zufall zu überlassen. Nach einer Reihe von erfolglosen Unternehmungen – die Erdenbewohner würden es Schnapsideen nennen – war dies die geniale Businessstrategie, nach der er sein Leben lang gesucht hatte.

Odiklu parkte seinen Raumgleiter oberhalb eines gigantischen Parkplatzes, von denen Las Vegas mehr als genug hatte. Er ließ sich in einem unbeobachteten Moment hinab auf den Boden plumpsen und rieb sich das glücklicherweise gut gepolsterte Steißbein. Die Schwerkraft auf diesem Planeten war wirklich gewöhnungsbedürftig. Er strich sein Superman-Kostüm glatt und steuerte auf das Convention Center zu, in dem die Comic Con stattfand.

Diese ungewöhnliche Veranstaltung, deren Sinn er trotz umfassender Recherche und großer Bemühungen noch immer nicht vollständig begriffen hatte, war der perfekte Ort, um einen Gastgeber zu finden. Das hatten seine Studien eindeutig ergeben. Odiklu hatte eine Liste der Kriterien, die ein idealer Gastgeber erfüllen musste, und interessanterweise kamen alle Lebewesen, die diese Kriterien erfüllten, auf der Comic Con zusammen. Das sogenannte Internet hatte ihm zu der Erkenntnis verholfen, dass nur Nerds bereit waren, sich mit Außerirdischen einzulassen. Diese Nerds von den anderen Bewohnern der Erde zu unterscheiden, stellte sich als mühsam heraus. Sein erster Ansatz war es gewesen, auf gut Glück Menschen anzusprechen und ihnen Fragen zu stellen, welche ihre Tauglichkeit schnell beweisen oder widerlegen sollten.

»Guten Tag. Finden Sie Windows oder Linux besser?«, war ein Ansatz gewesen. »Guten Abend. Finden Sie, dass Leonard Nimoy oder Zachary Quinto der bessere Spock ist?«

Diese Herangehensweise hatte ihm in den meisten Fällen ratlose Blicke, in manchen Fällen langatmige Vorträge und einmal sogar eine Ohrfeige eingebracht. Er hatte auf diese Weise aber von einer sehr eleganten, wenn auch besorgniserregend dünnen jungen Dame in einem rosa Cocktailkleid den entscheidenden Hinweis erhalten: »Scheren Sie sich zum Teufel, Sie Nerd. Gehen Sie zurück zur Comic Con oder wo auch immer Sie hergekommen sind!« Er war dieser Dame noch immer dankbar.

Odiklu rieb sich die Hände und trat in das Gebäude ein. Vor ihm erstreckte sich ein heilloses Durcheinander von Menschen in Kostümen. Viele davon konnte er mittlerweile zuordnen. Odiklu wusste, wer Chewbacca war, er kannte die Star-Trek-Uniformen, einige Superhelden von Marvel und viele der Actionhelden aus den vergangenen 50 Erdenjahren. Odiklu hatte seine Hausaufgaben gemacht und viele Tage damit zugebracht, Flash Gordon, Kampfstern Galactica, die X-Akten, Superman, Raumschiff Enterprise, Babylon 5, Stargate, Star Wars und alle Comicverfilmungen von Hulk bis Batman zu sehen. Angrodanische Tage.

Nun war er davon überzeugt, dass nur ein sogenannter Nerd seinem Profil entsprach. Er hatte sogar herausgefunden, dass nicht alle Nerds es schätzten, als Nerd bezeichnet zu werden. Also benutzte er das N-Wort nicht mehr im direkten Kontakt mit seinen potenziellen Gastgebern, bis er sicher war, dass es akzeptiert wurde.

Odiklu fiel auf der Comic Con überhaupt nicht auf. Überdurchschnittlich viele Besucher hatten eine Figur, die leicht in Richtung Walross neigte. Sie alle trugen lustige Kostüme und stopften kiloweise zuckerhaltige Lebensmittel in sich hinein. Allein das machte sie sympathisch.

In den vergangenen Monaten hatte sich Odiklu mehrmals täglich mit Dr. Düklus Greenaway-Lotion eingerieben, welche seine angrodanische Hautfarbe, der der Menschen anpassen konnte. Das Produkt war jedoch noch nicht ganz ausgereift und so sahen Angrodaner, welche auf der Erde unterwegs waren, stets so aus, als hätten sie einen äußerst schmerzhaften Sonnenbrand. Immerhin war das Grün weg. Die Tatsache, dass Odiklu, wie alle Angrodaner, keine Haare, sondern grünliche Noppen am Kopf hatte, versteckte er mit Hilfe einer Perücke. Ihm war schnell klar geworden, dass Perücken auf der Erde alles andere als ungewöhnlich waren. Einer seiner ersten kleinen Fehler war es gewesen, sich eine dieser Perücken auszusuchen, wie sie Mozart oder Shakespeare zu einem festlichen Anlass getragen hätten. Darin hatten ihn sogar einige Leute in Las Vegas ausgelacht. Nun. Man lernt nie aus.

Schon nach wenigen Minuten konnte Odiklu einige potenzielle Businesspartner in der Menge ausmachen.

3

Nach mehreren Versuchen, mit verschiedenen Erdenbewohnern in Kontakt zu kommen, prüfte Odiklu noch einmal seinen Übersetzungsapparat, den er unauffällig wie einen Ohrring trug, sodass es einem unaufmerksamen Gesprächspartner nicht auffiel, dass die Stimme nicht direkt aus seinem Mund kam. Er trug zwar das in der bekannten Galaxie übliche Gehirnimplantat und konnte daher die Erdenbewohner einwandfrei verstehen, aber sie verstanden ihn nicht.

Der Übersetzer war die perfekte Lösung, denn Odiklu musste mit seinem Mund – oder besser gesagt, mit seiner Zunge – ohnehin etwas vorsichtig sein. Er konnte Dr. Düklus Greenaway-Lotion ja nicht auf seine grünliche Zunge auftragen. Das heißt, theoretisch hätte er das gekonnt, aber Dr. Düklus Greenaway-Lotion schmeckte einfach scheußlich.

An einem Stand, der Actionfiguren von Godzilla anbot, wagte Odiklu es erneut und sprach einen vollschlanken jungen Mann mit einem Ansatz von Halbglatze und Spiderman-T-Shirt an.

»Hey, gleichgesinnter Comicfan. Wie geht es dir?«, fragte Odiklu ungelenk. Innerhalb von sieben Sekunden baute sich in seinem Gesicht ein breites, aufrichtiges Angrodaner-Lächeln auf.

4

Josh war zunächst überrascht, dass gerade ihn jemand auf der Comic Con ansprach. Er war schon bereit, sich schüchtern abzuwenden und eine Ausrede zu finden, um nicht von dem fremden Herrn in ein Gespräch verwickelt zu werden. Als er jedoch sieben Sekunden lang dabei zusah, wie sich auf dem Gesicht des Fremden in lähmend langsamer Geschwindigkeit ein Lächeln aufbaute, konnte er nicht anders, als zurückzulächeln. Irgendetwas an dem Lächeln erschien Josh kurios, exotisch und gleichzeitig unheimlich komisch. Zudem roch der Mann nach Lakritze.

»Hey. Danke, gut. Wie geht es dir?«, lautete seine diplomatische und unverbindliche Antwort.

»Es geht mir hervorragend. Ich komme nicht von hier. Ich bin aber ganz begeistert von deiner Stadt. Wohnst du in Las Vegas?«, fragte Odiklu, wobei seine Aussprache von Las Vegas bewies, dass er kein Einheimischer, wahrscheinlich kein Amerikaner, war.

Josh fragte sich, ob der Mann wohl aus Europa kam. Angeblich gab es in Europa ja jede Menge Länder, in denen exotische Dialekte der amerikanischen Sprache gesprochen wurden. Außerdem hatte er Gerüchte gehört, dass auch in den Ländern, in denen offiziell kein Amerikanisch gesprochen wurde, den Kindern in den Schulen Amerikanisch beigebracht wurde. Vielleicht war der seltsame Herr ja Ukrainer, Norweger oder Libanese.

»Es muss traumhaft sein, in einer so aufregenden Stadt zu wohnen«, sagte Odiklu mit einem langsamen Augenaufschlag, den er irrtümlicherweise für besonders menschlich hielt.

»Ich wohne nicht weit von hier. Wenn man die Stadt erst mal kennt, ist sie gar nicht mehr so verrückt, wie sie auf den ersten Blick erscheint«, erklärte Josh. »Es gibt ganz normale Wohngebiete, abseits vom Strip.«

Für normale Wohngebiete interessierte sich Odiklu nur bedingt. Doch er würde sich das einmal ansehen müssen. Authentische Villen oder Wohnsilos. Möglicherweise war das auch wichtig für seine Kunden.

Dass der Fremde ihn fragte, welche Poster in seinem Zimmer hingen, wer sein liebster Marvel-Charakter sei und ob er Star Wars oder Star Trek lieber mochte, erschien Josh nicht abwegig. Immerhin waren sie hier auf der Comic Con. Die Frage, ob er Zucker esse, fand er hingegen etwas befremdlich. Wie weit ging der Gesundheitswahn der Europäer?

»Ich bin nicht auf Diät, wenn du das meinst«, erwiderte Josh.

Das hatte Odiklu nicht gemeint und er war sich auch nicht sicher, was eine Diät war. Das Konzept, weniger zu essen, um Gewicht zu verlieren, war auf Angrodan nicht bekannt. Also wechselte er das Thema.

»Darf ich dich auf einen unanständig großen Eisbecher einladen? Du kannst mich übrigens Odi nennen.«

Josh konnte nicht ablehnen. Der Fremde weckte in ihm widersprüchliche Gefühle, und zwar Neugierde,

Faszination und verwirrender Weise das Bedürfnis, ihn vor der verrückten Welt von Las Vegas zu beschützen. Dabei war Josh nicht eben der fürsorgliche Typ. Er hatte als Kind mal einen Goldfisch besessen, der aber aus ungeklärten Gründen im Jugendalter verstorben war. Die gesamte Familie hatte im Namen des Tierwohls beschlossen, dass Josh keine weiteren Experimente in Sachen Tierhaltung mehr durchführen würde.

Was war es bloß, was dieser Europäer an sich hatte? Josh hatte die 40 Dollar, die er dabeigehabt hatte, ohnehin schon für zwei Comics und einen Hotdog ausgegeben, weshalb er die Einladung des Fremden annahm. Er hatte nichts zu verlieren.

5

Wenig später saßen Odiklu und Josh in einem Eiscafé am Las Vegas Strip, von wo aus sie einen guten Blick auf die vorbeiströmenden Passanten hatten. Es war die übliche Mischung an gebräunten Urlaubern, Rentnern, die in der Stadt der Sünde ihre Ersparnisse verjubelten und Verrückten, die sich in Las Vegas wohlfühlten, weil man hier weder mit einem gigantischen Senffleck auf dem Armani-Anzug, noch im Einhornkostüm, noch in einem knappen Badeanzug auffiel. Jeder, der auch nur zehn Dollar verprassen wollte, war in der Wüstenstadt willkommen.

Mit einem verstohlenen Blick auf Odiklus Gesicht hatte Josh vorgeschlagen, sich in den Schatten zu setzen, woraufhin Odiklu erwiderte: »Ich sitze sehr gerne in der Sonne.« Josh wollte seinem neuen Freund natürlich nicht den Spaß verderben. Was in Vegas passiert, bleibt in Vegas. Das war ein altes Sprichwort, das zwar streng genommen auf Sonnenbrände nicht zutraf, schon gar nicht auf Sonnenbrände von diesem Ausmaß, aber das sollte nicht Joshs Sorge sein.

Die beiden löffelten ihre unerhört großen Eisbecher und ließen sich die Sonne auf die dicken Bäuche scheinen. Aus einem nicht rational erklärbaren Grund fühlte sich Josh in Odiklus Gegenwart gleichzeitig wohl und unwohl. Sie sprachen über das Wetter, über die verschiedenen Spiderman-Darsteller der vergangenen Jahrzehnte und über Eiscreme. Mit letzterem schien sich Odiklu geradezu beängstigend gut auszukennen. Offenbar hatte er absolut jedes Etablissement in Las Vegas aufgesucht, das auch nur im Entferntesten etwas anbot, das wie Eiscreme aussah oder schmeckte. *Hut ab*, dachte Josh. Gleichzeitig hegte er eine geradezu innige Abneigung gegen Frozen Joghurt. Der Mann steckte voller Widersprüche.

Zu Joshs großem Erstaunen bestellte sich Odiklu einen zweiten Familieneisbecher, während Josh vorsichtig den obersten Knopf seiner Hose öffnete und erst mal pausierte. Mit einer Mischung aus Hochachtung und Entsetzen beobachtete Josh, wie Odiklu auch noch einen dritten Familienbecher verputzte.

Erst zwei Stunden später konnte Josh wieder langsam an Nahrungsaufnahme denken. Odiklu rieb sich die Hände und sprang sofort auf, als Josh ihm vorschlug, in eine Bar zu wechseln. Da sie in Las Vegas waren, mussten sie nicht lange suchen. Sie nahmen in der Sportsbar des The LINQ Hotel und Casinos auf gepolsterten Hockern Platz und bestellten Nacho-Chips mit Käse. Josh bat um ein Glas Wasser. Die Bestellung kam schnell.

»Schmeckt es dir?«, fragte Josh, der den Eindruck hatte, dass Odi gerade zum ersten Mal in seinem Leben Nacho-Chips mit Käse aß. Wie war das möglich? War Europa so unterentwickelt, dass es dort keine Nacho-Chips gab?

Odiklu blieb diplomatisch.

»Interessant«, sagte er. »Gibt es das auch mit etwas mehr Zucker? Oder besser noch mit viel mehr Zucker?«

Bald darauf standen ein Stück Schokoladenkuchen, ein Donut und ein Root-beer-float auf dem Tisch. Odiklu fiel geradezu über die Süßspeisen her, als sei er vollkommen ausgehungert. Er kaute etwas zu laut und wirkte wie ein Kind, dessen Eltern ausgegangen waren und das endlich einmal essen konnte, was es wollte.

»Möchtest du Alkohol zu dir nehmen?«, fragte er Josh, dem diese Frage in so direkter Art bisher selten gestellt worden war.

»Klar. Wie wäre es mit Margaritas?«

Da sein neuer Freund die Spendierhosen anzuhaben schien, konnte Josh es sicher wagen, etwas Teures zu bestellen.

»Da ist viel Zucker drin«, fügte er hoffnungsvoll hinzu.

Odiklu zahlte mit größter Selbstverständlichkeit für alle Drinks und gab der Kellnerin jeweils ein fast obszönes Trinkgeld. Vier Margaritas später wagte sich Odiklu thematisch auf gefährlicheres Terrain.

»Glaubst du an Außerplanetarische?«, fragte er und senkte dabei ein wenig die Stimme.

Josh hatte mittlerweile Mühe, alle seine Gedanken unter Kontrolle zu halten und den Gesetzen der Grammatik zu folgen. Er war ganz offensichtlich ordentlich angetrunken, weil er hochprozentigen Alkohol nicht gewohnt war.

»Du meist Außerirdische?«

Odiklu nickte. »In deinem Fall ja.«

»Ja«, gestand Josh mit ernster Miene und etwas langsamer, als es seiner üblichen Sprechgeschwindigkeit entsprach.

Auf Odiklus krebsrotem Gesicht breitete sich erneut wie in Zeitlupe ein besonders breites Lächeln aus.

Dieser Mann war einfach nur kurios. Alles an ihm wirkte falsch. Die Ohren, die Haare, die Hautfarbe, die Körperform war ungewöhnlich und selbst seine Stimme war manchmal fast blechern.

Odiklu spürte die Wirkung des Alkohols ebenfalls. Neben dem unangenehmen Bedürfnis, Darmgase abzulassen, hatte sich eine enthemmende Leichtigkeit in seinem Gehirn breit gemacht. Faszinierendes Zeug, diese Margaritas. Nicht so gut wie Eiscreme, aber auf andere Weise durchaus erwähnenswert. Er wartete jedoch noch eine weitere Margarita ab, bis er seinem neuen Freund seine ganze Geschichte erzählte.

»Weißt du, Josh. Ich komme nicht von hier«, setzte er einleitend an.

»Das habe ich mir schon gedacht.« Josh musste sich konzentrieren, um das Margaritaglas zum Mund zu führen, ohne etwas zu verschütten.

»Also ich meine, überhaupt nicht von hier. Ich komme nicht einmal aus derselben Galaxie.«

Josh drehte langsam den Kopf und starrte Odiklu direkt in die Augen. Gerade in dem Moment nahm Josh erneut den Geruch wahr, der von seinem Trinkgefährten ausging und der ihn an Lakritze erinnerte.

»Was?« Zu einer schlagfertigeren Antwort war er alkoholbedingt nicht mehr in der Lage.

»Ich komme vom Planeten Angrodan.«

Josh fiel keine passende Erwiderung ein.

»Nein«, sagte er deshalb.

»Doch. Es ist wahr.«

Odiklu vergewisserte sich, dass die übereifrige Kellnerin, die wegen des üppigen Trinkgeldes stets um den Tisch herumschlich, nicht in Hör- oder Sichtweite war. Dann zog er das Oberteil seines Superman-Kostüms leicht nach oben und präsentierte Josh seinen mattgrünen, faltigen Bauch.

Josh schüttelte verwirrt den Kopf und bemerkte nicht, wie seine Kinnlade langsam nach unten klappte. Er musste sich stark konzentrieren. Ein Glas zu halten, aufrecht zu sitzen, über die Existenz von Außerirdischen informiert zu werden und dazu auch noch den Mund geschlossen zu halten, war schlichtweg zu viel verlangt.

Fast eine Minute lang herrschte angespanntes Schweigen. Dann hielt Odiklu Josh seine rechte Hand hin, damit dieser seine Finger zählen konnte. Josh zählte dreimal nach, kam aber immer auf sechs. An der linken Hand ebenso.

Das könnte natürlich eine Missbildung sein. Darüber machte man keine Scherze. Josh schwieg und starrte weiter, während er versuchte, seine in Alkoholschwaden gefangenen Gedanken zu ordnen. Odiklu befürchtete bereits, dass er seinen neuen Freund vielleicht intellektuell überfordert oder gar psychologisch beschädigt haben könnte. Da kam ihm eine Idee und er führte Josh seinen Übersetzer vor.

»Hier, schau mal. Du kannst ihn einstellen, wie du willst. Ich habe bisher nur Las Vegas, K-Pop und die Sprache der Reinigungskräfte im Caesar's Palace einprogrammiert. Aber ich kann im Grunde jede Sprache damit übersetzen. Es braucht nur etwas Zeit.«

Zum Beweis bewegte Odiklu einen winzigen Schalter und schon sprach er Koreanisch und dann Spanisch. Er schaltete wieder auf Englisch um.

»Toll, nicht wahr? Solange das Gerät mit den Gehirnwellen gekoppelt ist und keine Patyrion-Strahlung Interferenzen erzeugt, übersetzt es tadellos!«

Langsam wurde Josh bewusst, dass er die ganze Zeit schon das Gefühl gehabt hatte, dass irgendetwas an der Stimme seines Freundes Odi ungewöhnlich gewesen war. Er hatte es für einen europäischen Akzent gehalten.

Verstohlen befestigte Odiklu den Übersetzungsapparat wieder an seinem Ohr, als die Kellnerin sich mit unterwürfigem Lächeln näherte.

»Noch zwei Margaritas, die Herren?«

»Gerne«, erwiderte Odiklu.

»Wie wäre es mit Tequila?«, fragte Josh, dem der Sinn nach etwas Stärkerem stand.

»Tequila kannnn mannnn mit Zucker mmmmischen«, ergänzte er.

Odiklu war nun überzeugt davon, den richtigen Erdenbewohner gefunden zu haben. Josh war nicht schreiend oder schimpfend davongelaufen und hatte ihn nicht geohrfeigt oder ausgelacht. Er war nicht in Ohnmacht gefallen und hatte auf Anhieb die Bedeutung von Zucker erkannt. Josh war ganz offensichtlich ein belastbares, vernünftiges, visionäres Exemplar von der Erde, das eine Businessgelegenheit erkannte und das seine unternehmerischen Fähigkeiten auszuschöpfen wusste. Die Comic Con war einfach der richtige Ort, um tüchtige Geschäftsleute zu finden.

Perfekt, dachte Odiklu. Und dann erklärte er seinem neuen Geschäftspartner sein Businessmodell in allen Details.

»Ich werde auf Angrodan Touren zur Erde anbieten. Ganz exklusive Reisen, vielleicht eine Woche lang, vielleicht ein wenig länger«, fing er an zu erzählen.

»Du musst wissen, dass die Tage auf Angrodan ziemlich genau doppelt so lang sind wie auf der Erde. Deine Gäste werden also etwa 24 Stunden lang wach sein und dann einen gesamten Erdentag verschlafen.«

Josh blickte auf.

»Mmmeine Gäste?«, vergewisserte er sich.

»Ja. Du bist der Gastgeber hier auf der Erde. Du bist der Fremdenführer und du …«

»Mmmmeine Gäste, sssagst du?« wiederholte Josh, während sein vernebeltes Gehirn ganz langsam begriff, was sein neuer Freund von ihm wollte.

»Selbstverständlich wirst du dabei eine Menge Geld verdienen. Es ist wie Bed and Breakfast, nur besser«, ergänzte Odiklu, der Joshs Zögern falsch gedeutet hatte. Er sah sich bereits in der Verhandlungsphase, während Joshs Gedanken noch immer um die Verarbeitung der Tatsache schwebten, dass er gerade mit einem Wesen von einem fremden Planeten fünf oder sechs Margaritas getrunken hatte. Vielleicht auch sieben. Diese Frage konnte im Moment nicht abschließend geklärt werden, aber sein Gehirn klammerte sich daran, weil diese konkrete Frage so viel Normalität in sich barg.

Auf jeden Fall war Odi ein Alien. Oder ein Schwindler. Aber ein grüner Schwindler, der perfekt Koreanisch und Spanisch konnte und zwölf Finger hatte. Wie hoch war wohl die Wahrscheinlichkeit, dass jemand mit zwei missgebildeten Händen Spanisch und Koreanisch konnte und einen grünen, runzligen Bauch hatte? Das war auch eine gute Frage.

»Ich kann dir für jeden Gast, der zu dir kommt, 100.000 von diesen Dollars geben, mit denen man auch Margaritas kaufen kann«, beteuerte Odiklu.

»100.000 Dollar?«, staunte Josh, dem wieder die Kontrolle über seine Kinnlade abhandenkam.

»Meinetwegen 300.000«, beeilte sich Odiklu zu sagen.

»Dreihunderttaussssend Dollar?«, lallte Josh und verspürte kurz das Bedürfnis, seine Augen ganz fest zu reiben.

»Also gut. 500.000«, Odiklu streckte Josh seine krebsrote Hand entgegen, wobei der Ärmel seines Superman-Shirts etwas verrutschte und die grünliche Haut seines Armes zum Vorschein kam. Er hatte gesehen, dass sich Menschen die Hände reichten, wenn sie ein Geschäft abschlossen.

Josh starrte auf den grünlichen Arm, ergriff dann aber zögerlich die außerirdische Hand.

»500.000 also!«

»Ich fasse es nicht.« Josh schüttelte die Hand und gleichzeitig ganz langsam den Kopf, was ihm nicht gut bekam.

Nun war Odiklu nicht mehr zu bremsen und er erzählte Josh von seiner ersten Werbekampagne, die gerade in der Angrodan International News erschien und sicherlich schon Wirkung zeigte.

»Wahrscheinlich wollen die meisten ein Aquarium besuchen und Delfine, Haie und andere große Fische sehen. Durchsichtiges Wasser. So was gibt es auf Angrodan nicht. Alle Ozeane bestehen aus Schlamm. Falls es da Fische gibt, dann hat sie auf jeden Fall noch keiner gesehen. Vielleicht wollen sie auch mit einer Achterbahn fahren oder sich ein Baseballspiel ansehen. Ich hatte an einen Hundekampf gedacht oder einen Boxkampf zwischen Menschen, denn die Angrodaner lieben blutige Aktivitäten.«

Odiklu war kaum zu bremsen.

»Blutig, aha« wiederholte Josh leise.

»Blutig, aber nicht physisch anstrengend. Also blutig für alle anderen.«

»Blut und Zucker«, lallte Josh, als mache er sich gedanklich stichpunktartige Notizen.

»Genau. Mit am wichtigsten ist der kulinarische Aspekt. Zucker. Eiscreme. Kuchen. Und diese Donuts sollten unbedingt auch dabei sein. Am besten sehr viele davon.«

»Zucker« wiederholte Josh. »Kein Problem.«

Seine Gedanken waren erstaunlich langsam. Aber sie reiften heran: Es gibt Außerirdische. Und sie wollen Zucker.

6

Am kommenden Morgen wachte Josh in seiner Zweizimmerwohnung in Huntridge auf. Vorsichtig drehte er den Kopf und stellte fest, dass er einen ordentlichen Kater hatte. Er erinnerte sich nicht daran, wie er nach Hause gekommen war.

Meine Güte, ich war wohl ziemlich blau, dachte er. Der Geschmack in seinem Mund verhieß nichts Gutes, ließ aber auch keine eindeutigen Schlüsse zu.

Während er an die Wand seines kleinen Schlafzimmers starrte, an der sein Poster von Akte X hing, stach ihm der Satz »I want to believe« ins Auge. Häppchenweise kehrte seine Erinnerung zurück. Aliens. Margaritas. Grüne Haut. Mehr Margaritas. Übermenschlich viel Eiscreme. Urlaub auf der Erde. 500.000 Dollar. Zucker. Odi.

Langsam reihten sich die meisten Ereignisse des vergangenen Abends wieder aneinander. Nicht ganz lückenlos, aber doch ausreichend, um Josh erneut ins Grübeln zu versetzen. Das alles war so verrückt, dass es sich eigentlich nicht um einen Traum handeln konnte. So viel Fantasie hatte Josh einfach nicht. Er war schließlich ein einfacher Angestellter mit einem ziemlich kläglichen Job bei Walmart und damit nicht einmal übermäßig unzufrieden.

Josh beschloss, seine Zähne zu putzen. Einerseits weil er den schlechten Geschmack in seinem Mund loswerden wollte und andererseits, weil ihm eine so normale Tätigkeit sicher guttun würde. Er trottete ins Bad, spritzte sich Wasser ins Gesicht und drückte etwas blaue Paste aus der Zahnpastatube. Kreisende Bewegungen. Alles ist ganz normal.

Leider machte schon nach wenigen Sekunden ein rötliches Gesicht, das im Türrahmen erschien und seinem Spiegelbild ein sehr langsam immer breiter werdendes Lächeln zuwarf, Joshs Morgenidylle zunichte.

»Guten Morgen«, klang es aus Odiklus Übersetzer. Josh musste sich bemühen, nicht den Schaum in seinem Mund oder gar die gesamte Zahnbürste zu verschlucken. Er hustete und warf Odiklu einen Was-zur-Hölle-Blick zu. Privatsphäre im Badezimmer musste es doch auch auf Odis Planeten geben. Wenn nicht, stand ihm eine äußerst peinliche Zeit mit seinem neuen Freund bevor.

»Alles klar. Ich warte auf dich im Wohnzimmer. Ich habe Frühstück gemacht«, sagte Odiklu und schloss vorsichtig die Badezimmertür.

Alles klar? Nichts hätte die Situation schlechter beschreiben können. Josh war fast wütend auf den Außerirdischen, weil er ihn so aus dem Konzept gebracht hatte. Dabei hatte er eigentlich sein Leben lang davon geträumt, einmal einem Wesen von einem anderen Stern zu begegnen. Nur hatte er sich diese immer hochintelligent, elegant und irgendwie erhaben vorgestellt. Nicht grün, orange oder sonnenbrandrot, mit fetten Leibern und einer Vorliebe für Süßigkeiten. Das war ganz und gar nicht erhaben. Nicht einmal cool. Die sechs Finger pro Hand waren allerdings nicht schlecht. Und die Tatsache, dass

Odi offenbar mit Geld um sich warf, fand Josh auch auf Anhieb sympathisch.

Etwas versöhnt spülte er also seinen Mund aus, trug großzügig Deo auf, wischte mit einem fast sauberen Handtuch durch sein Gesicht und wappnete sich für die neuerliche Begegnung der dritten Art in seinem eigenen Wohnzimmer.

Odiklu hatte zielsicher alle Lebensmittel in der Küche zusammengetragen, in denen größere Mengen an Zucker enthalten waren, und war dabei, diese zu verspeisen. Die Familienpackung bunter Frühstückszerealien war schon fast leer, als Josh sich zu ihm auf die Couch setzte.

»Du bist also wirklich ein Außerirdischer«, begann er unbeholfen das Gespräch.

»Ich dachte, das hätten wir gestern schon abschließend geklärt«, sagte Odiklu fast vorwurfsvoll. Seine gute Laune war allerdings nicht zu bremsen. Er löffelte Froot Loops aus einer Schale mit Cola und aß dazu Pop-Tarts mit Geburtstagskuchenfüllung.

»Könntest du es mir irgendwie beweisen? Also nicht nur mit deinem hochmodernen Übersetzer und einem grünen Bauch und sechs Fingern. Ich meine einen richtigen Beweis. Etwas, das Hollywood nicht kann.«

Odiklu dachte nach. Er war noch nie dazu aufgefordert worden, zu beweisen, dass er nicht von der Erde stammte. Niemand hätte ihn jemals für einen Erdling gehalten. Zumindest nicht zu Hause. Allerdings konnte er auch Joshs Blickwinkel verstehen.

»Wie wäre es, wenn ich dir die Blutarie vorsinge? Die kennen auf Angrodan alle.«

Josh schüttelte den Kopf.

»Und woher soll ich wissen, was die Blutarie ist?«

»Auch wieder wahr.«

»Wir könnten ein Röntgenbild machen lassen. So was gibt es doch hier? Dann könntest du die feinen Unterschiede im Skelett erkennen«, war Odiklus zweiter Vorschlag. »Ich bin mir sicher, dass Angrodaner einige Knochen haben, die Menschen nicht haben. Vielleicht auch umgekehrt.«

»Um Himmels willen. Wir können doch nicht in ein Krankenhaus gehen!«, rief Josh.

»Würde dich vielleicht eine kleine Tour in meinem Raumgleiter überzeugen? Solche habt Ihr hier doch nicht.«

Das musste Odiklu nicht zweimal sagen. Josh sprang auf und vergaß dabei beinahe seine katerbedingte Übelkeit.

»Das ist perfekt! Lass uns gehen.«

Odiklu packte ein paar Süßigkeiten zusammen, richtete seine Perücke und dann verließen die beiden zusammen das Haus. Der Raumgleiter war hinter dem Gebäude geparkt, in dem der Walmart untergebracht war, in dem Josh arbeitete. Zwischen der Anlieferzone und den angrenzenden Wohnhäusern gab es eine Reihe kläglicher Bäume, aber irgendwie hatte es Odiklu geschafft, den Gleiter so zwischen den kümmerlichen Baumkronen einzuparken, dass ihn jemand, der vorbeischlenderte, nicht sah. Vielleicht halfen dabei auch die Tatsache, dass in Las Vegas bis auf europäische Touristen so gut wie niemand zu Fuß ging und niemand auf diesem Planeten damit rechnete, zwischen Baumkronen einen Raumgleiter vorzufinden. Die meisten Menschen neigten dazu, Dinge, die es nicht geben sollte, auch nicht zu sehen. Dieses Prinzip hatte schon Douglas Adams erkannt und in einer seiner genialen Science-Fiction-Geschichten beschrieben.

Josh erblickte das Gefährt auch erst, als sie schon direkt darunter standen.

»Boah«, war alles, was er artikulieren konnte.

»Er ist nicht groß. Aber es ist meiner.«

Odiklu holte ein kleines ovales Gerät aus der Tasche, das ergonomisch perfekt in seine sechsfingrige Hand passte. Er bewegte sanft die Finger und schon glitt das Gefährt lautlos nach unten. Entsetzt schaute sich Josh um.

»Um Himmels willen, sei vorsichtig! Wenn uns jemand sieht!«

»Du wolltest doch unbedingt einen Beweis haben.«

Blitzschnell öffnete sich eine Luke und Odiklu schob den staunenden Josh vor sich in den Raumgleiter hinein.

Das Gefährt war innen viel geräumiger, als es von außen den Anschein gehabt hatte.

»Boah«, wiederholte Josh und kam sich dabei dämlich vor.

Noch während er langsam auf einem unheimlich bequemen Sessel Platz nahm, ertönte ein leises Summen.

»Schnall dich an«, riet ihm Odiklu.

Josh war aber mit dieser Aufforderung offensichtlich überfordert. Also lehnte sich Odiklu zu ihm herüber und berührte einen gelben Knopf. Ein Gurt schloss sich mit einem sanften Klicken über Joshs Bauch.

Das Material des Gurtes fühlte sich gleichzeitig stark und weich an, sogar sehr weich. Etwa so wie Aspik. Josh strich über die Armlehne seines Stuhls. Er schaute auf die spärlichen Armaturen und war fast enttäuscht. Es gab nicht mehr Knöpfe als an einem herkömmlichen Spielzeugauto. Ein paar Anzeigen leuchteten in beruhigendem Grün.

»Okay. Es kann losgehen«, sagte Josh.

»Wir sind schon längst unterwegs. Schau doch mal raus. Da ist euer Grand Canyon. Hübsch, nicht wahr?«

Tatsächlich hatten sie in weniger als einer Minute wohl über 120 Meilen zurückgelegt.

»Nicht schlecht, was? Mein Raumgleiter ist zwar nicht mehr der Neueste, aber der Smoothomat sorgt noch immer dafür, dass man die Beschleunigung fast nicht bemerkt.«

Josh konnte deutlich die Umrisse des Grand Canyons unter sich erkennen. Das Fenster des Gleiters war klein, aber die Sicht war gut.

»Boah«, wiederholte Josh.

Sie setzten auf einem schmalen Felsen, der sich mitten im Grand Canyon erhob, auf. Es war genau die Stelle, wo auch Ausflugshubschrauber für gut betuchte Touristen landeten. Mit zittrigen Knien stieg Josh aus dem Gleiter und setzte vorsichtig einen Fuß auf den Felsen, so als bestünde die Möglichkeit, der gesamte Grand Canyon könnte sich doch noch als Illusion herausstellen.

Josh kniete nieder und berührte den Boden. Es war Fels. Da wuchs ein kleiner Busch. Ein paar Meter entfernt ging es steil hinab in den Canyon. Die Aussicht war grandios. Für ein paar Sekunden konnte sich Josh auf die wunderschöne Landschaft konzentrieren und die Natur genießen. Dann fiel sein Blick wieder auf Odiklu. Dieser stand neben seinem Raumgleiter und grinste Josh an.

»Schön hier«, sagte Odiklu.

»Okay. Ich glaube dir.« Josh ergab sich.

Sie drehten noch eine kleine Runde über dem mehr als 600 Meilen weiter nördlich gelegenen Yellowstone National Park und über dem Monument Valley 120 Meilen westlich vom Grand Canyon, einfach, weil es ein so schöner Tag war. Sie hielten kurz in Dallas an, wo Odiklu ein hervorragendes Eiscafé kannte und wo er sieben Familienbecher verdrückte. Als die beiden etwas später wieder in Joshs kleinem Apartment in Huntridge saßen, fühlte sich Josh wie hypnotisiert. Er konnte nicht aufhören, »Boah« zu sagen, was ihm selbst ein wenig auf die Nerven ging.

»Du kennst nicht zufällig ein außerirdisches Wundermittel gegen Kater?«, fragte er hoffnungsvoll.

»Es tut mir leid, aber ich kenne mich mit der menschlichen Physiologie nicht gut genug aus. Eigentlich überhaupt nicht«, gestand der Angrodaner.

»Ja, natürlich. Wie lange bist du schon hier?«

»Vielleicht vier von euren Monaten«, schätzte Odiklu. »Aber mittlerweile komme ich echt gut klar und ich denke, wir sind bereit für den ersten Touristen. Es ist einfach das perfekte Timing, und ein Glücksgriff, dass ich dich gefunden habe. Ich habe eben eine vielversprechende Anfrage von einer Kundin auf meinem Datenpad erhalten. Die werde ich noch heute zurückrufen und mit ihr alles vereinbaren. Das wird der Knaller!«

Odiklus dünne Finger trommelten auf seinen rundlichen Knien. Es wirkte fast so, als wolle er aufspringen und tanzen. Er tat es nicht. Natürlich nicht. Josh konnte ja nicht wissen, dass Angrodaner nur in Extremsituationen und unter lebensbedrohlichen oder kulturell bedingten Umständen tanzten.

»Ich habe noch ein paar Fragen zu unserem Arrangement«, begann Josh vorsichtig. Er wollte unbedingt noch einmal auf die 500.000 Dollar zurückkommen. Aber das war nicht das Einzige, was ihm Sorgen bereitete.

»Also, deine Touristin wird auch so ein Übersetzungsgerät haben?«

»Klar.«

»Und sie wird eine oder zwei Wochen hierbleiben und dabei jeden zweiten Tag schlafen?«

»Genau.«

»Und wird sie ein rotes oder ein grünes Gesicht haben?«

»Ehm. Nicht grün. Es wird fast so aussehen wie deins. Fast genauso. Also so wie meines. Ich behandle es mit Dr. Düklus Greenaway-Lotion, die es menschlich aussehen lässt.« Odiklu schien etwas eingeschnappt, weil Josh seine Gesichtsfarbe offenbar nicht für authentisch hielt.

»Das ist vollkommen in Ordnung«, beeilte sich Josh zu versichern. »Viele Leute haben einen Hauch von Rot in ihrer Hautfarbe. Das ist absolut okay.«

Josh griff nach einem Glas und goss sich Wasser aus einer Flasche ein, die neben der Couch stand. An Frühstücksflocken oder gar Pop-Tarts hätte sein lädierter Magen im Moment sicher keine Freude. Es waren ohnehin nur noch Krümel übrig.

»Und was muss ich mit der Dame dann machen, wenn sie hier ist?«

»Eine gute Frage«, begann Odiklu.

»Ich weiß es allerdings auch noch nicht ganz genau. Ich werde ihr verschiedene Aktivitäten vorschlagen und dann kann sie sich was aussuchen. Irgendwas hier in der Nähe. Mit deinem Auto. Authentisch halt. Las Vegas. Du weißt schon.«

»Wie das Aquarium?«, fragte Josh.

»Ja. Das im Mandalay Bay Casino ist schon ausreichend. Hauptsache durchsichtiges Wasser. Und Fische.«

»Und Sport?«

»Ach, du grüner Krebsfalter! Kein Sport!«

»Du hast doch von Boxkämpfen gesprochen, da dachte ich …«, stammelte Josh.

»Ach so. Passiver Sport. Ja, vielleicht ein Eishockeyspiel oder auch ein Boxkampf. Ich habe dir ja erzählt, dass die

Angrodaner auf Kämpfe stehen. Ein bisschen Blut ist nicht verkehrt. Das ist bei uns Tradition.«

»Hmmm. Und wo soll die Touristin übernachten?«

»Na hier. Auf diesem Sofa. Es ist perfekt. So authentisch. Und auch gemütlich.«

Josh war wieder sprachlos. Er war kein Fremdenführer und fühlte sich in dieser Rolle noch nicht wohl. Eine reiche Touristin von einem anderen Stern auf seinem Sofa? Das klang falsch.

»Aber wäre es nicht besser, sie würde in einem von den teuren Casino-Hotels am Strip übernachten? Da gibt es alles, was sie braucht. Zimmerservice und so.«

Odiklu dachte kurz nach.

»Nein. Das ist nicht authentisch. Es geht ja darum, das Leben der Erdenbewohner ganz hautnah mitzuerleben.«

»Wie du meinst. Hoffentlich ist sie nicht enttäuscht.«

»So ein Unsinn. Sie wird begeistert sein. Ich komme die Tage wieder vorbei und wir besprechen das Programm, okay?«

Odiklu hievte seinen massigen Leib vom Sofa hoch, schüttete sich schnell noch die restlichen Froot Loops aus der Schachtel in den Rachen, zog sein Superman-Oberteil wieder über den grünen Bauch und rückte seine Perücke zurecht.

»Du bist ein echter Freund, Josh«, sagte er mit einem fast liebevollen Unterton in der Stimme seines Übersetzers.

»Ach, ja.« Odiklu drehte sich noch einmal um, als er schon auf halbem Weg zur Tür war.

»Wenn du Zeit hast, kannst du ja schon ein paar zuckerhaltige Lebensmittel einkaufen. Es wäre gut, wenn du einen großen Vorrat anlegst. Am besten mit viel Abwechslung.«

»Klar. Ich arbeite heute Nachmittag im Walmart. Da kann ich alles besorgen. Ich habe allerdings nur noch 30 Dollar übrig.«

»Ach, ja, selbstverständlich. Dollar.«

Odiklu stieß einen schnaubenden Laut aus, der wie eine Mischung aus einem Lachen und einem Schluckauf klang. Dann griff er in seine Hosentasche, machte einen Schritt auf Josh zu und streckte ihm ein Knäuel aus leicht zerknitterten Dollarscheinen entgegen.

»Spesen nennt man das. Richtig?« Er lächelte langsam und freundlich.

Josh stotterte ein Wort des Dankes und schon war Odiklu verschwunden. Noch Minuten nachdem die Tür ins Schloss gefallen war, starrte Josh auf die klebrigen Scheine in seinen Händen. Sie fühlten sich wie echtes Geld an. Es waren mindestens 800 Dollar. Davon konnte er eine Menge Zucker kaufen.

Er beschloss, zunächst aber ein kleines Nickerchen zu machen, erstens, weil er einen Kater hatte und in ein paar Stunden zur Arbeit musste und zweitens, weil er das Gefühl hatte, dass sich in seinem Gehirn ein schmerzhafter Knoten bilden könnte, wenn er jetzt zu angestrengt über Odiklu und seinen neuen Job als Fremdenführer für Aliens nachdachte.

7

Danke für den Rückruf.« Ulionk unterdrückte ein Gähnen. Sie hatte gerade ein Nickerchen gemacht.

»Sie interessieren sich für unseren Abenteuerurlaub auf der Erde? Earthventure – unberührter Planet, hautnah erleben?«, säuselte Odiklu in sein Kommunikationsgerät, während er auf dem Weg von Las Vegas nach Antwerpen in Belgien war. Er konnte dem Autopiloten voll vertrauen, denn in der Erdatmosphäre war luftfahrttechnisch nichts los, solange er oberhalb dieser behäbigen irdischen Massentransporter flog.

»Ja. Können Sie mir mehr Informationen geben? Oder mir sagen, wo ich bessere Infos über die Erde bekomme?«, fragte Ulionk.

Odiklu gab ihr als Referenz ein Buch an, das ein Pilot vom Planeten Filbarion Prime vor vielen Jahren über seine Bruchlandung auf der Erde verfasst hatte.

»Ich kann Ihnen aber auch ein kleines Potpourri aus irdischen Fernsehsendungen zusammenstellen«, schlug Odiklu vor, denn er hatte eine gut sortierte Sammlung vom Discovery Channel über NRA-TV bis hin zu philippinischen Telenovelas und ukrainischen Reisemagazinen angelegt, um seinen Gästen mögliche Ziele auf der Erde zu präsentieren.

Er wusste schon, dass sich die meisten seiner Mitbürger weniger für den Grand Canyon oder die Chinesische Mauer als für einen Boxkampf oder vielleicht eine Safari interessieren würden. Auf Angrodan legte man mehr Wert auf aktive Unterhaltung, auf Kriege, Kämpfe und Operationen am offenen Herzen als auf Steine oder idyllische Ausblicke.

»Oh, ja. 2D-Filmmaterial. Das klingt großartig. Je authentischer, desto besser«, betonte Ulionk.

»Reisen Sie alleine?«, fragte Odiklu noch einmal zur Sicherheit. Manchmal waren die Angaben im Kontaktformular nicht ganz richtig.

»Ja«, erwiderte Ulionk. »Nur ich.«

Schade, dachte er. Aber eine Touristin war besser als keine Touristin.

»Perfekt«, sagte er. »Wir bereiten alles für Ihren Aufenthalt vor. Lassen Sie mich wissen, wann es losgehen soll und welche Aktivitäten Sie gerne auf Ihrem Programm hätten.«

»Das werde ich«, sagte Ulionk und gähnte nun doch.

»Haben Sie sich schon für die Reisedauer entschieden?« Odiklu hoffte, dass Ulionk eine längere Reise plante. Er hatte Josh zwar gesagt, dass er sich auf eine Woche einstellen sollte, aber Josh war offenbar ein großer Fan dieser Dollars, die sie auf der Erde benutzten. Alles würde sich regeln lassen.

8

Odiklu parkte seinen Raumgleiter in einem Stadtpark in Antwerpen. Es war dunkel. Dieser Planet war einfach seltsam. Ständig ging die Sonne auf und unter. Was für eine Hektik.

Im Park war niemand unterwegs. Vermutlich schliefen die Erdlinge. Also lehnte er sich zunächst einmal zurück, schickte Ulionk die gesammelten Clips aus dem Erdenfernsehen, damit sie sich Aktivitäten aussuchen konnte und hörte dann die Blutarie aus seiner Lieblingsoper in der Hoffnung, dass die Sonne bald wieder aufgehen würde.

Ein paar Stunden später stand er in einem eleganten Anzug, oder zumindest einem Anzug, den er für elegant hielt, vor einem kleinen Schmuckladen mitten in Antwerpen und klopfte vorsichtig an die Tür. Mit diesem unscheinbaren Geschäft und seinem stets schwarz gekleideten, etwas ernst dreinblickenden Besitzer hatte er in den letzten Wochen kuriose, aber ausgesprochen positive Erfahrungen gemacht.

»Guten Morgen«, begrüßte Nathan Rosenberg seinen neuen Lieblingskunden. Er beeilte sich mit dem Aufsperren der Gittertür, denn eigentlich war sein Geschäft noch nicht geöffnet. Dieser merkwürdige Kerl, der nun schon seit geschlagenen sechs Wochen einen schmerzhaft aussehenden

Sonnenbrand hatte, war dem antwerpener Geschäftsmann immer willkommen, auch um sechs Uhr in der Frühe.

Er hatte nun immer eine große Flasche Cola im Kühlschrank stehen, denn das war das Einzige, was Herr Odi Zuckerberg trinken wollte.

Odiklu war noch immer stolz auf seine spontane Reaktion, die durch ein glückliches Missverständnis dazu geführt hatte, dass Herr Rosenberg dachte, sein Nachname sei Zuckerberg. Aus irgendeinem Grund gaben sich die Menschen in Antwerpen nicht wie die Menschen in Las Vegas mit einem Namen zufrieden. Nein, es mussten zwei sein. Odiklu hatte auf diese Weise erfahren, was ein Nachname war. Das musste er unbedingt in seinen geplanten Reiseführer über die Erde mit aufnehmen.

Herr Zuckerberg und Herr Rosenberg saßen ein paar Minuten lang bei einer Cola an einem kleinen Tisch und machten mühsam Smalltalk, eine Angewohnheit, die Odiklu erst erlernte. Man stellte Fragen, an deren Antworten man nicht interessiert war, nur um dann im Gegenzug dieselben Fragen zu beantworten. Es war vollkommen egal, was man sagte, solange man es in einem freundlichen Tonfall tat. Interessantes Konzept. Auf einem abgelegenen Mond, einige Lichtjahre hinter Kintabello, gab es ein Volk von kleinwüchsigen Kugelameisen, die einen ähnlichen Brauch hegten. Sie hielten Wettbewerbe ab, bei denen sich die Häuptlinge gegenseitig in den sanftesten Tönen aufs Schärfste beleidigten, während eine Armee von Chefsekretärinnen rhythmisch applaudierte. *Vielleicht haben die Menschen und die Kugelameisen doch nicht so viel gemeinsam*, dachte Odiklu und blickte seinen Smalltalkpartner erwartungsvoll an. War das Ritual vorüber?

Prima. Sein neuer Geschäftsfreund kam nach den üblichen Höflichkeiten schnell zum Punkt.

»Was haben Sie heute für mich?«, fragte er mit einem verbindlichen Lächeln, wobei er versuchte, nicht zu sehr auf Odiklus Hände zu starren. Einmal hatte er irgendwie den Eindruck gehabt, dass mit den Händen etwas nicht in Ordnung sei. Er wollte auf keinen Fall unhöflich glotzen.

»Hier«, sagte Odiklu und reichte Herrn Rosenberg eine alte Pop-Tarts-Verpackung, die er vorher sorgfältig von Krümeln befreit hatte.

Herr Rosenberg schüttelte ein Dutzend Diamanten aus dem klebrigen Papiertütchen. Er nahm seine winzige, in Gold eingefasste Lupe aus der Tasche und inspizierte die kleinen Steine eingehend. Er legte sie vor sich auf dem Tisch ab und teilte sie in drei Gruppen ein. Worauf genau er dabei achtete, war Odiklu nicht klar. Es war ihm aber auch gleichgültig.

»Schönes Exemplar«, murmelte Herr Rosenberg bei einem der größeren Bröckchen.

Der angrodanische Geschäftsmann hatte keine Ahnung, warum die Menschen in Antwerpen auf Abfallprodukte abfuhren, aber es war so. Schon bei seinem ersten Besuch hatte Odiklu von diesem absurden, aber höchst vorteilhaften Umstand erfahren, als er dringend Dollars gebraucht hatte, um sich Eiscreme zu kaufen.

Diamanten waren nichts weiter als kräftig gepresster Kohlenstoff. Dieser fiel auf Angrodan bei der Energiegewinnung an, und damit er platzsparend und reaktionsarm gelagert werden konnte, wurde er in großen Maschinen zu Granulat gepresst. Selbst in Odiklus Raumgleiter fielen regelmäßig kleine Kohlenstoffkrümel aus dem Antrieb. Wer hätte gedacht, dass es ein Volk im Universum gibt, das auf dieses Granulat so scharf war.

Herr Rosenberg hatte glücklicherweise nie gefragt, woher Odiklu die Diamanten hatte. Bei ihrem ersten Treffen hatte er etwas von Diskretion gefaselt und sich zeitgleich auf die Steinchen gestürzt. Odiklu stellte nicht infrage, ob er einen fairen Preis für seinen Abfall erhielt, aber es war Abfall, also war jeder Preis fair. Die Dollars, die er für seine wertlosen Steinchen erhielt, ermöglichten es ihm, auf der Erde einzukaufen, was er wollte. Vor allem Eiscreme. Der Deal war perfekt.

Herr Rosenberg verpackte die grünlichen Scheinchen für Odiklu in einem Köfferchen und hielt ihm die Tür auf.

»Beehren Sie uns bald wieder«, rief er ihm noch hinterher, als Odiklu schon auf der Straße war. »Es steht immer eine Flasche Cola für Sie bereit!«

9

Zurück im Raumgleiter fand Odiklu die gute Nachricht auf seinem Datenpad. Ulionk hatte sich entschieden und die Anzahlung schon überwiesen.

Fünf Tage hatte sie eingetragen. Fünf angrodanische Tage, das bedeutete ziemlich genau zehn Erdentage. Großartig.

Als Aktivitäten, die sie unternehmen wollte, hatte sie angegeben: Essen in einem Restaurant, Besuch im Aquarium, Kindergeburtstag mit Piñata, Boxkampf zwischen zwei Menschen und einen illegalen Hundekampf.

Hervorragend. Das klang alles machbar, soweit Odiklu es überblicken konnte. Kindergeburtstage und Hundekämpfe gehörten zum Alltag der meisten Menschen, zumindest wenn diese philippinischen Telenovelas recht behielten. Josh würde sich um alles kümmern. Er kannte sich schließlich auf diesem kuriosen Planeten aus.

10

Als Josh nach einer ermüdenden Schicht im Walmart nach Hause kam und seine Wohnungstür aufschloss, war er fast nicht überrascht, Odiklu auf der Couch vorzufinden.

»Guten Abend«, grüßte der Angrodaner.

»Guten Abend.« Josh ließ sich auf die Couch sinken und staunte darüber, dass sein Geschäftspartner offenbar gerade sechs Tüten Karamellpopcorn verspeist hatte.

»Wartest du schon lange?«

»Nein, überhaupt nicht. Ich habe Neuigkeiten«, sagte Odiklu.

»Moment. Ich muss mir erst einen Tee machen«, erwiderte Josh und ging in seine Küche, um sich einen süßen Instanttee zuzubereiten.

Bewaffnet mit dem beruhigenden, kalorienreichen Getränk, fühlte er sich schließlich bereit, die Neuigkeiten zu empfangen.

»Die gute Neuigkeit ist, dass unsere Touristin fest gebucht hat. Sie kommt in wenigen Wochen!«

»Das ist großartig«, sagte Josh. *Und irgendwie Furcht einflößend*, dachte er. Der Tee zeigte nicht die erhoffte Wirkung.

»Was ist die schlechte Nachricht?«, fragte er schließlich.

»Es gibt keine schlechten Nachrichten. Nur Gute«, versicherte ihm Odiklu.

»Das wird ein voller Erfolg. Willst du wissen, was sie sich für das Besichtigungsprogramm ausgesucht hat?«

Das Wort Besichtigungsprogramm jagte Josh leichte Schauer über den Rücken. Er war gleichzeitig voller freudiger Erwartung und Panik. So eine Begegnung der dritten Art war auch beim dritten Mal noch recht ergreifend.

»Klar«, log er.

Odiklu holte sein futuristisches Datenpad hervor und wischte sachte darauf herum.

»Essen in einem Restaurant, Besuch im Aquarium, Kindergeburtstag mit Piñata, Boxkampf zwischen zwei Menschen und ein illegaler Hundekampf«, las er vor.

Die ersten beiden Punkte des Besichtigungsprogramms hatte Josh noch mit einem Nicken quittiert. Beim Dritten war ihm ein ungläubiger Laut des Erstaunens entwischt. Wer bitte will freiwillig einen Kindergeburtstag miterleben?

Den Boxkampf stellte sich Josh unproblematisch vor, aber als Odiklu die Worte »illegaler Hundekampf« aussprach, begannen Joshs Füße plötzlich unkontrolliert zu zucken.

Er stellte seine Tasse auf dem Tisch ab und richtete sich auf.

»Ich soll zu einem illegalen Hundekampf gehen?«, protestierte er lahm.

»Du warst noch nie bei einem illegalen Hundekampf?«, fragte Odiklu.

»Selbstverständlich nicht«, sagte Josh etwas zu laut.

Odiklu war erstaunt. Seiner Recherche im irdischen Fernsehen nach zu urteilen, machten die Leute so was ständig.

»Du weißt aber doch, was ein illegaler Hundekampf ist?«

»Natürlich weiß ich das«, setzte Josh an.

»Na dann ist ja alles wunderbar«, kam es aus Odiklus Übersetzungsgerät.

Wunderbar war nicht der erste Begriff, der Josh durch den Kopf ging. Er blickte verzweifelt drein, sogar so verzweifelt, dass Odiklu es bemerkte.

»Wird es teurer, wenn ein illegaler Hundekampf auf dem Programm steht? Eintrittsgeld? Kein Problem. Dann zahlen wir einen kleinen Aufschlag.«

Odiklus Mundwinkel verzogen sich so langsam zu einem Lächeln, wie es nur bei Angrodanern möglich ist.

Josh ließ die Schultern sinken und atmete einmal tief durch.

»Ja, genau.«

Odiklu wirkte zufrieden. Dann kam ihm ein Gedanke.

»Und der Kindergeburtstag? Kennst du Kinder? Ich meine persönlich?«

Josh seufzte leise.

»Wenn ich einen illegalen Hundekampf auftreiben kann, dann wird der Kindergeburtstag quasi ein Kinderspiel.« Josh musste über sein Wortspiel schmunzeln.

»Dann ist ja alles in Senf«, rief Odiklu.

»In Butter, meinst du«, korrigierte Josh.

»Ja. Das auch.« Odiklu zeigte mit einem seiner rötlichen Finger in Richtung Küche. »Das hast du übrigens ziemlich gut gemacht. Deine Auswahl an Süßigkeiten zeugt von Professionalität. Für den Anfang.«

»Danke«, murmelte Josh.

»Du wirst natürlich noch viel mehr kaufen müssen. Das Karamellpopcorn ist alle. Und unsere Touristin soll schließlich auch ein paar Snacks für unterwegs haben. Nicht bloß Frühstück.«

»Klar.«

Eigentlich war er davon ausgegangen, dass Süßigkeiten für knapp 300 Dollar genug für eine Woche seien, aber offenbar sahen die Angrodaner das anders. Vier Kilo Zucker entsprachen einem besseren Frühstück.

Glücklicherweise waren Süßigkeiten im Walmart das Letzte, was jemals zur Neige ging.

»Ich habe hier noch einen Vertrag und eine Verschwiegenheitserklärung für dich. Kannst du die bitte mit deinem Daumenabdruck unterschreiben?«

Josh schaute verwundert auf das Datenpad. Da war eine seitenweise Abhandlung in ihm vollkommen fremden Zeichen zu sehen.

Nach sechsmal Wischen kam eine Seite mit lateinischen Buchstaben. Odiklu hatte sich also die Mühe gemacht, den Vertrag und die Verschwiegenheitserklärung zu übersetzen.

Josh las: »Ich, Josh, bin so freundlich und nehme Ulionk für zehn Erdentage bei mir zu Hause auf. Ich versorge sie mit Frühstück, Getränken und Snacks. Ich begleite sie zu einem Essen in einem Restaurant, einem Besuch im Aquarium, einem Kindergeburtstag mit Piñata, einem Boxkampf zwischen zwei Menschen und einem illegalen Hundekampf. Dafür erhalte ich 500.000 Dollar (Scheine in Papierform) und Spesen. Ich, Josh, verspreche, nicht mit Menschen oder anderen Erdenbewohnern darüber zu reden.«

»Ist das eine Zusammenfassung der sechs Seiten?«, fragte Josh sicherheitshalber. In angrodanischen Verträgen stand wirklich ‚ich bin so freundlich' drin?

»Das könnte man so sagen. Ein Destillat. Angrodanische Verträge sind sehr kompliziert.« Odiklu setzte erneut zu einem strahlenden Lächeln an.

Josh stellte sich die Zahl 500.000 vor. Das war schwierig. Dann blickte er auf Odiklus sechs rote Finger und dann in sein zu einem breiten Grinsen verzogenes Gesicht.

»Alles klar«, sagte er mit einem bekräftigenden Kopfnicken, das ihm selbst Mut machen sollte, und drückte seinen Daumen auf das Datenpad.

11

Am Abend saß Josh vor seinem Rechner und durchforstete das Internet nach illegalen Hundekämpfen. Es gab erklärende Artikel in verschiedenen Detailgraden zu dem Thema, vor allem darüber, dass ein durchschnittlich berühmter Schweizer Footballspieler zu einer einschüchternden Freiheitsstrafe verurteilt worden war, nachdem man ihm nachgewiesen hatte, dass er in illegale Hundekämpfe verstrickt war.

Viele Artikel befassten sich mit der Rechtslage in den einzelnen amerikanischen Bundesstaaten, in Mexiko und Kanada. Josh fand es alles andere als beruhigend, dass Hundekämpfe in allen Bundesstaaten verboten waren. Die Tatsache, dass das Züchten von Kampfhunden hingegen in allen Staaten legal war, kam ihm eigenartig, aber sehr amerikanisch vor.

Josh stellte sich erneut die Frage, ob er für 500.000 Dollar plus Spesen dazu bereit war, ins Gefängnis zu gehen. Die Antwort war ein klares Nein. Es stellte sich außerdem die Frage, ob er für dieselbe Summe bereit war, sich einen illegalen Hundekampf anzusehen.

Um dieser Frage nachzugehen, schaute er sich einige Videos an, die ihm sehr anschaulich vor Augen führten, dass illegale Hundekämpfe grausam und abscheulich waren. Waren 500.000 Dollar plus Spesen genug, damit er so eine brutale Tierquälerei unterstützte?

Josh stoppte das Video. Er hatte genug gesehen. Es stand fest, dass Hundekämpfe widerlich und inakzeptabel waren. Es stand aber auch fest, dass 500.000 Dollar ziemlich genau eine halbe Million waren. Er stellte sich vor, dass er den Reiseleiterjob gut machte und es einen zweiten Touristen gäbe oder gar einen Dritten. Dann würde Josh seinen hundsmiserablen Job bei Walmart hinschmeißen können und hätte sicher noch genug Geld übrig, um eine Stiftung zu unterstützen, die sich dem Kampf gegen illegale Hundekämpfe verschrieb.

Josh straffte seinen Rücken. Ich kann das, sprach er sich im Geiste Mut zu. Wenn Ulionk einen Hundekampf will, bekommt Ulionk einen Hundekampf.

Ulionk. Was für ein ungewöhnlicher Name. Ob er ihn wohl richtig aussprach?

Aber zurück zum Hundekampf. Das Internet war keine große Hilfe, zumindest nicht das legale Internet. Was das World Wide Web nicht hergab, musste Josh auf analoge Weise lösen. Er fragte sich, wer in seinem begrenzten Bekanntenkreis wohl jemanden kannte, der jemanden kannte, der sich mit solchen Dingen auskannte.

12

Guten Morgen, Josh.«

»Guten Morgen, Henry.«

Henry hatte schon damit begonnen, die Regale mit den Dosenbohnen aufzufüllen, als Josh mit einer Palette Erbsen in denselben Gang einbog.

Henry. Plötzlich kam Josh ein Gedanke.

»Henry, ich muss dir mal eine sehr indiskrete Frage stellen«, sagte Josh leise, als er direkt neben seinem Kollegen stand und ebenfalls Dosen in die Regale stellte.

»Meine Güte, das klingt ja ernst. Rück raus!«

Noch war Henry bester Laune.

»Dein Bruder war doch mal im Knast«, begann Josh zögerlich.

»Was? Wie kommst du denn jetzt darauf?«

»Also, es ist so«, druckste Josh herum.

»Ich habe ein Problem. Es ist eine sehr heikle Sache. Ich muss ein Ding drehen, sozusagen. Also, ich muss was besorgen. Also, nein. Es ist im Grunde meine Tante Uli … Ja. Meine Tante Uli. Sie …«

»Halt, Stopp. Ich will es gar nicht wissen«, unterbrach ihn Henry.

»Privatgespräche während der Arbeitszeit?« Der Marktleiter Bob hatte sich offenbar an die beiden herangeschlichen. Er war ein unangenehmer Zeitgenosse und ein krankhafter Choleriker, der dem Irrglauben erlegen war, Marktleiter bei Walmart sei eine Art Machtposition, um die ihn jeder Mitmensch beneidete.

»Wir können ja wohl gleichzeitig arbeiten und reden«, verteidigte sich Henry leise, aber mit schnippischem Unterton.

»Ich ziehe euch beiden fünfzehn Minuten von eurer Arbeitszeit ab!«

Bob grinste selbstzufrieden.

»Ach ja, in Gang sieben hat jemand ein Gurkenglas fallen lassen. Mach das weg, John, sei so gut.«

»Klar, Boss.«

Bob drehte sich um und schlurfte davon.

»Und ich heiße Josh«, sagte Josh so leise, dass Bob es nicht mehr hören konnte.

Als Bob hinter ihnen im nächsten Gang verschwunden war, holte Henry ein gefaltetes Stück Papier aus seiner Hosentasche.

»Da schau mal.«

Er reichte es Josh, der das Papier auseinanderfaltete. Auf dem etwas zerknitterten Bogen war eine perfekte Karikatur zu sehen, die ganz eindeutig Bob zeigte. Josh grinste breit.

»Mann, du hast echt Talent. Das ist großartig, Henry.«

»Danke. Das habe ich nur so vor mich hin gemalt in der Pause.«

»Nein, ohne Quatsch. Das ist großartig. Es ist eine Schande, dass du hier im Walmart arbeitest und nicht für die Walt Disney Studios.«

Henry lachte verlegen und steckte das Papier schnell wieder ein.

»Du willst also was Kniffliges? Von meinem Bruder? Kein Problem. Aber lass mich da raus. Ich gebe dir seine Adresse und dann kümmerst du dich selbst um deine Angelegenheiten.«

»Hey, Mann, Danke!« Josh war erleichtert, dass er seine sehr unausgereifte Lüge nicht hatte erzählen müssen.

Henry schrieb eine Adresse auf ein Stückchen Karton, in dem die Dosenbohnen geliefert worden waren, und reichte es Josh.

»Du kannst ihm sagen, dass ich dich schicke, aber lass mich um Himmels willen da raus.«

»Du bist echt ein Freund, Henry. Du hast was gut bei mir«, sagte Josh und meinte es ehrlich. »Ich mache mich dann mal an die Gurken in Gang sieben.«

»Und Josh«, rief Henry ihm halblaut nach. »Lass dich nicht auf irgendeinen Mist ein!«

»Natürlich nicht.« Josh blieb kurz stehen und drehte sich dann langsam zu Henry um. »Danke«, fügte er mit weicher Stimme hinzu.

13

Der nächste Tag war sonnig und schon am Morgen heiß. Ein typischer Frühlingstag in Las Vegas. Josh war für seine Verhältnisse ungewöhnlich cool angezogen. Er trug einen sauberen Kapuzenpullover, auf dem keine Comicfigur aufgedruckt war, und eine Baseballkappe mit dem Walmart-Logo darauf. Dieser Kappe traute er zu, dass sie ihn unschuldig und harmlos wirken ließ. Sie gab ihm auf jeden Fall ausreichend Selbstvertrauen, um sich auf den Weg zu der Adresse zu machen, die ihm Henry gegeben hatte.

Sechsmal hörte er in seinem Auto einen alten Song von Millencolin, um sich Mut zu machen. Als Josh schließlich feststellte, dass der Song dieser Aufgabe nicht gewachsen war, wiederholte er im Kopf die Worte »fünfhundert«, »tausend« und »Dollar«. So lange, bis es ihm in dem geparkten Wagen schließlich zu warm wurde. Er blickte noch einmal auf seine vollkommen uncoole Armbanduhr mit dem Ghostbusters-Logo und schob sie dann unter seinen Pulloverärmel. Ob Gangster wohl um halb elf am Morgen schon wach waren? Josh war sich nicht sicher.

Wenig später stand er mit schweißnassen Händen und rasendem Puls vor der Haustür des Hauses, in dem Henrys Bruder wohnte, wenn er nicht gerade im Knast war.

Er schaffte es einfach nicht, den Klingelknopf zu drücken. Dieses Problem löste sich aber von selbst, als nach ein paar Minuten die Tür plötzlich aufsprang. Ein Berg von einem Kerl stand vor Josh und gab einen erstaunten Laut von sich.

»Mann, Kleiner. Du hast mich zu Tode erschreckt. Was willst du denn hier?«

Josh schluckte und ließ seinen Blick langsam an dem Riesen nach oben gleiten.

»Ich bin ein Freund von Henry«, sagte er lahm.

»Henry«, wiederholte der Berg. »Kennt hier einer einen Henry?«, rief er über seine Schulter schielend ins Haus hinein.

Von innen kamen zustimmendes Gemurmel und das Klappern von Geschirr.

»Dann auf. Geh rein.«

Der Berg schob Josh durch die Tür, machte sie zu und ging dann pfeifend davon.

Josh fand sich nun in einem Flur mit spießiger Blumentapete wieder und hätte sich am liebsten nicht bewegt. Da erschien in einer Tür ein Kopf. Zwei dunkle Augen musterten Josh.

»Was soll das? Wer bist du? Wo ist Henry? Hey Lil' Rachet, wir haben einen ungebetenen Besucher!«

Das lief nicht ganz so, wie es sich Josh gewünscht hatte. Lil' Rachet war alles andere als little. Er stand dem Berg, der sich eben verabschiedet hatte, in nichts nach. Und jetzt stand er nur ein paar Meter von Josh entfernt und zielte mit einer Waffe auf ihn.

»Wer bist du, Zwerg? Was zur Hölle soll das?«, fuhr er ihn an.

Hinter ihm erschien ein kleinerer Mann mit mexikanischem Aussehen, und aus der Küche tauchte nun ein dritter Mann auf.

Josh versuchte, sich so klein wie möglich zu machen. Er hob langsam die Hände vor seine Brust, um zu zeigen, dass er nicht bewaffnet war.

»Mister Rachet, ich ...«, flüsterte er und räusperte sich dann zweimal.

»Check ihn ab!«, rief Lil' Rachet.

Der Mexikaner trat auf Josh zu und tastete seine Beine, seine Arme und den Hosenbund ab.

»Er ist sauber, Lil' Rachet«, verkündete er.

»Ich bin ein Freund von Henry«, brachte Josh schließlich stotternd heraus, »wir arbeiten zusammen bei Walmart.«

»Okay, komm rein. Nichts für ungut. Setz dich.«

Der Mann, der in der Küche gewesen war, wischte seine Hände an einem geblümten Küchentuch ab, warf es auf eine Kommode und schob Josh dann in Richtung eines geräumigen Wohnzimmers, in dem eine graue Couchgarnitur in Hufeisenform vor einem eindrucksvoll großen Fernseher stand. Die Einrichtung des Wohnzimmers wirkte geradezu schizophren. Da waren auf der einen Seite eine bunte Häkeldecke auf dem Couchtisch und ein besticktes Kissen, auf dem »Trautes Heim – Glück allein« stand. Und auf der anderen Seite vermittelten ein überquellender Aschenbecher mit Totenkopfmotiven, eine Schrotflinte, die an der Couch lehnte, und ein Poster von Tupac den Eindruck, man befinde sich in einer Gangsterhöhle.

»Na los. Setz dich. Wie war dein Name?«

»Josh«

»Josh. Soso. Ich bin Bloodhound, das ist Lil' Rachet und das ist Head Bussa.«

Alle setzten sich um Josh herum auf die Couch und schauten ihn erwartungsvoll an.

»Wo sind nur meine Manieren? Head Bussa, hol' unserem Gast ein Bier«, wies Bloodhound seinen Freund an.

Während dieser in die Küche trottete, schaute sich Josh etwas erleichtert im Wohnzimmer um. Er war noch am Leben und das war ein gutes Zeichen. Mit klopfendem Herzen nahm er alle Details des Gangster-Wohnzimmers wahr. Auf einem falschen Kamin standen Familienfotos und eine Vase. Oder war es eine Urne? Neben Tupac hing ein Poster vom Wu-Tang Clan, das in der Mitte durchgerissen und sorgfältig mit Klebestreifen repariert worden war. In einer Ecke stand ein mannshoher Stapel Kisten mit der Aufschrift »Kalifornische Pistazien«.

Head Bussa kehrte mit dem Bier zurück, öffnete die Flaschen mit einem Taschenmesser und reichte sie herum. Es ging auf elf Uhr zu und ein Schluck Bier würde Josh sicher guttun. Dankbar griff seine zittrige Hand nach einer Flasche.

»Also, du arbeitest mit meinem Bruder im Walmart«, wiederholte Bloodhound.

»Hmm hmm«, entgegnete Josh.

»Und er hat dir meine Adresse gegeben?«

»Hmm hmm.«

»Prost allerseits.« Alle tranken. Josh nahm vorsichtig einen Schluck und fühlte sich gleich wohler. Hätten die drei Herren weniger seltsame Namen und weniger Furcht einflößende Tätowierungen gehabt, hätte man meinen können, sie seien vier Freunde in einem Wohnzimmer.

Head Bussa öffnete mit demselben einschüchternden Taschenmesser eine Tüte Pistazien und schüttete welche auf einen schmutzigen Teller, der auf dem Couchtisch vor Josh stand.

»Also. Was führt dich zu uns?«

Genau in diesem Augenblick fiel Josh ein, dass er überhaupt keine glaubhafte Lügengeschichte auf Lager hatte. Nicht mal eine unglaubhafte. Er fühlte sich wie der schlechteste Gangster aller Zeiten.

»Nun. Wie soll ich sagen … ich brauche eure Hilfe, Mister Bloodhound.« Er sah von einem zum anderen. »Und Mister Rachet. Ich bin … Es ist so …«

»Na, rück schon raus. So schlimm kann es doch nicht sein!«

Josh spürte, wie er rot wurde und begann zu schwitzen.

»Meine Tante kommt zu Besuch. Meine Tante aus Kirgistan. Sehr bald schon. Und es ist so …« Joshs Stimme versagte.

»Was denn nun?«

»Sie will einen illegalen Hundekampf sehen«, flüsterte Josh.

Lil' Rachet sprang auf und zückte wieder seine Pistole. Er wedelte damit herum und erhob die Stimme.

»Was zur Hölle! Head Bussa, check noch mal, ob er verkabelt ist!«

Head Bussa tat, wie ihm geheißen. Dabei tastete er Joshs etwas zu dicken Bauch ab und schob sein T-Shirt hoch.

»Er ist immer noch sauber.«

»Jetzt beruhigen wir uns erst einmal«, schlug Bloodhound vor.

»Und Henry hat dir gesagt, dass wir illegale Hundekämpfe veranstalten?«, fragte er etwas misstrauisch.

»Nein. Nein. Natürlich habe ich Henry nichts davon gesagt. Ich habe ihn nur um deine Adresse gebeten. Ich muss jemanden finden, der jemanden kennt, der meiner Tante eine Eintrittskarte für einen illegalen Hundekampf besorgen kann.«

Wie auf Kommando brachen die drei Gangster in schallendes Gelächter aus.

Josh blieb stoisch sitzen, trank noch einen Schluck Bier und wartete, bis sich die Euphorie wieder legte. Er war sich nicht ganz sicher, was an seiner Anfrage so komisch war, aber immerhin richtete nun keiner mehr eine Waffe auf ihn.

»Du hast doch nicht mehr alle Latten am Zaun.«

»Das sollen wir dir glauben?«

»Eintrittskarte?« Lil' Rachet gluckste.

»Deine Tante aus Kirgistan will einen Hundekampf sehen?«

»Was soll ich sagen? Ja. Sie wäre unheimlich enttäuscht, wenn ich ihr diesen Wunsch nicht erfüllen könnte. Sie denkt, dass in Las Vegas alles möglich ist. Deshalb kommt sie mich besuchen. Ihr wisst schon. Was in Vegas passiert, bleibt in Vegas.«

Das Lachen flammte noch einmal kurz auf.

Dann ergriff Bloodhound das Wort.

»Der Kleine hier ist genauso ein Loser wie Henry. Eine ehrliche Haut. So eine dämliche Geschichte muss einfach wahr sein. So was kann sich doch keiner ausdenken!«

Lil' Rachet richtete seinen Blick an die Decke, so als ob er angestrengt nachdachte.

»Deine Tante ist nicht wie alle anderen, stimmt's?«, fragte Bloodhound.

»Das könnte man so sagen. Sie ist ein bisschen speziell«, erklärte Josh unnötigerweise. »Aber eine Lady«, fügte er hinzu.

»Können wir dem Grünschnabel helfen?«, fragte Bloodhound schließlich in die Runde.

Lil' Rachet nickte ganz langsam und griff sich eine Handvoll Pistazien.

»Gib ihm eins von den sicheren Telefonen und ein Paket«, befahl Bloodhound.

Head Bussa kramte in einer Kiste hinter der Couch und warf Josh ein kleines, fast antik wirkendes Klapptelefon zu.

Der fing das Telefon souverän mit einer Hand und staunte darüber so sehr, dass er es beinahe wieder fallen ließ. Dann aber reichte ihm Head Bussa ein Päckchen von der Größe eines Schuhkartons. Es war mehrfach mit braunem Paketband umwickelt und nicht besonders schwer.

»Hör zu. Wir tun dir einen Gefallen, wenn du uns einen Gefallen tust. So läuft das hier, verstanden?«

Josh nickte brav.

»Du nimmst dieses Paket mit nach Hause und wir rufen dich morgen auf dem sicheren Handy an, um dir zu sagen, wo du es abliefern sollst. Geht alles klar, bekommen deine Tante und du, was ihr wollt. Wenn du die Cops anrufst oder etwas bei der Übergabe schiefgeht, solltest du besser eine gute Krankenversicherung haben«, erklärte Bloodhound mit einem breiten Grinsen im Gesicht.

Josh hatte selbstverständlich keine gute Krankenversicherung. Nicht mal eine Schlechte.

»Hast du verstanden?«

Josh nickte noch einmal. Er hatte es verstanden. Er war sich nur noch nicht sicher, ob er den Mumm aufbringen würde, was auch immer in diesem Paket war, wem auch immer zu übergeben. Er sah sich schon in einer dunklen Gasse, von mehreren Springmessern durchbohrt, langsam und leise röchelnd verbluten.

»Na, dann ist ja alles in Butter. Wir rufen dich morgen an«, sagte Lil' Rachet und tippte sich mit dem kleinen

Finger dreimal an die Schläfe. Josh zuckte zusammen. Das war ein ziemlich albernes Gang-Erkennungszeichen, falls es eines war. Aber Josh war gerade in einer Stimmung, in der er leicht zu beeindrucken war.

»Du kannst jetzt gehen, wenn du willst«, setzte Bloodhound nach, als Josh sich nach einer halben Minute des Schweigens noch immer keinen Millimeter bewegt hatte.

»Vielen Dank, Mister Bloodhound. Mister Rachet und Mister Bussa. Es war mir eine Ehre und ich freue mich auf Ihren Anruf. Meine Tante wird begeistert sein!«

Josh stand langsam auf und ging dann rückwärts auf die Tür zum Flur zu.

»Wann kommt denn deine Tante?«, fragte Bloodhound noch, als Josh schon im Flur war.

»In zwei Wochen.«

»Grüß mir meinen kleinen Bruder!«

Als Josh wieder in seinem Auto saß, fiel eine große Anspannung von ihm ab, während eine neue, noch etwas größere Anspannung ihren Platz einnahm. Seine Kiefermuskeln schmerzten, so stark hatte er sie angespannt.

Wie standen die Chancen, dass er aus dieser ganzen Sache unbeschadet herauskommen würde? Er war nie gut im Prozentrechnen gewesen, aber er kannte den Unterschied zwischen einer guten und einer schlechten Wette. Schließlich lebte er in Las Vegas.

Er rieb mit der Hand fast liebevoll über das abhörsichere Telefon auf seinem Schoß, so als müsse er sich seiner Existenz durch Berührung versichern. Er warf einen misstrauischen Blick auf das Päckchen, das im Fußraum des Beifahrersitzes neben einer zerknüllten Burgerverpackung und einer leeren Schachtel Donuts lag, und startete dann den Motor.

14

Während der gesamten Schicht bei Walmart schaute Josh im Minutentakt verstohlen auf sein sicheres Telefon, nur um sich zu vergewissern, dass er den Anruf der Gangster nicht verpasste. Bob hatte ihm wieder fünfzehn Minuten abgezogen, als er ihn beim Blick auf das Handy erwischt hatte. Ein Sklaventreiber war der Kerl!

Nun war Josh nach einer scheinbar endlosen Schicht wieder zu Hause. Er war gerade dabei, sich eine Pizza im Ofen zuzubereiten, als ein ungewohntes Geräusch ihn erschreckte.

Das Telefon.

»Hallo«, sagte Josh so cool er es vermochte.

»Hallo. Keine Namen.«

»Okay.«

»Du fährst zur Fremont Street und stellst dich eine halbe Stunde vor Mitternacht direkt neben die Waage am Heart Attack Grill.«

»Mitternacht?« Josh versuchte, sich alles genau einzuprägen.

Aufgelegt.

Okay. Halb zwölf am Heart Attack Grill. Das gefiel Josh, denn die Fremont Street war ein unheimlich belebter Ort.

Dort konnte ihn sehr wahrscheinlich niemand erschießen oder abstechen. Zumindest nicht unbemerkt.

Es war schon halb elf. Also schaltete Josh schweren Herzens den Ofen wieder aus und verabschiedete sich von dem Gedanken, auf der Couch gemütlich eine Pizza zu essen.

Er stellte sein Auto auf einem öffentlichen Parkplatz hinter dem Golden Nugget Casino ab und schlenderte so unauffällig wie möglich in Richtung Fremont Street. Das Päckchen hatte er in seinem Rucksack, der aussah wie ein riesiger Game Boy aus den 90er Jahren und auf den er unheimlich stolz war.

Nervös blickte er auf seine Ghostbusters-Armbanduhr. Noch etwas über eine halbe Stunde. Er war früh dran. Nun, er war einfach noch ein Anfänger, was den Drogenschmuggel, den Waffenschmuggel, Geldwäscherei oder ganz allgemein Straftaten anging. Er war sogar so neu, dass er sich im Augenblick nicht einmal bewusst war, welche Straftat er im Begriff war zu begehen. Für kein Geld der Welt hätte er in das Päckchen hineingeschaut.

Er schlenderte unter den bunten Neonlichtern der Fremont Street Experience hindurch und genoss die Ablenkung durch die vielen Lichter, das Treiben und die laute Musik. Überall standen Touristen zwischen den üblichen schrägen Gestalten, die Downtown Las Vegas jeden Abend bevölkerten. Josh erblickte einen dürren alten Mann mit schwarzem Zylinder und Stringtanga. Ein paar Meter weiter tanzte eine junge Dame im Godzilla-Kostüm. Neben einem der Eingänge zum Golden Nugget stritten sich Zwillinge in knallgelben Badeanzügen, die zusammen mindestens 400 Kilo auf die Waage bringen mochten.

Der Anblick erinnerte Josh wieder daran, warum er eigentlich hier war. Er hatte allerdings immer noch mehr als 20 Minuten Zeit. Also holte er sich im Dunkin' Donuts im Fremont Hotel zwei Donuts mit Pflaumenmusfüllung. Kauend ging er langsam in Richtung Heart Attack Grill.

Das Restaurant schien ziemlich voll zu sein. Es war eine dieser kontroversen Attraktionen von Las Vegas, die man entweder großartig oder abstoßend fand.

Im Heart Attack Grill dürfen Gäste, die mehr als 350 Pfund wiegen, umsonst essen. Um festzustellen, wer in den Genuss dieses zweifelhaften Privilegs kommt, steht vor dem Eingang eine riesige Viehwaage, die in großen Leuchtziffern das Gewicht anzeigt. Josh fand das Konzept leicht obszön. Aber er musste neidlos anerkennen, dass die Gründer dieses Ladens offenbar einen Nerv getroffen hatten. Nicht wenige Menschen standen auch an diesem Abend zu so später Stunde Schlange, um sich in aller Öffentlichkeit wiegen zu lassen und zuzugeben, ja sogar zu feiern, dass sie massives Übergewicht hatten. Was tut man nicht alles für einen kostenlosen Burger?

Eine Minute vor halb zwölf stellte sich Josh demonstrativ direkt neben die Waage. Angestrengt schaute er in die Menge. Was erwartete ihn?

Plötzlich tauchte wie aus dem Nichts Lil' Rachet vor ihm auf und bedeutete ihm mit einer Geste, ihm zu folgen. Josh ging ein paar Schritte neben ihm her. Sie bogen nach links auf den Las Vegas Boulevard ab und überquerten an der übernächsten Ampel die auch zu so später Stunden noch stark befahrene Straße. Auf der anderen Straßenseite blieb Lil' Rachet schließlich stehen.

»Du gehst jetzt hier diese Straße entlang. An der sechsten Querstraße biegst du links ab und wartest dort. Jemand kommt das Päckchen abholen. Wo ist es überhaupt?«

Josh beeilte sich, seinen Rucksack zu öffnen und das Päckchen hervorzuholen.

»Gut. Los!«

Josh setzte sich nur sehr zögerlich in Bewegung. Er wollte protestieren, denn Lil‘ Rachet hatte ihm gerade ganz unbarmherzig die Sicherheit der belebten Umgebung unter den Füßen weggezogen. Hier in den Querstraßen nordöstlich der Fremont Street wollte eigentlich niemand, der noch bei Trost war, nachts unterwegs sein. Gerade Josh nicht.

Trotzdem trottete er vorwärts. Jetzt gab es kein Zurück mehr. Das Päckchen hielt er ehrfürchtig auf halber Höhe vor seiner Brust, wie ein Messdiener die Monstranz.

Das nächste Mal, wenn dich ein Außerirdischer zu irgendwas überreden will, sag einfach nein, gab sich Josh einen gut gemeinten Rat.

Eins, zwei, drei … sechs Querstraßen. Josh bog wie geheißen links ab und blieb an der Straßenecke im Schutz von ein paar kümmerlichen Bäumen stehen. Er wartete mit seinem Paket in der Hand. Fünf Minuten. Zehn. Fünfzehn.

Fast wollte Josh aufgeben, als ein Auto angerast kam und mit quietschenden Reifen wenige Meter vor seiner Nase anhielt. Zwei Männer sprangen aus dem schnittigen Sportwagen. Sie sahen aus wie japanische Mafia-Mitglieder aus einem schlechten Film. Einer der beiden sagte etwas, das Josh nicht verstand. Im selben Moment sprangen direkt neben ihm zwei andere Männer aus einem geparkten Fahrzeug. Sie zogen Waffen und brüllten.

Es klang wie: »Polizei. Keine Bewegung. Hände da, wo ich sie sehen kann!«

Josh ließ sich augenblicklich auf den Boden fallen und begrub das Päckchen unter sich. Seine Hände streckte er geistesgegenwärtig so weit es ging von sich. Er konnte keinen klaren Gedanken fassen, denn die Ereignisse hatten sich dermaßen überschlagen, dass sein kleines Gehirn einfach überfordert war. Also dachte er: *Hoffentlich ist der Inhalt des Päckchens nicht kaputtgegangen.* Ein erfrischend handfestes Problem, mit dem sich sein Gehirn für einige Minuten beschäftigen konnte.

Die Cops zwangen die beiden Japaner, ihre Hände auf das Dach des eleganten roten Sportwagens zu legen, dessen Motor noch immer lief. Aus den Lautsprechern dröhnte ein alter Klassiker von Madonna, was die ganze Situation noch absurder machte, als sie ohnehin schon war.

»… living in a material world …«

»Sauber.«

»Der auch. Sauber.«

»… a material, a material, a material … «

Keine Bewegung.

Nun machte sich jemand die Mühe, auch Josh zu begutachten. Sein Rucksack wurde ihm gewaltsam entrissen und zwei Hände tasteten ihn grob ab.

»Auch sauber.«

»Los, aufstehen!«

Josh stand auf.

»Los, hinsetzen!«

Josh setzte sich zwischen seinen Rucksack und das Päckchen, das nur ein wenig eingedrückt zu sein schien.

»Was haben wir denn da?«

Der Polizist trat vorsichtig gegen das Päckchen.

»Los, aufmachen!«

Josh wollte protestieren, überlegte es sich dann aber anders. Mit zittrigen Fingern zupfte und fummelte er an den mehreren Lagen Klebeband herum und bekam stets nur kleine Stücke zu fassen. Es dauerte mehrere Minuten, bis er schließlich den Deckel des Päckchens so weit von Paketband befreit hatte, dass er ihn anheben konnte. Der Polizist kam näher und riss ihm das Päckchen unsanft aus den Händen, die Waffe noch immer wage in Joshs Richtung zeigend.

Josh schloss die Augen und malte sich seine Zukunft in den schwärzesten Farben aus.

»Was soll der Scheiß? Kenny. Schau dir das an!«, rief der Cop.

Die beiden wühlten in dem Päckchen, fluchten laut und wirkten irgendwie verärgert. Einer der beiden trat einem der Japaner ans Bein und schrie dann: »Macht, dass ihr Land gewinnt!«

Das ließen sich die Japaner nicht zweimal sagen. Sie sprangen in den Wagen und fuhren los, noch bevor die Wagentüren geschlossen waren. Madonna sang immer leiser.

Die zwei Polizisten standen nun vor Josh, der unheimlich froh darüber war, dass er auf dem Boden saß. So konnte er sich weniger verletzen, wenn er jetzt in Ohnmacht fiel.

»Was für eine Scheiße«, schrie der Eine.

»Bekloppter Spinner«, knurrte der Zweite.

Er warf Josh das Päckchen vor die Füße und die beiden Gesetzeshüter zogen mit schnellen Schritten ab. Die Enttäuschung war ihnen deutlich anzusehen.

Josh kam langsam wieder zu Atem. Er nahm sich erst einmal Zeit, um seine Gedanken zu ordnen. Als er sich wieder etwas wohler fühlte, setzte er sich in die Hocke und wagte dann einen beherzten Blick in das Paket. Er konnte nur heftig die Stirn runzeln. Darin waren mehrere Packungen kalifornische Pistazien.

Josh war müde und verstört. Er wollte nur noch nach Hause und dann würde er sich gründlich überlegen, ob er sich überhaupt die Mühe machen sollte, nach einem Sinn in den Ereignissen dieses Abends zu suchen. Da hörte er plötzlich ein schrilles Lachen. Konnte der Abend noch absurder werden?

Von der anderen Straßenseite kamen Lil' Rachet, Bloodhound und Head Bussa auf ihn zugeeilt. Josh verstand die Welt nicht mehr.

»Was zur Hölle«, murmelte er.

»Bussa, hast du alles auf Video?«

»Grandios!«

Die drei bogen sich vor Lachen und klopften ihm abwechselnd auf die Schultern.

»Du bist der Kracher!«

»Absolut professionell!«

Josh war hin- und hergerissen zwischen rasender Wut und grenzenloser Erleichterung. Angesichts der dunklen Straßenecke, der zahlenmäßigen Überlegenheit der Gangster und der Tatsache, dass es nun einmal Gangster waren, entschied er sich für ein gezwungenes Lächeln.

»Wollt Ihr euer Päckchen wiederhaben?«, fragte er schließlich und klopfte etwas Staub von seinem Rucksack.

Das löste eine weitere Welle Gelächter aus.

»Nein. Das kannst du behalten. Wir haben, was wir wollten.«

Also packte Josh mechanisch die Pistazien in seinen Game-Boy-Rucksack.

»Habt Ihr den Blick von Tokio und Cricket gesehen?«

»Großartig.«

»Filmreif.«

Josh wusste in dem Moment selbst nicht genau, woher er den Mut nahm, die wichtige Frage zu stellen: »Was ist jetzt mit dem Hundekampf?«

»Klar. Versprochen ist versprochen.«

Bloodhound machte es noch ein wenig spannend. Er erzählte eine lange Geschichte darüber, wie er einmal selbst bei einem Hundekampf 7.000 Dollar gewonnen hatte. Die beiden anderen lachten an den richtigen Stellen, was Josh vermuten ließ, dass sie die Geschichte schon kannten.

Am Ende der Geschichte waren sie fast wieder am Las Vegas Boulevard angekommen.

»Also?«, fragte Josh erneut.

»Nicht so ungeduldig, mein Kleiner!« Bloodhound stemmte die Hände in die Hüften.

»Ich rufe dich am Donnerstag an und dann kann ich dir genau sagen, wann das nächste Event stattfindet und wo. Ehrenwort.«

Das reichte Josh erst einmal aus. Was blieb ihm auch anderes übrig?

Er verabschiedete sich von seinen neuen Gangster-Freunden und steuerte schnurgerade auf den Parkplatz zu, wo er sein Auto zuvor abgestellt hatte. Erst als er im Wagen saß, erlaubte er sich einen kurzen Gefühlsausbruch. Er schlug auf das Lenkrad ein, bis sein Handballen schmerzte.

»Verdammte Kacke«, schrie er in Richtung Windschutzscheibe. Da sein Autofenster auf der Fahrerseite nicht ganz geschlossen war, drehte sich ein vorbeischlenderndes Pärchen nach ihm um. Er versuchte zu lächeln. Die beiden gingen kopfschüttelnd weiter. In Las Vegas gab es halt jede Menge Verrückte. Josh zählte jetzt ganz offiziell zu ihnen.

15

Am nächsten Tag erwachte Josh erst, als es schon weit nach Mittag war. Vermutlich hatte ihn der Hunger geweckt. Zumindest konnte er erst einmal nur an Frühstück denken. Als er Milch über seine bunten Frühstücksflocken schüttete, musste er allerdings unweigerlich an Odiklu denken und damit auch an den gestrigen Abend.

Josh sehnte sich danach, jemandem von seinem Abenteuer mit richtigen Gangstern, seiner Begegnung mit der Polizei und seiner zukünftigen Tätigkeit als Fremdenführer für außerirdische Besucher zu erzählen. Aber er hatte schließlich eine Verschwiegenheitserklärung unterschrieben. Höchstwahrscheinlich. Abgesehen davon würde ihm ohnehin niemand glauben.

Josh schaltete den Fernseher an, um sich ein wenig abzulenken. Es lief eine Dokumentation über das britische Königshaus und irgendein blaublütiges Baby. Nichts hätte Josh weniger interessieren können. Perfekt.

Josh hatte noch nicht aufgegessen, als es an der Tür klopfte. Er hievte sich aus dem Sofa, trottete zur Tür und schaute durch den Spion. Es war sein neuer Freund und Geschäftspartner Odiklu.

»Komm herein, Odi«, sagte Josh und unterdrückte ein Gähnen.

»Du arbeitest nicht. Wie schön«, rief Odiklu und ging zielstrebig in Richtung Küche, wo er sich ein paar Pop-Tarts in den Toaster schob.

»Ich muss erst heute Abend wieder arbeiten«, sagte Josh.

»Machst du Fortschritte bei der Planung?«

»Das kann man wohl sagen. Ich habe den Hundekampf so gut wie organisiert«, berichtete Josh nicht ohne Stolz.

»Das freut mich zu hören. Aber was ist mit dem Kindergeburtstag? Wo bekommst du Kinder her? Ich habe mich schlau gemacht und man darf nicht einfach Dinge mit fremden Kindern anstellen. Richtig?«

Odiklu schien sich Sorgen zu machen.

»Das ist richtig. Sehr richtig sogar. Aber solche Dinge machen wir ja nicht. Oder, Moment? Was hat Ulionk denn auf dem Kindergeburtstag vor?« Joshs Herzschlag beschleunigte sich.

»Sie will auf einem Stuhl in einem Garten sitzen, Kuchen essen und Kindern dabei zusehen, wie sie auf eine Piñata einschlagen. Und dann fallen Süßigkeiten aus der Piñata«, erklärte Odiklu, wobei er sich anhörte, als halte er einen wissenschaftlichen Vortrag.

»Oh, gut. Das geht.« Josh atmete erleichtert auf.

»Du hast noch zehn Tage Zeit. Es ist also alles in Senf!«

Odiklu ließ sich aufs Sofa fallen und pustete auf seine heißen Pop-Tarts.

Die Tatsache, dass Josh eine Nacht voller krimineller und Furcht einflößender Begegnungen überstanden hatte, steigerte sein Selbstbewusstsein. Also traute er sich zu fragen: »Wirst du mir das Honorar für meine Arbeit als Fremdenführer auf mein Bankkonto überweisen oder wie hast du das gedacht? Hast du überhaupt ein Bankkonto?«

»Ich weiß nicht. Ich hole das Geld immer in Antwerpen ab und dann gebe ich es den Leuten, damit ich die Dinge bekomme, die ich haben will. Ich dachte, wir machen es mit deinem Honorar genauso. Man nennt es, glaube ich, Bargeld. Ist das in Ordnung für dich?«

Das war vollkommen in Ordnung für Josh. Bargeld. Er legte die Füße auf den Couchtisch. Er hatte zwar keine Ahnung, was Antwerpen war, aber er war ganz offensichtlich im Begriff, ein erfolgreicher Geschäftsmann zu werden.

Erst als Odiklu sich wieder verabschiedet hatte, fühlte sich Josh bereit dazu, das Thema Kindergeburtstag anzugehen.

16

Ulionk konnte sich nicht entscheiden, welchen Mantel sie mit auf die Reise nehmen wollte. Sie hielt abwechselnd den roten und den knallroten vor sich in die Luft. Odiklu war sehr hilfsbereit gewesen. Er hatte ihr eine Sammlung von 2D-Videos zusammengestellt. Nachrichtensendungen, Dokumentationen über die Stadt Las Vegas, Filme über die Tiere und Menschen auf der Erde, aber auch ein paar geschichtliche Überblicke und Unterhaltungssendungen von der Erde. Die Qualität war nur mäßig, aber so hatte Ulionk mittlerweile eine gute Vorstellung davon, was sie auf der Erde erwarten würde.

Sie freute sich schon besonders darauf, in Fahrzeugen auf Straßen unterwegs zu sein und Lebensmittel von der Erde zu essen. Die Erdlinge aßen merkwürdige Dinge, aber besonders auf dem Kontinent, den sie besuchen würde, gab es sehr viele zuckerhaltige Lebensmittel, die dem, was auf Angrodan gegessen wurde, ähnlich waren. Der irdische Zucker – und das war von großem Interesse – war besonders süß. So hatte es Odiklu beschrieben.

Im Badezimmer ging sie noch einmal alles durch. Verdauungsfördernde Drops waren eingepackt, für den Fall, dass sich etwas als unverdaulich erwies. Ulionks

Notfallapotheke konnte sich sehen lassen, denn Odiklu hatte mehrfach darauf hingewiesen, dass eine medizinische Versorgung für Angrodaner auf der Erde schlichtweg nicht gegeben war.

Sie trug noch einmal Dr. Düklus Greenaway-Lotion auf, die sie in den letzten vier Tagen streng nach Vorschrift dreimal am Tag benutzt hatte. Ihre Haut im Gesicht, am Hals, an Händen und Unterarmen war nun schon fast gleichmäßig rot. So würde sie unter den Erdenbewohnern nicht auffallen. Sie prüfte im Spiegel den Halsansatz und ging dann noch einmal die Notizen durch. In Las Vegas schien es generell angenehm warm zu sein. Die Erdenbewohner sprachen von 80 bis 90 Grad Fahrenheit. Was auch immer das bedeuten sollte. Odiklu hatte ihr versichert, dass es frühlingshaft sein würde.

Einen Moment hatte sie mit dem Gedanken gespielt, eine Insel namens Island zu besuchen, um dort Wale zu beobachten, aber dort gab es etwas, das Odiklu als Frost bezeichnete, und er hatte davon abgeraten, ohne Schutzkleidung diese Gegend aufzusuchen. Schließlich wurde es auf Angrodan nie kalt.

Ulionk ging ins Wohnzimmer und verpackte die Gastgeschenke, die sie für ihren Reiseleiter ausgesucht hatte: Eine plasmanische Zuckerwurst, eine extra große Tube Superkleber und einen Sammelteller aus Kuranium, in den ein Landschaftsbild eingeritzt war. Es zeigte die Schlammfälle von Nordtrummel, eine der berühmtesten Sehenswürdigkeiten auf Angrodan.

Später saß Ulionk am Pool. Eben hatte sie ein Bad im blubbernden warmen Schlamm genommen und nun wartete sie darauf, dass der Schlamm trocknete, sodass er von ihr abfallen und die Haut reinigen würde. Ihre neue orangerote Hautfarbe würde dann noch besser hervortreten.

»Du genießt dein Schlammbad?«, fragte Buklu, der aus dem Poolhaus kam.

»Das tue ich. Danke, mein Zuckerchen. Auf der Erde gibt es so etwas nicht«, erwiderte sie.

»Du und deine Abenteuerreisen!« Buklu hatte Angrodan noch nie verlassen. Selbst die Hochzeitsreise hatte er am Schlammozean von Marast verbringen wollen.

»Ihr drei wisst gar nicht, was ihr verpasst«, sagte Ulionk. Das war ihre Standardentgegnung zu diesem Thema. Buklu massierte sanft ihre Kopfhaut und drückte ihr dann einen Kuss auf die Stirn.

»Deshalb lieben wir dich, weil du ein wenig verrückt bist. Hübsch, deine rote Hautfarbe.« Er schüttelte den Kopf.

»Wir werden hier auf dich warten und können es kaum erwarten, deine Urlaubsbilder zu sehen, wenn du zurückkommst.«

Ulionk wusste, dass das eine Lüge war. Aber sie wusste auch, dass ihre drei Ehemänner sich die Bilder anschauen und ein paar freundliche Kommentare dazu abgeben würden. Es waren drei gute Ehemänner. Nur manchmal wünschte sich Ulionk, sie hätte zumindest einen abenteuerlustigen Mann gefunden.

17

Josh hatte nur noch wenige Tage Zeit für die Vorbereitung. Als mitten in der Nacht ein Telefon läutete, schreckte Josh auf. Es war das sichere Telefon. Endlich. Josh war unheimlich erleichtert. Das fühlte sich verrückt an.

Jetzt bin ich schon erleichtert, weil mich ein Gangster mitten in der Nacht anruft, dachte Josh. Wie weit ist es mit mir gekommen?

»Hallo«, meldete er sich.

»Hallo. Ich bin‘s. Keine Namen. Hör zu. Ich sage es nur einmal.«

Es war Bloodhound. Josh stürzte ins Wohnzimmer, griff sich einen Stift und einen Pizzakarton.

»Ich höre«, sagte er, so cool er konnte.

»Am nächsten Montag. Treffpunkt ist der Parkplatz Ecke West Washington und North Martin Luther King Boulevard. Vor der Bank-of-America-Filiale. Zehn Uhr abends. Das Event beginnt um halb elf. Seid pünktlich. Niemand anders als du und deine Tante. Sonst platzt der Deal. Keine Kameras, keine Waffen. Und bringt genug Geld mit. 600 pro Person und ein Minimum von 1.000 für jedes Spiel.«

»Spiel? Welches Spiel?«, fragte Josh verwirrt.

Ein langer Seufzer auf der anderen Seite.

»Wetten, du Schlappschwanz. Wetten.«

»Aber …«, stotterte Josh.

»Alles klar. Sei pünktlich.«

Aufgelegt.

Josh starrte auf das, was er eben auf den Pizzakarton gekritzelt hatte. Montag. Zehn Uhr am Abend. Bank of America. 600 Dollar. Das war perfekt. Er war überglücklich.

Wie sehr hat sich doch alles verändert. Ich bin glücklich, weil mir gerade jemand gesagt hat, dass ich 1.000 Dollar auf den Ausgang eines illegalen Hundekampfes wetten werde, dachte Josh, und wusste noch nicht so recht, was er von seinem neuen Ich halten sollte. Das Beste war wohl, er ging wieder ins Bett. Zuvor riss er allerdings das Stück aus dem Pizzakarton heraus und legte es zuoberst auf einen Stapel Comic-Hefte. Er würde sich alles genau einprägen und das Stück Karton dann verbrennen. Oder vielleicht aufessen. Irgendetwas Melodramatisches schwebte ihm vor.

Während er langsam wieder einschlief, hatte er sich schon die Adresse und die Uhrzeit eingeprägt.

Als das Telefon plötzlich erneut klingelte, sprang Josh erschrocken auf und auf seiner Stirn bildeten sich Schweißperlen.

»Ja?«

»Es gibt da noch etwas, was ich dir sagen muss.«

»Was?« Josh wurde schlecht.

»Also, es geht um das Event.«

»Ja? Was?«

»Es gibt sozusagen eine Planänderung. Es sind Hähne.«

»Was?«

»Hähne. Keine Hunde.«

»Hähne?«

»Ja, Hähne. Du kennst doch Hühner? Hühnchen. Geflügel. Vögel. Hähne halt.«

»Hähne. Aha.«

»Ja. Meinst du, dass deine Tante damit einverstanden sein wird, wenn es keine Hunde, sondern Hähne sind?«

»Ehm. Was?«

»Auf jeden Fall gibt es nur Hähne. Alles andere ist zu heikel.«

»Hähne«, wiederholte Josh leise. »Aha.«

Die Leitung war wieder tot.

18

Josh saß am nächsten Morgen in seiner Wohnung und zermarterte sich den Kopf darüber, wie er Odiklu beibringen konnte, dass es eine unwesentliche Änderung der Spezies geben würde. Zunächst aber hatte er noch dringlichere Probleme. Er wusste nicht, wo er ein Kind auftreiben konnte, das ihn zu seiner Geburtstagsparty einladen würde, und seine schräge Tante noch dazu. Und dann musste dieses Kind auch noch nächste Woche Geburtstag haben.

Moment, dachte Josh, *ist es denn wirklich nötig, dass das Kind nächste Woche Geburtstag hat oder reicht nicht ein Kind, das eine Party feiert und behauptet, es hätte Geburtstag? Gute Idee.*

Josh fragte sich, wie bestechlich Kinder im Allgemeinen waren. Statistisch gesehen. Er startete eine Internetsuche. Diese Suche ergab allerdings nur Treffer, die nicht wirklich zu seiner Fragestellung passten. Er fand hauptsächlich Ratgeber für Eltern, die damit aufhören wollten, ihre Kinder zu korrumpieren, und Erziehungsratgeber, die erklärten, warum Bestechung als Erziehungsmethode generell abzulehnen war. Die Frage, wie man Kinder bestechen könnte, schienen sich Eltern nicht zu stellen. Großartig.

Josh kannte einige Kinder, die in der Nachbarschaft wohnten. Wenn diese Kinder nicht zu überzeugen waren, dann vielleicht die Eltern. Geld hatte er ja zur Verfügung. Er konnte problemlos 1.000 Dollar für eine Party springen lassen und sie als Spesen abrechnen.

Nun brauchte er nur noch einen plausiblen Grund, warum um alles in der Welt er, Josh, kinderlos und chronisch pleite, 1.000 Dollar für eine Kindergeburtstagsparty springen lassen sollte. Das war eine harte Nuss.

Später, als Josh im Walmart gerade Zahnpastatuben aus Kisten in die Regale räumte, sah er seinen Kollegen Henry. Der kam auf Josh zu und packte mit an.

»Hey. Ich habe gehört, du hast tatsächlich mit meinem Bruder geredet.«

»Oh, ja. Vielen Dank nochmal, Henry«, entgegnete Josh.

»Konnte er dir helfen?«

»Also zumindest hoffe ich das, denn weißt du, nächste Woche wird sich herausstellen …«

»Lass stecken«, unterbrach ihn Henry. »Ich will es gar nicht wissen.«

Auf die Zahnpasta folgten Kisten mit Mundspülung.

»Henry. Darf ich dich was fragen?«

»Klar, wenn es nichts mit deinen Gangstergeschichten zu tun hat«, sagte Henry.

»Nein«, beteuerte Josh. »Es geht um eine Familie in meiner Nachbarschaft. Ich würde den Leuten gerne etwas schenken. Aber ich weiß nicht, ob sie es einfach so annehmen, denn es gibt eigentlich keinen guten Grund dafür, warum ich das tun sollte.«

»Na, dann behaupte doch einfach, dass du das Geschenk selbst geschenkt bekommen hast und nichts damit anfangen kannst.«

Die Mundspülung war aufgefüllt. Sie trugen die leeren Kisten ins Lager. Josh dachte nach.

»Oder du sagst, du hast es gewonnen. Bei einer Tombola oder so. Und du willst es jetzt weiter verschenken«, schlug Henry schließlich vor.

»Das ist grandios«, flüsterte Josh. »Henry. Du bist ein Genie!«

19

Am frühen Nachmittag schaute Josh immer wieder aus dem Fenster, um nicht den Moment zu verpassen, in dem die Kinder aus seinem Apartmentblock von der Schule zurückkamen. Normalerweise aßen sie etwas und trafen sich dann vor dem Haus, um Ball zu spielen oder auf dem maroden Klettergerüst herumzutollen, das zum Apartmentblock gehörte.

Er beobachtete die Kinder, wie sie aus dem Schulbus stiegen und sich auf ihre Wohnungen verteilten. Weniger als eine halbe Stunde später kamen sie alle nach und nach wieder zum Vorschein. Perfekt.

Josh packte ein paar Süßigkeiten in eine Tüte, schlenderte wie zufällig in Richtung des Klettergerüstes und nickte zwei Müttern zu, die auf einer Bank saßen und sich auf Spanisch unterhielten. Er setzte sich mit einem Comicheft auf eine Bank vor dem Haus.

Nach einer Weile packte er eine Großpackung Oreos aus und begann zu essen. Eines der Kinder wurde auf ihn aufmerksam und selbstverständlich teilte er seine Kekse gerne mit den Kids. Das gierigste Kind, die sechsjährige Yaneli, setzte sich zu ihm und begann, ihm von ihrem Tag in der Schule zu erzählen. Dabei stopfte sie so viele Oreos in sich hinein, dass man sie glatt für Odiklus Tochter hätte halten können.

Yaneli war eines der freundlicheren Kinder. Sie hatte sich noch nie über Josh lustig gemacht, zumindest nicht, wenn er dabei war. Sie grüßte ihn im Treppenhaus und er hatte ihr einmal Pfadfinderkekse abgekauft.

Also fasste sich Josh ein Herz und brachte vorsichtig seine Idee zur Sprache.

»Yaneli, ich habe ein kleines Problem, bei dem du mir vielleicht helfen kannst«, sagte er so freundlich er konnte.

»Klar, was geht ab?«

»Es ist so, dass ich bei Walmart einen Gutschein für eine riesige Geburtstagsparty gewonnen habe, allerdings ist es eine Party für Kinder und sie muss nächste Woche stattfinden. Kennst du denn ein Kind, das nächste Woche Geburtstag hat?«

Yaneli legte kokett den Zeigefinger an den Mundwinkel und hielt den Kopf schräg.

»Ich weiß nicht«, sagte sie. »Aber, weißt du, vielleicht könnte ich dir helfen und meinen Geburtstag ein bisschen verschieben«, fügte sie mit einem schelmischen Grinsen hinzu.

Josh ballte innerlich die Hand zur Faust und reckte sie in den Himmel. Er hatte sich treffsicher das smarteste und gewiefteste Kind des ganzen Blocks ausgesucht.

»Das wäre vielleicht eine Idee. Dann könnten wir alle zusammen feiern und viele Süßigkeiten essen! Natürlich müssen wir deine Mama fragen, ob sie einverstanden ist«, betonte Josh.

»Mama, Mama, Josh will mir ganz viele Süßigkeiten geben, wenn ich mit ihm eine Party feiere«, schrie Yaneli in Richtung ihrer Wohnung, die irgendwo im vierten oder fünften Stock war.

Bevor sich Josh versah, tauchten von überall her Leute auf, die ihm sehr strenge Blicke zuwarfen. Ein Mann stellte sich nur wenige Zentimeter vor Josh auf und fuchtelte mit einem mittelgroßen Klappmesser ungemütlich nahe vor Joshs Nase herum. Ein anderer zerrte Yaneli von den Keksen fort.

»Was hat der Mann zu dir gesagt?«

»Was zur Hölle haben Sie mit dem Kind vor?«

»Raus mit der Sprache, Sie Ungeheuer!«

Jemand packte Joshs Arm und drehte ihn unsanft auf den Rücken.

»Los, ruf jemand die Polizei!«

»Nein, keine Polizei«, rief eine junge Frau. Sie hatte mehr Tattoos auf den Armen als Dennis Rodman.

Josh stotterte nur vor sich hin und ihm brach der Schweiß aus.

»Aber ich wollte doch nicht …«, setzte er lahm an. Es hörte ihm aber niemand zu.

Bevor es zu weiteren Handgreiflichkeiten kommen konnte, kam Yanelis Mutter im Laufschritt auf den Menschenauflauf zu.

»Was zur Hölle ist hier los?«, fragte sie.

Sie kniete sich vor ihre Tochter und hielt auf Spanisch eine leise Zwiesprache mit dem Kind. Dann tätschelte sie den Kopf der Kleinen und hob sie auf ihren Arm.

»Langsam, langsam. Ich regele das«, verkündete sie und bat die jungen Männer, sie mit Josh einen Moment alleine zu lassen.

Josh war sich nicht sicher, ob das eine gute Wendung war. Immerhin ließ der Kerl seinen Arm widerstrebend los und der andere junge Mann mit dem Messer bewegte sich ein paar Schritte zur Seite.

Josh rieb sich den Arm und setzte ungewollt seinen Hundeblick auf.

»Guten Tag, Misses Santos«, sagte er schüchtern.

»Guten Tag, Josh«, erwiderte sie.

»Was zur Hölle hast du gesagt? Wieso wollen alle diese Mistkerle dich abstechen?«

Immerhin schien sie ihm noch eine Chance zur Erklärung zu geben, denn Misses Santos setzte sich mit Yaneli auf ihrem Schoß zu Josh auf die Bank.

Josh massierte seinen Arm und beschloss, die Wahrheit zu sagen, oder eben den Teil der Wahrheit, der für menschliche Ohren bestimmt war.

»Also, es ist so. Ich habe bei Walmart bei der Mitarbeitertombola gewonnen.«

»Das ist der Scheißladen, wo du arbeitest, richtig?«

»Ja.« Es gab nichts zu beschönigen, und Misses Santos war keine Freundin von unnötigen Höflichkeiten.

»Und der Gewinn ist eine Geburtstagsparty für ein Kind, nächste Woche, mit Hüpfburg und jeder Menge Süßigkeiten und Kuchen und einer Piñata und sogar die Bänke und Tische werden gestellt.«

»Und was hat das mit meiner Yaneli zu tun?«

»Nun, ich kenne nicht viele Kinder und es wäre doch schade, wenn der Preis verfällt. Also dachte ich, wir könnten einfach behaupten, dass Yaneli Geburtstag hat und dann mit allen Familien hier aus dem Block die kostenlose Party feiern.«

»Das hast du gedacht?« Misses Santos schaute ihre Tochter an, dann wieder Josh, der seine Unschuldsmiene zur Schau trug.

»Es sind Lebensmittel und Partyequipment für fast 1.000 Dollar. Habe ich die Hüpfburg und die Piñata schon erwähnt?«

»Verdammte Axt«, rief Misses Santos.

Die zwei jungen Männer zückten wieder ihre Messer und bewegten sich auf die Bank zu.

»Nein, nein. Alles okay.« Yanelis Mutter machte mit der freien Hand eine Bewegung in Richtung der Messerstecher, als würde sie Fliegen verscheuchen.

Dann schien sie eine Entscheidung zu treffen. Sie straffte ihren Rücken und positionierte ihre Tochter auf ihrem Schoß so, dass sie ihr tief in die Augen blicken konnte.

»Yaneli. Du weißt, dass man nicht lügen darf.«

»Ja, Mama, das weiß ich«, sagte Yaneli mit einem enttäuschten Unterton in der Stimme.

»Aber du weißt auch, dass man anderen Menschen helfen soll, wenn man kann und man seine Süßigkeiten mit anderen Kindern teilen soll.«

Auch das wusste Yaneli. Sie nickte eifrig.

»Wenn dich also jemand fragt, dann hast du nächste Woche Geburtstag. Du wirst sieben und du freust dich unheimlich auf die Party.«

Yaneli umarmte ihre Mama und hielt Josh dann verschwörerisch die Hand zum Einschlagen hin.

»Darf ich noch einen?«, fragte sie und zeigte auf die Oreo-Schachtel.

»Klar, nimm sie alle mit.« Josh drückte ihr die Schachtel in die klebrigen Hände.

Sie drehte sich noch einmal um, wie ein winziger Columbo.

»Bekomme ich vielleicht eine Dinosaurier-Piñata?«, fragte sie hoffnungsvoll.

»Klar. Ich kümmere mich drum«, versicherte Josh.

Yaneli rannte zu ihren Freunden, um sie zu ihrer Party einzuladen. Keines der Kinder beschäftigte sich mit der

Frage, wann Yaneli wirklich Geburtstag hatte. Solche Nebensächlichkeiten sind unter den fünf- bis achtjährigen nicht der Rede wert.

»Josh. Das ist wirklich eine sehr nette Geste von dir. Die Kinder werden sich freuen«, sagte Misses Santos, erwähnte aber nicht, dass sie sich selbst mit ihren gesamten Ersparnissen keine solche Geburtstagsparty leisten konnte und die übrig gebliebenen Lebensmittel dieser Party die gesamte Familie über den laufenden Monat retten würden. Ihr Blick drückte echte Dankbarkeit aus.

»Warum tust du das, Josh?«

»Nun, ich habe nicht viele Freunde. Und ich dachte, die Kinder hier aus dem Haus würden sich freuen.«

»Also, was muss ich tun? Wo muss ich unterschreiben?«, fragte sie mit einem Zwinkern.

»Eine Sache wäre da noch«, sagte Josh schließlich, als Misses Santos gerade aufstehen wollte.

»Es gibt also doch einen Haken. Dios Mio!«

»Nein. Keinen Haken. Na ja, wie man es nimmt. Meine Tante aus Kirgistan wird nächste Woche zu Besuch sein. Ist es in Ordnung, wenn sie bei der Party dabei ist?«

Misses Santos lachte erleichtert auf und klopfte Josh so heftig auf den Rücken, dass er einen Schluckauf bekam.

Sie nickte ihm nur zu und ging dann zurück ins Haus.

20

Obwohl Josh sich nach der Begegnung mit mexikanischen Messerstechern, die ihn für einen Kinderschänder gehalten hatten, am liebsten in seinem Bett verkrochen und zur Beruhigung die gesamte Star Wars Trilogie, Episode vier bis sechs, geschaut hätte, gab er sich einen Ruck und rief seinen Kollegen Henry an.

»Josh? Was verschafft mir die Ehre?«

»Ich habe mich gefragt, ob du Lust hättest, mir dabei zu helfen, einen Kindergeburtstag zu organisieren.«

»Einen Kindergeburtstag? Wo hast du denn auf einmal Kinder her?«

»Es sind nicht meine«, sagte Josh, der nicht bemerkt hatte, dass Henry einen Scherz gemacht hatte.

»Klar, kann ich dir helfen. Wie denn?«

Eine Stunde später saßen die beiden auf Joshs Couch und machten Pläne. Henry stellte sich als hervorragender Organisator heraus und er hatte gute Ideen. Er konnte mit Zahlen umgehen und hatte bald herausgefunden, was eine Hüpfburg, acht Kuchen, eine Piñata mit Füllung, ein Clown mit einer Luftballonshow und ein riesiges Happy-Birthday-Spruchband in etwa kosten würden. Schneller als Josh denken konnte, hatte Henry eine umfassende Liste der Dinge erstellt, die sie bestellen und besorgen mussten, dazu ungefähre Preise und auch schon einen Namen von einem Caterer.

»Die Piñata und die Süßigkeiten können wir einfach bei Walmart kaufen. Und die Kuchen können wir auch da bestellen. Dorothee macht sogar welche mit Aufschrift oder mit Kindermotiven. Hast du bestimmt schon mal in der Theke gesehen.«

Was die Anmietung von Gartenmöbeln und Sonnenschirmen sowie die Beauftragung einer Catering-Firma für die Verpflegung mit Würstchen, Burgern und Pizza anging, bestand Henry jedoch darauf, diesen Job seinem Bruder anzuvertrauen.

»Weißt du, er betreibt eine Party-Catering-Firma.«

»Dein Bruder. Prima. Moment. Dein Bruder Bloodhound?«

Henry lachte auf.

»Ach ja, du kennst ihn ja. Er heißt allerdings Gilbert.«

»Gilbert?«

»Ja. Aber nur Mom und ich dürfen ihn so nennen. Und das auch nur, wenn niemand dabei ist.«

»Und Gil- also Bloodhound hat jetzt eine Catering-Firma? Ist sie denn erfolgreich?«

»Klar.« Henry schaute auf seine Füße.

»Ich muss ein paar Telefonate führen«, sagte er dann.

»Wir kommen auf 1.170 Dollar!«

Josh schreckte auf. Er war auf seiner Couch eingenickt. Vor ihm stand ein hochmotivierter Henry mit einem Block und einem Telefon in der Hand.

»Wie spät ist es?«, fragte Josh und rieb sich die Augen.

»Wie spät …? Fast Mitternacht«, sagte Henry nach einem flüchtigen Blick auf seine Armbanduhr.

»Hör zu. Ich habe alles soweit geklärt. Wir brauchen 1.170 Dollar«, wiederholte Henry und setzte sich zu Josh auf die Couch.

»Aha.« Josh war noch nicht ganz bei der Sache.

Henry holte tief Luft und erklärte Josh dann, welche Angebote er eingeholt hatte, wie viel die Kuchen, die Piñata, die Hüpfburg, das Catering inklusive Getränke, die Miete von Sonnenschirmen und Gartenmöbeln und der Clown mit Luftballons kosteten.

»Das sind alles recht gute Preise. Ich habe überall Rabatte bekommen. Am Donnerstag scheint nicht viel los zu sein.«

Henry grinste stolz und setzte sich ein wenig gerader hin.

»Nun, das ist ja großartig«, stammelte Josh.

Hatte er unabsichtlich das in Henry schlummernde Organisationstalent hervorgeholt? Unglaublich.

»Was ist denn jetzt? Haben wir 1.170 Dollar?«

Josh nickte nur.

»Du hast mir noch immer nicht gesagt, warum du dieser Nachbarsfamilie so eine riesige Freude machen willst. Hast du im Lotto gewonnen?«

»Nein, das nicht. Es ist mehr so eine Erbschaftsgeschichte.«

»Oh, nein«, Henrys Grinsen verschwand.

»Nein, nicht, was du denkst. Meine Tante ist nicht tot. Sie ist sogar sehr lebendig. Es ist also keine richtige Erbschaft. Was soll ich sagen? Es ist eine lange und sehr unglaubwürdige Geschichte.« Josh war mit seiner Antwort selbst sehr unzufrieden und starrte auf seine Füße.

»Wie auch immer.« Henry sprang auf.

»Ich muss nach Hause. Ich komme aber morgen zurück, dann helfe ich dir, die Bestellscheine auszufüllen.«

»Danke«, sagte Josh und meinte es ehrlich.

»Kein Ding. Hat mir echt Spaß gemacht«, gab Henry zurück.

»Gute Nacht.«

»Gute Nacht.«

»Eins noch«, sagte Henry, als er schon die Türklinke in der Hand hatte.

»Was ist?«

»Mein Bruder und seine Freunde bestehen darauf, auch zu der Party zu kommen. Ich hoffe, das ist okay.«

»Klar«, seufzte Josh, »meine Tante wird die Jungs lieben!«

21

Josh war gerade dabei, eine weitere große Ladung Süßigkeiten in seine Küchenschränke zu stopfen. Er hatte nach der Schicht im Walmart wieder knapp 80 Dollar für Kekse, Bonbons, süße Limonaden und Pralinen ausgegeben. Er war nun wieder fast pleite, weil er von Odiklus Vorschuss unter anderem seine Miete bezahlt hatte.

Aber irgendwo in seinem Hinterkopf hatte sich die wahnwitzige Idee festgesetzt, dass dieses irre Tourismusprojekt von Angrodan möglicherweise das Ende seines elenden Jobs bei Walmart und das Ende seines chronischen Geldmangels bedeuten könnte. Josh wagte noch nicht wirklich daran zu glauben. Aber er wollte sich am Ende auch nicht vorwerfen müssen, dass er es nicht wenigstens versucht hatte. Leider hatte er noch immer keine gute Idee, wie er Odi den Spezieswechsel in seinem Kampf-Event erklären sollte.

Nur mit Mühe konnte Josh die Tür des unteren Küchenschrankes schließen, als es unvermittelt an der Tür klingelte. Da Josh niemanden erwartete, konnten es eigentlich nur seine neuen Gangster-Freunde oder sein neuer außerirdischer Geschäftspartner sein. Die Gangster hatten sich vage angekündigt, um eine Anzahlung für die Kindergeburtstagsdienstleistungen einzufordern. Da Josh das Geld noch nicht hatte, war er froh, dass Odiklu vor der Tür stand. Er trug ein Hawaii-Hemd mit Ananasmuster und einen Schottenrock. Josh wagte zu hoffen, dass sich Ulionk etwas unauffälliger kleiden würde. Nicht, dass es in Las Vegas irgendeinen Unterschied machte.

»Ich wollte nur noch ein letztes Mal nachsehen, ob alles bereit ist«, flüsterte Odiklu, während er sich an Josh vorbei ins Wohnzimmer schob.

Er überprüfte kurz die Nahrungsreserven in der Küche und sprach Josh ein Lob aus. Er schnappte sich eine Schachtel M&Ms und setzte sich aufs Sofa. Mit einer Geste, die in einer Oper angemessen gewesen wäre, um selbst den begriffsstutzigsten Zuschauer darauf aufmerksam zu machen, dass nun etwas Bedeutungsvolles folgte, schaltete Odiklu sein Datenpad ein.

»Warte, Odi. Ich muss dir noch was Wichtiges gestehen«, sagte Josh zerknirscht.

»Oh, nein. Was ist?«

»Der Hundekampf …«, begann Josh.

»Was? Du hast es verbockt?«

»Nein. Na ja, ja. Es gibt keinen illegalen Hundekampf.«

»Was?«, rief Odiklu und fasste sich mit der roten Hand filmreif wie eine Diva an die Stirn.

»Ich könnte dir einen illegalen Hahnenkampf anbieten«, schob Josh hinterher, wobei er kaum noch Hoffnung hatte, dass er die Situation mit diesem lahmen Ersatz retten konnte.

»Hach, du schwerer Köter. Du hast mir einen ganz schönen Schreck eingejagt. Hunde, Hähne, was ist überhaupt der Unterschied?«

Odiklu fächelte sich theatralisch Luft zu und japste. »Wie kannst du mich so erschrecken?«

Odiklu atmete heftig aus und inhalierte dann die halbe Packung M&Ms. Er war wieder Feuer und Flamme.

Josh war mindestens genauso verblüfft wie erleichtert.

»Schwerer Köter? Meinst du Schwerenöter? Also, du meinst, das macht nichts?«

»Natürlich nicht. Hähne sind doch Tiere, oder etwa nicht?«

»Klar.«

»Tiere, die es nur auf der Erde gibt?«

»Soweit ich weiß.«

»Und illegal ist es ebenfalls?«

»Absolut.«

»Na dann ist ja alles in Senf. Hahnenkampf also.« Odiklu klatschte in die Hände und holte dann erneut sein Datenpad hervor.

»Schau her«, begann er.

»Das ist das Reiseprogramm. So habe ich es an unsere Kundin übermittelt und sie ist begeistert.«

Odiklu straffte die Schultern und drehte das Pad so, dass Josh die Schrift sehen konnte. Sofort bemerkte Odiklu seinen Fehler.

»Ach ja. Angrodanisch«, murmelte er.

»Schreib mit!«

Josh wühlte in den leeren Verpackungen nach einem Stift und wurde bald fündig. Erneut musste ein Pizzakarton als Notizblock dienen.

»Am Donnerstag kommt unsere Kundin am Morgen hier an. Vielleicht so gegen 10 Uhr. Frühstückszeit.«

Josh schrieb: Donnerstag, 12. April, 10 Uhr. Frühstück.

»Ihr habt kurz Zeit, um euch kennenzulernen und dann findet ja am Nachmittag der Kindergeburtstag statt.«

Josh notierte: Nachmittag, Kindergeburtstag.

»Am besten führst du Ulionk am Abend in ein Restaurant aus. Also natürlich eines, wo es viel Zucker gibt. Am besten Dunkin' Donuts oder Waffle House.«

Josh schrieb: abends, Restaurant und setzte in Klammern das Wort Zucker dahinter.

»Am Freitag wird die Kundin schlafen. Wenn du willst, kannst du dann arbeiten gehen oder was auch immer.«

Josh nickte. Er schrieb: Freitag, frei.

»Am Samstag steht der Boxkampf auf dem Programm«, sagte Odiklu. »Hast du was gefunden? Ohne Boxkampf geht es nicht. Sonst bekommen wir schlechte Bewertungen!«

Josh hatte seine Hausaufgaben gemacht, war aber nicht wirklich zufrieden mit seinem Ergebnis. »Ich habe recherchiert. Es findet kein klassischer Boxkampf statt. Zumindest keiner, bei dem die Boxer älter als acht Jahre sind.«

»Aber?« Odiklus hoffnungsvoller Hundeblick war geradezu herzerweichend.

»Ich habe meine neuen Freunde gefragt. Und die haben mir gesagt, dass MMA das neue Boxen ist.«

»Emm emm ää?«, fragte Odiklu. »Klingt super. Was ist das?«

Angespornt von dieser Antwort holte Josh aus:

»Also, das bedeutet Mixed Martial Arts. Alle Kämpfer, die daran teilnehmen, müssen mindestens zwei verschiedene Kampfsportarten beherrschen und dann kämpfen sie. Es ist ein bisschen brutaler als Boxen.«

Josh hatte nicht viel mehr über diesen neuen Trendsport herausfinden können, außer, dass es recht blutig zuging und in Europa viele Länder den Sport nicht als solchen anerkannten.

»Es gibt natürlich Regeln. Aber halt nicht so viele wie beim Boxen«, fügte Josh hinzu.

»Und es kämpfen zwei Menschen gegeneinander?«

»Ja.«

»Und?«

»Und … Und es gibt ein Turnier am Samstag.«

»Grandios!«

»Allerdings ist es in Glendale, Arizona.«

»Und?«

»Das ist etwa viereinhalb bis fünf Stunden von hier entfernt.«

»Auf einem anderen Planeten?«, fragte Odiklu verwundert.

»Nein. Natürlich nicht. In Arizona. Das ist da.«

Josh zeigte wage mit dem Finger in eine Richtung, in der er Süden vermutete.

Odiklu rieb sich die Ohren.

»Oh! Gut. Vier Stunden mit *deinem* Fahrzeug.«

Odiklu atmete hörbar aus und rollte seinen Kopf von einer Schulter zur anderen.

»Genau. Viereinhalb bis fünf«, betonte Josh.

»Wenn die Kundin bereit ist, fahre ich sie natürlich hin. Es ist halt ein langer Ausflug. Hin und zurück etwa neun Stunden.«

»Unsinn.« Odiklu machte eine winkende Bewegung, die auf einem anderen Planeten sicherlich cool oder entspannt gewirkt hätte, Josh aber eher an Ausdruckstanz erinnerte.

»Wenn das so ist, fliege ich euch.«

»Oh«, brummte Josh. Manchmal machte er sich Sorgen, weil sein Gehirn einfach nicht so schnell arbeitete, wie es vielleicht üblich war. Er tröstete sich damit, dass es auch nicht üblich war, Raumgleiter zu haben. Odi standen

Mittel zur Verfügung, gegen die das Land der unbegrenzten Möglichkeiten wie ein Monopoly-Spiel mit besonders restriktiven Regeln wirkte.

»Das ist zwar nicht ganz so authentisch, aber es geht nun mal nicht anders.«

»Dann müssen wir nur noch die Tickets kaufen«, sagte Josh.

»Gut. Wie geht das?«

»Im Internet«, sagte Josh in einem Ton, als erkläre er einem Vierjährigen, wie man eine Gabel hielt.

»Ach ja. Euer Internet«, Odiklu verdrehte die Augen. Es war ihm schon sehr hilfreich gewesen, aber so langsam und so begrenzt.

»Also los!«

»Hast du eine Kreditkarte?«, fragte Josh hoffnungsvoll, »meine ist überzogen.«

»Überzogen?« Nun war es an Odiklu, ein wenig herablassend zu klingen.

»Ja, Mann, ich habe mich schon tief reingeritten. Finanziell. Wegen dir.«

»Und man kann keine Tickets im Ticketverkaufsgebäude kaufen?«, fragte Odiklu hilfsbereit.

Josh schmunzelte. Dann ließ er allerdings die Schultern hängen.

»Nicht? Dann brauchen wir eine neue Kreditkarte. Wo bekommen wir eine her?«

»Manchmal bekommt man eine mit der Post«, überlegte Josh laut.

»Wie, einfach so?«

»Ja«, entgegnete Josh. Das Ganze war ihm selbst nicht ganz geheuer, denn die Kreditkartenfirmen schienen es darauf anzulegen, alle Amerikaner über 18 in den Ruin zu treiben. Sie waren damit auch recht erfolgreich, weshalb er alle diese Briefe immer sofort entsorgte.

»Moment«, sagte er leise und ging in die Küche, wo sich ein hüfthoher Berg Altpapier stapelte, der bestimmt schon seit mehr als drei Monaten anwuchs.

»Hast du keine Praglinge, die das aufräumen?« Odiklu rümpfte die Nase.

»Ob ich was habe?« Josh begutachtete den Stapel.

»Kleine grüne Männchen, die für dich sauber machen?« Odiklu beantwortete seine Frage selbst. »Hast du wohl nicht.«

Josh hatte ihm nicht richtig zugehört. Der Stapel bestand zu 84 % aus Pizzakartons, enthielt aber auch Werbebriefe. Die Chancen, dass Josh in den vergangenen drei Monaten ungefragt eine Kreditkarte zugesandt bekommen hatte, standen erschreckenderweise sehr gut. Das hier war schließlich Las Vegas und wer sich verschulden wollte, dem standen Tür und Tor offen.

Nach einigen Minuten kam er mit triumphierendem Lächeln zurück ins Wohnzimmer.

»Wer sagt's denn! Auf die amerikanische Schuldenindustrie ist Verlass.«

Josh riss den Umschlag auf und bedeutete Odiklu, sich hinzusetzen und zu lernen. Er öffnete einen Browser und gab die Daten aus dem Brief ein.

Bevor er auf der dritten Seite schließlich auf den OK-Knopf klickte, drehte er sich noch einmal zu Odiklu um.

»Die Tickets werden mehrere 100 Dollar kosten. Ich bin vollkommen pleite und gerade dabei, für ein Wahnsinnsunterfangen weitere Schulden zu machen. Würdest du mir nochmal erklären, warum ich überhaupt mitmache?«

Odiklu legte seinen Arm um Josh, was Angrodaner nur in äußersten Notfällen tun.

»Du kannst mir vertrauen. Du wirst dich um diese Dollars nicht mehr sorgen müssen. Ich fahre übermorgen nach Antwerpen.«

Josh blickte in Odiklus treue Augen.

Odiklu blickte zurück.

»Hier«, rief er und kramte in seiner Jackentasche.

Er überreichte Josh ein dickes Bündel Dollarscheine. Sie waren etwas klebrig und rochen nach Zuckerwatte. Aber sie wirkten echt und es waren mindestens 800 Dollar.

»Kannst du das nicht den Leuten geben, die diese Kärtchen verwalten?«

»Das kann ich.« Josh war wieder überzeugt von ihrem gemeinsamen zukunftsweisenden Irrsinnsprojekt. Die Catering-Gangster würden klebrige Scheine anstandslos akzeptieren.

Er klickte auf OK.

Sechs Minuten später war Josh der stolze Besitzer von zwei VIP-Tickets für je 589 Dollar zuzüglich Umsatzsteuer und Vorverkaufsgebühr für die Veranstaltung »UFC Fight Night – in Glendale Arizona – Dustin Poirier versus Justin Gaethje«.

»Wie? Nur zwei Kämpfer?« fragte Odiklu etwas enttäuscht.

»Nein. Es gibt tatsächlich sogar 14 Kämpfe. Aber der Abend wird immer nach dem Hauptevent benannt. Und diese zwei Herren, von denen ich noch nie in meinem Leben etwas gehört habe, sind offensichtlich weltberühmt.«

Josh breitete seine Arme aus und hob die Schultern.

»Darauf sollten wir mit einem zuckerhaltigen Getränk anstoßen!«, schlug Odiklu vor.

»Gerne.«

»Aber vorher gehen wir noch das restliche Programm durch. Schreib weiter!«

22

D*er große Tag ist da*, dachte Josh, dessen Verstand noch immer nicht gut damit umgehen konnte, dass er in einigen Minuten schon seinen zweiten Alien treffen würde, während die meisten Menschen nicht einmal wussten, dass das überhaupt möglich war.

Sein zweiter Gedanke war: typisch. Da passiert mir einmal im Leben etwas Grandioses und Einzigartiges und ich kann es niemandem erzählen. Dabei lag dies weniger an der dubiosen Verschwiegenheitserklärung, die er unterschrieben hatte, als vielmehr daran, dass ihm schlicht und ergreifend niemand glauben würde.

Den gesamten Morgen hatte er damit verbracht, mit Henrys Hilfe die Vorbereitungen für den Kindergeburtstag zu treffen. Die Hüpfburg stand bereits. Bloodhound, Head Bussa und Lil' Rachet hatten Sonnenschirme und Bierzeltgarnituren herangeschleppt. Das Essen war vorbereitet. Auf bunten Papiertischdecken standen Pappteller und Servietten in allen Regenbogenfarben bereit. Sogar mit Helium gefüllte Ballons waren vorhanden. Henry hatte sein Organisationstalent perfektioniert. Josh hatte im Grunde nur unnütz herumgestanden und 100-Dollar-Scheine verteilt. Die Caterer, beziehungsweise Gangster, hatten wie vermutet keinerlei Einwände gegen die klebrigen Scheine gehabt.

Josh war jetzt frisch geduscht und wählte seine Kleidung mit Bedacht. Unauffällige Jeans und ein T-Shirt, das ihn als Nerd zu erkennen gab. Er wollte den Aliens, die sich unter Nerds wohlfühlten, die größtmögliche Geborgenheit vermitteln. Josh hatte aus Verlegenheit die Wohnung geputzt und sogar den riesigen Stapel Altpapier zum Müllcontainer gebracht. Er hatte ursprünglich beim Aufbau im Hof helfen wollen, aber die Gangster hatten die Partyvorbereitungen so gut im Griff gehabt, dass sich Josh nur wie das fünfte Rad am Wagen gefühlt hatte. Er schaute sich noch einmal um. Es sah aus, wie in einer armseligen Junggesellenbude, aber immerhin wie in einer sauberen armseligen Junggesellenbude.

Odiklu hatte angekündigt, dass er Ulionk direkt zu ihm in die Wohnung bringen würde. Also wartete Josh auf seiner Couch und schaute zur Ablenkung eine alte Folge Next Generation.

Dann klingelte es endlich an der Tür. Joshs Hände schwitzten. Er strich noch einmal schnell die Falten in den Sofakissen glatt und atmete einmal so tief durch, als befände er sich in einem Geburtsvorbereitungskurs. *Auf ins Abenteuer*, dachte Josh. Er war gleichzeitig euphorisch, aufgeregt und schicksalsergeben.

Es war ja nicht so, dass er sich diesen Wahnsinn ausgesucht hatte. Wie eigentlich immer im Leben passierten ihm Dinge und er versuchte, so gut es ging darauf zu reagieren. Er war viele Jahre lang mit der Strategie, sich in der Masse zu verstecken, recht gut gefahren, wurde nie vom Blitz getroffen, nicht ausgeraubt, nicht verprügelt, hatte sich aber auch nie verliebt, nie etwas gewonnen und war nie berühmt geworden. Josh war ein Paradebeispiel für einen unauffälligen Durchschnittsmenschen, um nicht zu sagen Duckmäuser oder Langweiler. Das änderte sich genau jetzt und er war nicht bereit.

»Guten Morgen«, sagte er viel zu laut, während er die Tür ruckartig öffnete.

»Guten Morgen«, klang es aus Odiklus und Ulionks Übersetzern im Chor.

Ulionk sah fast so aus, wie Josh sie sich vorgestellt hatte. Sie war jedoch etwas größer als Odiklu. Das war allerdings der ganz normale Geschlechtsdimorphismus von Angrodanern. Die Frauen waren deutlich größer als die Männer, aber das konnte Josh ja unmöglich wissen.

Ulionk hatte eine ähnliche walrossförmige Figur und ihre Gesichtsfarbe war fast noch röter als die von Odiklu. Ganz offensichtlich hatte sie Dr. Düklus Greenaway Lotion sorgfältig und heute besonders ausgiebig aufgetragen. Ihr Rot ging ins Orange. Sie trug eine graue Perücke und ein Kleid, das wie ein Brautkleid aus einem Horrorfilm wirkte. Ulionks Nase hatte etwas Ungewöhnliches an sich, das Josh nicht recht benennen konnte.

Es vergingen einige Sekunden des einvernehmlichen ungenierten Starrens, bevor Josh sich an seine guten Manieren erinnerte und seine Gäste hereinbat.

Jetzt erst bemerkte Josh, dass Ulionk mit drei Koffern reiste, in die er jeweils problemlos hineingepasst hätte. Interessanterweise rollten die Koffer nicht über den Boden, sondern schwebten einige Zentimeter über dem Teppich. Ulionk fragte Odiklu etwas in einem leisen Grunzton.

»Klar, kannst du ihn anfassen. Nur keine falsche Scheu«, sagte Odiklu, »sie sind zwar nicht so stabil wie wir Angrodaner, aber sie halten schon was aus.«

Bevor sich Josh zu viele Gedanken über die schwebenden Koffer machen konnte, drückte ihn Ulionk an ihre mächtige Brust. Josh hustete vernehmlich. Gerade als er befürchtete, keine Luft mehr zu bekommen, ließ sie ihn los.

»Habe ich das richtig gemacht?«

»Richtig?«

»Die Umarmung. Das habe ich im Informationsvideo gesehen. Ich bin bestens vorbereitet. Ich habe epuropäische Fußballspiele gesehen und philippinianische Telenovelas. Und Neftelix«, berichtete Ulionk stolz.

»Oh, ja«, bemühte sich Josh zu versichern. »Einwandfrei. Es muss nicht immer ganz so kraftvoll sein, aber das war schon nicht schlecht.«

Odiklu zeigte seiner Touristin das Schlafzimmer. Josh hatte ihn letztendlich davon überzeugen können, dass Ulionk im Bett besser aufgehoben wäre, als auf der Couch, auch wenn er in einer TV-Serie gesehen hatte, dass Gäste in der Regel auf einer Couch übernachten. Authentizität hin oder her. Josh bestand darauf, dass Ulionk während der Tage, die sie schlafend verbringen würde, im Schlafzimmer ungestörter war und dieses Argument stimmte Odiklu und seinen Gast schließlich um.

»Hier wirst du für die nächsten paar Tage wohnen. Die Betten auf der Erde sind trocken. Davon habe ich dir ja schon erzählt«, erinnerte Odiklu seine Kundin.

»Trocken. Richtig«, Ulionk setzte sich vorsichtig auf die Bettkante und wippte ein wenig auf und ab. Das Bett gab ein bedrohliches Knarren von sich, hielt aber stand.

»Hervorragend. Sehr aufregend«, rief sie.

Odiklu schob Josh in Richtung Wohnzimmer, gab ihm noch ein paar Anweisungen und einen kleinen blauen Ball, den er im Notfall fest drücken konnte, wenn etwas richtig-schief ging.

»Aber es wird alles hervorragend werden und ihr werdet einen Riesenspaß haben. Die meisten Probleme lassen sich ohnehin mit Eiscreme lösen.«

Odiklu gab Josh eine Plastiktüte.

»Was ist das?«

»Das sind ein paar tausend von euren Dollar. Den Rest bekommst du, wenn der Auftrag erfolgreich abgeschlossen ist. Das stand so im Vertrag.«

»Ja, natürlich«, sagte Josh lahm, denn er hatte keine Ahnung, was in dem Vertrag stand.

»Du kannst es auch als Spesen benutzen. Ihr müsst ja essen.«

»Danke«, stammelte Josh und starrte mit weit aufgerissenen Augen in die Tüte.

Odiklu klopfte etwas zu fest auf Joshs Schultern und schenkte ihm ein Lächeln, das sich so langsam aufbaute wie ein Sonnenuntergang.

»Viel Spaß!«

Und schon war Odiklu verschwunden.

Als sich Josh wieder umdrehte, war Ulionk bereits im Wohnzimmer und hatte ihre Gastgeschenke auf dem Wohnzimmertisch ausgebreitet.

»Ich habe dir etwas mitgebracht«, sagte sie mit einem übertrieben breiten Grinsen.

»Oh, das wäre doch nicht nötig gewesen. Vielen Dank.«

Vor Josh lagen eine plasmanische Zuckerwurst, eine extra große Tube Superkleber und ein Sammelteller aus Kuranium, in den ein Landschaftsbild eingeritzt war. Josh staunte und fasste die Zuckerwurst vorsichtig an. Sie war hart wie Stein und unheimlich schwer. Möglicherweise ein Schlagstock oder Baumaterial?

»Was ist das?«, fragte er vorsichtig.

»Das ist eine Zuckerwurst. Das ist Superkleber. Und das sind die Schlammfälle von Nordtrummel, eine der berühmtesten Sehenswürdigkeiten auf Angrodan«, erklärte Ulionk.

»Aha«, sagte Josh langsam.

»Die Zuckerwurst wird aus den Innereien des prallen Zuckerschläfers hergestellt. Sehr schmackhaft. Das Gewebe der Zuckerschläfer von Plasmanien nimmt mit zunehmendem Alter mehr und mehr Zucker auf und daher schmecken die Eingeweide der Tiere immer süßer, je älter sie werden. Manche Züchter haben Zuckerschläfer, die über 30 plasmanische Jahre alt sind. Das ist umgerechnet in Erdenjahren ein, sieben, neunzehn«, Ulionk murmelte vor sich hin und zählte etwas an ihren zwölf Fingern ab. »Na ja, es ist viel.«

»Oh!«

Josh hatte unweigerlich das Bild eines altersschwachen Nagetiers vor Augen, welches zu einer Wurst verarbeitet wird.

»Vielen lieben Dank«, sagte Josh noch einmal mit etwas weniger Überzeugung.

23

Hast du einen besonderen Wunsch?«, fragte Josh seinen Gast, als Ulionk nach einiger Zeit aus dem Schlafzimmer kam, wo sie ihre Koffer ausgeräumt hatte. Trotz ihrer massigen Gestalt schaffte sie es, schüchtern zu lächeln, und zwar fast so langsam wie Odiklu.

»Heute findet der Kindergeburtstag statt, richtig?«

Sie wirkte wie eine Fünfjährige, die sich auf ihre eigene Geburtstagsparty freute. Wäre sie nicht krebsrot gewesen und dreimal so schwer wie Josh, hätte er sie niedlich gefunden.

»Ganz genau«, Josh sprach mit stolz geschwellter Brust, wie ein Zirkusdirektor, der seine weltberühmten Akrobaten ankündigt.

»Aber wir haben noch ein wenig Zeit, bis es losgeht. Ich wollte dir vorschlagen, in die Stadt zu fahren, dir ein paar passende Kleider zu kaufen und gemeinsam zu Mittag zu essen.«

Josh hatte diesen Satz eingeübt. Vor dem Spiegel. Wie ein idiotischer Teenager vor seinem ersten Rendezvous. Jetzt war er ziemlich stolz darauf, dass er auch den Aspekt der Kleidung so vollkommen cool hatte einfließen lassen. Er musste sie dazu bringen, etwas Irdisches anzuziehen.

Ulionks Reaktion hatte Josh allerdings nicht erwartet.

Sie blickte an ihrem grau-weißen Hochzeitskleid herunter und verzog dann das Gesicht auf eine Weise, wie es womöglich nur Angrodaner tun können.

»Ist mein Kleid nicht schön?«

»Doch, doch«, beeilte sich Josh zu versichern. Im Umgang mit Frauen war er nicht geübt. Im Umgang mit Frauen vom Planeten Angrodan war zu seiner Entschuldigung niemand auf der Erde geübt.

»Es ist nur vielleicht etwas zu elegant für einen Kindergeburtstag. Die Kinder werden herumtoben und da passt etwas Lässigeres besser.«

Ulionk fasste sich erstaunlich schnell wieder.

»Okay, kein Problem. Kleider kaufen klingt aufregend. Wir finden sicher das perfekte Outfit für einen Kindergeburtstag. Und am besten auch gleich Kleider für die nächsten Tage. Ich weiß nicht, ob ich all das, was ich mitgebracht habe, überhaupt verwenden kann.«

Josh dachte mit einem leichten Schaudern an die drei riesigen Schwebe-Koffer. Was da wohl alles drin war?

»Genau. Schließlich wollen wir ja nicht auffallen«, sagte Josh, dem nun, da er es laut aussprach, auffiel, dass das wahrscheinlich ein unerreichbares Ziel war.

Das ungleiche Paar verließ den Wohnblock und Josh steuerte auf sein Auto zu. Ulionk machte Fotos mit ihrer Kamera, die aussah wie eine giftgrüne Designer-Zitronenpresse. Joshs Auto war ein in die Jahre gekommener Chevrolet Blazer, der, wäre er nicht so lieblos behandelt worden, vielleicht sogar als Liebhaberstück hätte durchgehen können. So war er aber nur eine alte Rostlaube. Das störte Ulionk aber nicht im Geringsten. Sie fand das Gefährt authentisch und aufregend. Sie machte mehrere Fotos davon.

Josh hielt Ulionk die Beifahrertür auf. Sie jauchzte leise und stieg ein. Begeistert schaute sich Ulionk in dem Wagen um und ließ sich dann von Josh erklären, wie man sich anschnallte.

»Großartig!«, sagte sie nur. »Solche Gurte gab es auf Angrodan auch mal. Ist aber schon eine Weile her. Jetzt sind sie aus Zellin. Das ist wie Berkillin, nur besser. Und natürlich sind sie vollautomatisch.«

Josh erinnerte sich an den Gurt im Gleiter, der sich angefühlt hatte wie eine Gallertmasse. Beruhigt fuhr er mit der Hand über seinen althergebrachten Anschnallgurt und erfreute sich daran, wie normal dieser war.

24

Josh fuhr mit Ulionk zunächst einmal den Strip hinauf und wieder hinab, damit sie sich ein Bild von der Lage machen konnte. Ulionk fotografierte aus dem offenen Wagenfenster. Soweit verhielt sie sich wie eine gewöhnliche Touristin.

Josh entschied sich für den Parkplatz hinter dem Venetian Hotel, von wo aus sie dann gemeinsam durch das berühmte Casino hindurch auf den Strip gelangten. Josh versuchte Ulionk zu erklären, dass das Venetian Casino einer Stadt in Italien nachempfunden war. Aber Ulionk hörte kaum zu. Sie war einfach nur ergriffen vom Anblick der Menschen, die ihr Geld in die Spielautomaten warfen, von den vielen bunten Lichtern, welche die Menschen dazu ermunterten, ihr Geld in die Spielautomaten zu werfen und von all den vielen Angestellten, die es nicht gäbe, wenn all diese Menschen ihr Geld nicht in die Spielautomaten werfen würden.

»Faszinierend«, murmelte sie immer wieder.

»Und mit diesem Geld könnten sich die Menschen auch richtige Dinge kaufen? Zum Beispiel Zucker?«

»Ja«, bestätigte Josh und war ein wenig darüber erschrocken, wie sehr sie nach nur wenigen Minuten den Nagel auf den Kopf getroffen hatte.

Sie spazierten in Richtung Wynn Hotel und überquerten dann die Straße, um zur Fashion Show Mall zu gelangen. Ulionk staunte über die vielen Menschen. Unter all den Verrückten, die am späten Vormittag den Las Vegas Strip bevölkerten, fiel sie mit ihrem trashigen Brautkleid überhaupt nicht auf. Ein betrunkener Mann mit einer Schärpe, auf der »Who's the queen?« stand, wollte ein Foto mit ihr machen. Ulionk war geradezu gerührt und bat Josh, auch mit ihrer Kamera ein Bild zu machen. Wo zur Hölle war denn an der Zitronenpresse der Auslöser?

Josh musste sich die angrodanische Kamera wie ein Kleinkind erklären lassen, aber der betrunkene Tourist hatte Zeit, Geduld und ausgesprochen gute Laune. Sie posierten minutenlang für das Foto und Ulionk bekam übertriebene Komplimente für ihre Perücke.

In der Fashion Show Mall war es im Gegensatz zum Außenbereich geradezu empfindlich kalt. Josh hatte nie verstanden, warum die Geschäfte und Casinos in Las Vegas im Sommer ihre Kunden auf weniger als die Hälfte der Außentemperatur herunterkühlen wollten. Er zog seinen Sweater wieder an, den er lässig um die Schultern geworfen hatte. Ulionk schien vor Aufregung die Kälte kaum zu bemerken.

»Das ist also ein Bekleidungsgeschäft«, sagte sie mit einem anerkennenden Nicken. »So habe ich es mir beinahe vorgestellt.« Sie lächelte.

Josh geleitete Ulionk sachte in den Laden hinein und begann dann nach der Abteilung für große Größen zu suchen. Leider kannte er sich mit Frauenkleidung nicht aus. Mit Kleidergeschäften im Grunde auch nicht. Er bestellte seine Jeans und Nerd-Shirts im Internet.

Glücklicherweise fand sich sehr schnell eine unterwürfige Mitarbeiterin, die Ulionk Honig um den Bart schmierte, sie in die Abteilung für Übergrößen führte und ihr eine überwältigende Menge an Kleidungsstücken präsentierte.

»Ich brauche etwas für einen Kindergeburtstag und für einen illegalen Hahnenkampf«, informierte Ulionk die Verkäuferin, der daraufhin ihr falsches Lächeln kurz entglitt.

Josh lachte nervös und etwas zu laut.

»Sie scherzt natürlich.«

»Natürlich«, pflichtete ihm die Verkäuferin bei und fand schnell wieder zu ihrer servilen Professionalität zurück.

»Ich scherze natürlich«, sagte Ulionk und lächelte so breit es ging.

»Meine Tante hätte gerne zwei Outfits für Freizeitaktivitäten und zwei zum Ausgehen«, fasste er zusammen.

Josh ruderte zurück: »Nein. Im Grunde suchen wir etwas Unauffälliges. Am besten etwas ganz Normales.«

»Was trägt man so auf der Erde? Ich will genau das haben, was gerade angesagt ist«, rief Ulionk.

Die Verkäuferin schaffte es, ihr professionelles Lächeln beizubehalten. Sie war Verrückte gewohnt. Schließlich arbeitete sie seit Jahren in Las Vegas.

»Möchten Sie dieses hier mal anprobieren?« Die junge Dame hielt einen türkisgrünen Sack mit Pailletten hoch.

»Sehr gerne«, sagte Ulionk.

»Auf keinen Fall«, rief Josh gleichzeitig und wieder einen Deut zu laut. In dem Kostüm würde Ulionk wie eine Mischung aus Dinosaurier und Dragqueen aussehen.

Die Verkäuferin drehte sich überrascht zu ihm um.

»Nein«, sagte er etwas leiser und räusperte sich. »Meine Tante wird die Sachen lieber zu Hause in Ruhe anprobieren.«

»Umkleidekabine? Ich kann hier die Sachen anprobieren? Macht man das auf der Erde so?« Ulionk vollführte einen kleinen Hopser.

»Das klingt toll«, rief sie und war schon dabei, sich aus ihrem Kleid zu schälen.

Dann geschahen mehrere Dinge gleichzeitig. Ulionk hob ihren Rock an. Josh stürzte beherzt in Richtung von Ulionks Kniegegend und versuchte, den Rocksaum an Ort und Stelle zu halten, während er gleichzeitig völlig außer Atem versuchte, Ulionk das Prinzip von Umkleidekabinen zu erklären. Die Verkäuferin starrte auf Ulionks grüne Beine und sank langsam in eine Ohnmacht. Dabei riss sie einen leeren Kleiderständer mit sich, der in Schieflage geriet. Eine Kundin hechtete schreiend aus dem Weg. Die Querstange des Kleiderständers löste sich aus der Halterung und ein krachendes Geräusch ertönte, als alles auf dem Boden landete.

Ulionk strich ihren Rock glatt und schaute mitleidig auf die am Boden liegende Verkäuferin. Josh schaute auf seine Füße und wurde rot.

»Oh, nein. Das tut mir aber leid«, sagte Ulionk.

Währenddessen kam eine andere Verkäuferin angelaufen. Sie schob einen Hocker heran und legte die Beine ihrer Kollegin darauf. Mit einem Notizblock fächelte sie ihr Luft zu und entschuldigte sich unablässig.

Josh stammelte etwas von einer seltenen Hautkrankheit, während die am Boden liegende Verkäuferin langsam wieder zu sich kam. Nun begann auch diese, sich zu entschuldigen, weil sie es offenbar für sehr unhöflich hielt, im Angesicht von Kundenbeinen einfach so das Bewusstsein zu verlieren. Es waren sehr hässliche Beine, zugegeben. Aber als Verkäuferin gehörte es wohl zu ihrem Berufsethos, sich von Beinen nicht aus der Ruhe bringen zu lassen.

»Ich wollte Sie nicht beleidigen! Der Kreislauf …«

»Ich werde die Sachen zu Hause anprobieren«, schlug Ulionk zerknirscht vor.

»Meine Tante ... es ist eine ... eine ungewöhnliche ... eine Hautkrankheit. Nichts Ansteckendes. Nur ungewöhnlich. Kein Grund zur Sorge.«

»Das tut mir unheimlich leid. Ich wollte nicht starren.«

»Haben Sie sich weh getan?«

»Es ist ja nichts passiert!«, fasste die andere Verkäuferin zusammen. Als sie sich vergewissert hatte, dass ihre nervenschwache Kollegin durchkommen würde, schob sie Josh und Ulionk sachte in Richtung der Regenmäntel.

»Es ist überhaupt kein Problem. Wenn Ihnen etwas nicht passt, können Sie es innerhalb der kommenden zwei Wochen umtauschen. Und Sie erhalten natürlich einen zehnprozentigen Sonderrabatt.«

Kurz darauf standen Ulionk und Josh an der Kasse und zahlten für einen riesigen Haufen Frauenkleidung in Übergröße mit Geldscheinen, die ein wenig nach Zuckerwatte rochen. Das paillettenbesetzte Zelt lag auch auf dem Haufen.

Als die beiden wenig später vor der Fashion Show Mall im Stripburger and Chicken saßen, fiel die Anspannung von Josh ab. Neben ihm türmte sich ein eindrucksvoller Berg aus Einkaufstüten, und nachdem er sich in den Stuhl hatte sinken lassen, überlief ihn ein Schauer. Seine Hände entkrampften sich langsam, als er nach der Menükarte griff.

Er ging die Hauptgerichte durch. Auf der Karte standen nur salzige Gerichte. Mist. Er blätterte weiter zu den Desserts.

»Es gibt Shakes und Eiscreme. Willst du Kuchen? Ich rufe den Kellner«, schlug Josh vor.

»Was ist Shakes?«

Josh sah sich verstohlen um.

»Das sind süße Getränke mit viel Sahne, Milch, Eiscreme und Zucker. Etwas dickflüssig. Gibt es in verschiedenen Geschmacksrichtungen.«

Josh zeigte Ulionk das Foto in der Menükarte.

»Chocolate Fudge, Cookies & Cream, Strawberry oder Vanilla Bean«, las er laut vor.

»Gut. Das nehme ich.«

»Was?«

»Na Shakes. Was du vorgelesen hast.«

Alles klar, dachte Josh.

Als der Kellner kam, bestellte er für sich selbst eine große Cola light und Chicken-Nuggets und für Ulionk die vier Shakes.

»Kommt noch jemand? Wollen Sie einen größeren Tisch?«, fragte der Kellner?

»Nein, danke«, erwiderte Josh und schaute dabei so arrogant drein, wie es ihm nur möglich war. Der Kellner verstand sofort. Es war einer der Vorteile von Las Vegas, dass Völlerei nicht als etwas Anrüchiges gesehen wurde. Kein Kellner hätte es jemals gewagt, einem zahlenden Kunden zu empfehlen, weniger zu bestellen.

»Natürlich. Entschuldigen Sie, Sir.«

Ulionk genoss den Ausblick auf die vorbeilaufenden Touristen. Viele von ihnen hielten quietschbunte Slushy-Drinks in langen Plastikbehältern in den Händen. Dafür interessierte sich Ulionk besonders. Sie machte Fotos. Josh erklärte ihr, dass es sich um eine Art Eiscreme handelte, die es mit oder ohne Alkohol gab. Er musste Ulionk versprechen, dass diese Art von Süßigkeit auch Teil des Besichtigungsprogramms sein würde. Kurz darauf standen vier Shakes und eine Coke auf dem kleinen Tisch.

Josh trank gierig und erholte sich von seinem Shopping-Erlebnis der dritten Art.

»Wie schmeckt es dir?«, fragte er, nachdem Ulionk den ersten Shake zur Hälfte geleert hatte.

»Hervorragend. Von diesem braunen hier hätte ich gerne noch zwei.«

Josh wollte seinen Gast daran erinnern, dass ein Shake sieben Dollar kostete, als ihm wieder einfiel, dass ihr das egal war. Ulionk rülpste laut. Die Gäste am Nachbartisch schauten vorwurfsvoll zu Josh herüber.

500.000 Dollar, dachte Josh. Durchhalten!

25

Die Geburtstagsparty sollte um drei Uhr beginnen. Als Josh und Ulionk kurz nach drei den Innenhof betraten, war Yaneli schon schweißüberströmt.

»Die Hüpfburg ist der Knaller, Josh!«, brüllte sie.

Ihre Mutter rief ihr etwas auf Spanisch zu. Daraufhin ließ sie sich fallen und robbte langsam Richtung Ausgang. Auf ihren Socken kam sie Josh und Ulionk entgegengehopst. Ein paar Meter entfernt blieb sie jedoch abrupt stehen. Sie legte den Kopf schief und musterte Ulionk ungeniert.

»Wer bist du denn?«

»Das ist meine Tante Uli … Ja. Sie heißt Uli. Sie ist aus Kirgistan.«

Ulionk nickte.

»Ich bin Joshs Tante Uli, und wer bist du?«

»Ich bin Yaneli«, sagte Yaneli etwas zögerlich. »Warum hast du denn ein so rotes Gesicht?«

Josh wollte im Boden versinken und rieb sich mit der rechten Hand über die Stirn und die geschlossenen Augen.

»Das fragt man Erwachsene eigentlich besser nicht«, setzte Josh an.

»Ach, weißt du, das ist nur so eine Creme, die mir der Arzt verschrieben hat. Davon wird meine Haut ein bisschen rot. Aber es tut nicht weh«, sagte Ulionk erstaunlich freundlich.

»Dann ist ja gut«, entgegnete Yaneli und ihre Zweifel schienen vollständig ausgeräumt. Sie hüpfte auf Ulionk zu und nahm ihre Hand.

»Komm mit. Die anderen Gäste kommen gleich. Wenn Josh es erlaubt, können wir aber jetzt schon ein Stück Kuchen haben.«

Yaneli zog Ulionk mit sich in Richtung Kuchen und blickte Josh über die Schulter hinweg an.

»Können wir?«

»Können wir?«, stimmte Ulionk ein.

»Bedient euch!« Josh war erleichtert. Sein Alien konnte offenbar gut mit Kindern umgehen. Hervorragend.

Yaneli und Ulionk schnitten einen der Kuchen an und Ulionk aß drei große Stücke. Yaneli biss nur dreimal halbherzig in ihres und starrte dann voller Begeisterung auf Ulionks Mund, in dem immer mehr Kuchen verschwand.

»Boah. Du hast echt Hunger, nicht wahr?«

»Es schmeckt hervorragend«, schmatzte Ulionk. »Isst du deins nicht mehr?«

Yaneli schob Ulionk den Rest ihres Stücks hin.

»Wie viele kannst du essen? Bist du Essweltmeisterin? Hast du schon mal beim Kuchenesswettbewerb mitgemacht? Sicher hast du gewonnen!«

Ulionk war nicht sicher, was ein Kuchenesswettbewerb war. »So was haben wir in Kirgustim nicht.«

»Boah. Wir müssen dich anmelden.«

Als auch das vierte Stück Torte im Magen des Aliens verschwunden war, packte Yaneli die kirgisische Tante wieder bei der Hand. »Komm mit. Wir gehen auf die Hüpfburg.«

Ulionk folgte Yaneli.

»Du musst die Schuhe ausziehen«, erklärte Yaneli ihrer neuen Freundin. Ulionk stellte ihre Slipper ab. Josh, der von Weitem zusah, war hocherfreut darüber, dass sie Socken trug. Sicher hatte sie an ihren Füßen auch mindestens sechs Zehen, wenn nicht sogar noch andere unaussprechliche Dinge.

Als Josh das nächste Mal zur Hüpfburg schaute, wackelte diese bedrohlich. Ulionk und Yaneli jauchzten. Zwei andere Kinder, die gerade angekommen waren, stiegen ebenfalls auf die Hüpfburg. Nach wenigen Minuten kamen sie allerdings weinend heraus und rannten zu ihren Müttern.

Josh war alarmiert. Was war da im Gange? Unauffällig machte er sich auf den Weg zur Hüpfburg, die nun viel weniger wackelte. Er schaute durch eine der Öffnungen hinein und sah Ulionk, die ihre Perücke verloren hatte. Yaneli war eben dabei, sie ihr wieder aufzusetzen. Josh wurde blass und schluckte. Er beobachtete, wie Yaneli die Perücke zurecht zupfte, dann wieder anhob und innehielt. Das Mädchen schaute neugierig auf Ulionks Kopf, den sie aus dieser Position, stehend neben der sitzenden Ulionk, gut sehen konnte. Sanft berührte das Kind mit einem Finger die grünen Noppen auf dem außerirdischen Kopf.

»Tut das weh?«, fragte sie besorgt.

»Nein, meine Kleine. Das tut überhaupt nicht weh. Das ist einfach mein Kopf.«

»So einen Kopf hat aber niemand außer dir.«

»Doch. Du würdest dich wundern, wie viele Leute so einen Kopf haben. Die meisten verstecken ihn aber unter einer Perücke, damit es nicht auffällt.«

Yaneli schien überrascht, akzeptierte aber die Erklärung. Sie setzte die Perücke auf Ulionks Kopf und rückte sie zurecht.

»So. Es ist wieder gut.« Das Kind nickte.

»Danke Yaneli.« Ulionk richtete sich langsam auf. »Du erzählst doch niemandem von meinem Kopf, oder?«

»Indianerehrenwort«, sagte Yaneli und legte ihre Hand auf die Brust.

»Danke.« Ulionk war sich nicht sicher, was die Ureinwohner dieses Landstriches mit Yanelis Aufrichtigkeit zu tun hatten. Da Yaneli nicht weiter besorgt wirkte, begann sie wieder zu hüpfen. Josh wurde von der Wucht der sich unvermittelt bewegenden Hüpfburg umgestoßen. In dem Moment tat es einen lauten Knall und die Hüpfburg sackte langsam in sich zusammen.

Yaneli und Ulionk kämpften sich unter den einsinkenden Türmen der Burg hervor und waren schließlich wieder im Freien.

»Huch«, sagte Ulionk zu Josh, der noch immer direkt neben der Hüpfburg auf dem Hosenboden saß.

»Huch?«, fragte Josh und gab sich alle Mühe, nicht erzürnt zu klingen.

Bevor Josh aber eine passende Reaktion finden konnte, kam Lil' Rachet herbeigeeilt und versicherte Yaneli, dass er die Hüpfburg im Nullkommanichts wieder auf Vordermann bringen würde.

»Ist überhaupt kein Problem. Ehrlich. Nicht weinen, junge Dame.«

»Ich weine doch nicht. Ich bin ja wohl kein Baby mehr!« ereiferte sich Yaneli.

»Und Sie, junge Dame, Sie sind vielleicht ein bisschen zu …«, Lil' Rachet hatte eigentlich schwer sagen wollen, besann sich aber eines Besseren. In den USA war es absolut verpönt, jemanden mit seinem Gewicht zu konfrontieren, egal, wie offensichtlich das war. »… zu alt für eine Hüpfburg?« fragte er.

»Wie kann man denn zu alt für eine Hüpfburg sein? Ich bin höchstens ein bisschen schwerer als Yaneli, aber hüpfen kann ich allemal.«

Lil' Rachet nickte perplex. Er murmelte etwas und machte sich dann schnell daran, mit sehr stabilem Klebeband die Hüpfburg zu reparieren.

Josh inspizierte inzwischen das Catering. Die ersten Gäste waren mittlerweile eingetroffen und bedienten sich auch schon an den Leckereien. Gilbert Bloodhound hatte sich eine weiße Schürze umgebunden und bereitete das Barbecue vor.

Er begrüßte Josh fast überschwänglich.

»Hey, Mann, danke für den Job. Das war echt cool von dir.«

»Kein Ding. Henry hat euch schließlich empfohlen«, sagte Josh und fühlte sich erstaunlich wohl in der Rolle des Arbeitgebers.

Mehr Gäste trudelten ein, hauptsächlich Kinder aus dem Wohnblock und deren Eltern. Bald waren es fast 40 Personen und die Kids amüsierten sich blendend auf der nun wieder funktionierenden Hüpfburg.

Das Catering wurde gut angenommen und Josh musste Bloodhound ein Lob für die Burger und Spareribs aussprechen. An dem Gangster war ein Sternekoch verloren gegangen. Ulionk saß am Kindertisch und hatte schon mindestens 14 Stück Kuchen verschlungen, dazu Marshmallows, Popcorn und Unmengen süßer Getränke. Yaneli feuerte ihre kirgisische Freundin geradezu an.

»Kannst du noch eins essen? Echt? Boah.«

Henry hatte auf einem der Tische einen Haufen Buntstifte und Papier ausgelegt, und einige der Kinder waren seiner Aufforderung gefolgt und malten mit ihm. Um die Kinder zu motivieren, malte Henry vor. Ulionk setzte sich mit einem Stück Kuchen zu ihm an den Tisch und lobte ein paar der Kinder für ihre Kunstwerke. Als sie dann aber Henrys Bild sah, riss sie erstaunt die Augen auf.

»Das bin ja ich!«, rief Ulionk.

»Das ist für dich«, sagte Henry fast schüchtern.

Er reichte ihr das Blatt. Darauf war eine einfache, aber sehr realistische und präzise Zeichnung zu sehen, die eindeutig Ulionk zeigte, wie sie ein Stück Kuchen aß.

»Hey. Das ist richtig gut. Bist du Künstler?«

»Nein. Ich arbeite mit Josh im Walmart.«

»Hmmm.« Ulionk starrte auf die Zeichnung.

»Ich habe immer davon geträumt, irgendwann einmal Kunst zu studieren«, sagte Henry leise.

»Und wie macht man das?«

»Na, an einer Schule oder Uni. Da kann man alles über Kunst lernen«, erklärte Henry verwundert.

»Und warum machst du es nicht?«

»Das ist teuer.«

»Teuer.« Ulionk dachte nach. Sie war erstaunt darüber, dass man auf diesem Planeten die Leute nicht einfach in die Schule schickte. Auf Angrodan galt es als erstrebenswert, wenn jemand freiwillig etwas lernen wollte, und die Leute wurden sogar dazu ermutigt. Manche sogar dazu gezwungen. »Josh, komm mal her. Das musst du dir ansehen«, rief Ulionk über die Schulter.

»Was denn?«

»Hier. Das hat Henry gemalt.«

Josh nahm das Bild in die Hand und nickte anerkennend.

»Der Junge hat‘s drauf. Das muss ich neidlos anerkennen«, sagte Josh.

Ulionk bedankte sich noch einmal für das Bild und holte sich ein neues Stück Kuchen.

»Wie geht es dir? Alles in Ordnung?«

Josh fragte in regelmäßigen Abständen bei Ulionk nach.

»Mir geht es hervorragend. Aber wann ist es denn nun Zeit für die Piñata?«

»Oh! Jetzt. Sofort«, beeilte sich Josh zu versichern, der diese ganz vergessen hatte.

Er eilte fort, um Henry zu suchen, der mit Lil' Rachet auf einer Bank saß und einen Burger aß.

»Henry, wo ist die Piñata?«

»Im Truck. Ich hole sie gleich.«

Wenig später erschien Henry mit der riesigen grünen Piñata in Dinosaurierform, einem Hocker und einem Seil. Er machte sich daran, sie am Ast einer alten Platane aufzuhängen. Während Henry die Höhe prüfte, kam Bloodhound mit einem Baseballschläger näher. Josh meinte, einen Blutfleck auf dem Schläger zu erkennen und fing sofort wieder an, schneller zu atmen.

Die Kinder schienen sich daran aber nicht zu stören.

»Wer ist das Geburtstagskind?«, rief Bloodhound mit verstellter Stimme.

Yaneli blickte verwirrt zu Josh. Dieser nickte eifrig, riss die Augen auf und zeigte auf Yaneli. Schließlich fasste sie sich ein Herz und rief: »Ich!«

Also erhielt sie den Baseballschläger, der fast so groß war wie sie. Ihre Augen wurden mit einer Gangster-Bandana verbunden und schon konnte es losgehen. Ulionk hatte in der ersten Reihe Aufstellung genommen und ihre Kamera gezückt. Niemand wunderte sich über das eigenartige Gerät, das Josh noch immer an eine Zitronenpresse erinnerte.

Ulionk jauchzte, als Yaneli beinahe eines der kleineren Kinder am Kopf traf. Ein paar erschrockene Eltern eilten herbei und zerrten ihre Sprösslinge aus der Gefahrenzone. Yaneli brauchte eine Weile, bis sie es schaffte, auf die Rufe der anderen Kinder zu reagieren und mit dem schweren Schläger tatsächlich etwas anzurichten.

»Mehr links!«, gebrüllt von einem Sechsjährigen, konnte schließlich alles Mögliche bedeuten.

Schließlich traf sie jedoch, mehr aus Zufall, und schaffte es dann, gezielt auf die Piñata einzudreschen. Die Kleine hatte erstaunlich viel Kraft. Das musste Josh ihr zugestehen.

Als die Piñata riss und sich die Süßigkeiten auf den Boden ergossen, war das Gejubel groß. Nicht nur die Kinder stürzten sich auf die Bonbons und Schokoriegel, sondern auch Ulionk. Bald saßen zwanzig Kinder und ein Alien im Kreis und stopften sich mit klebrigen Händen allerlei Leckereien in die Münder. Josh konnte es nicht fassen. Die Party war ein Erfolg.

Als sich die Sonne langsam dem Horizont entgegen neigte, waren die meisten Gäste in Aufbruchstimmung. Bloodhound verpackte die übrigen Würstchen und Burger, sodass Yanelis Mutter alles einfrieren konnte. Nur Kuchen war keiner übrig. Niemand konnte sich erklären, wie es möglich war, dass von acht großen Kuchen nichts mehr übrig war.

»Acht Kuchen, das bedeutet 96 Stück. Wir waren ungefähr 40 Leute. Hat wirklich jeder zwei Stück Kuchen gegessen? Die Kinder doch nicht. Und ich habe zum Beispiel überhaupt keines gegessen«, wunderte sich Bloodhound.

Lil' Rachet gab zu, zwei Stück gegessen zu haben.

Josh wollte das Thema nicht vertiefen, denn er wusste, wer den Durchschnitt so in die Höhe getrieben hatte.

»Irgendjemand wird wohl heute Abend ein wenig Bauchweh haben«, versuchte er sich in einem Scherz.

»Packt ihr das alles wieder ein?«, fragte er, um das Thema zu wechseln.

»Ja, das machen wir gleich«, versicherte Bloodhound.

Dann nahm er aber zuerst einmal einen Sechserpack Bier aus der Kühlbox und setzte sich zu Ulionk und Henry. Die beiden saßen sicher schon eine ganze Stunde beisammen und unterhielten sich angeregt. Ulionk schien einen Narren an Henry gefressen zu haben und knuffte ihn immer wieder liebevoll in die Seite.

»Deine Tante ist der Knaller«, rief Henry, als sich Josh näherte. »Warum hast du nie von ihr erzählt?«

Josh war gleichzeitig verlegen und beunruhigt.

Bloodhound öffnete die Bierflaschen mit den Zähnen und reichte Lil' Rachet, Henry, Head Bussa, Josh und Ulionk je eine Flasche. Ulionk klatschte in die Hände, was sie wohl gerade erst gelernt hatte, denn es sah sehr ungelenk aus.

»Prost! Auf eine gelungene Party!«

Josh beschlich das Gefühl, dass die drei Gangster ein wenig zu erfreut darüber waren, dass das Catering ein Erfolg geworden war. Sie wirkten geradezu erleichtert.

»Wie lange habt Ihr den Catering-Service denn schon?«, fragte er.

»Noch nicht so lange …«, sagte Head Bussa diplomatisch.

»Aber wir planen, das Business auszuweiten«, fiel ihm Bloodhound ins Wort und nahm dann einen großen Schluck Bier.

Ulionk probierte ihr Bier und verzog angeekelt das Gesicht.

»Da ist ja gar kein Zucker drin«, sagte sie mit vorwurfsvollem Unterton.

Henry lachte.

»Deine Tante ist der Knaller«, wiederholte er. »Man könnte echt meinen, sie hätte noch nie ein Bier getrunken!«

Ulionk lachte mit und klopfte Henry so heftig auf die Schulter, dass dieser sich verschluckte.

»Das Bier in Kirgistan schmeckt einfach ganz anders«, erklärte Josh, aber niemand hörte ihm zu.

Yaneli kam angehüpft und umarmte Ulionk.

»Meine Mama sagt, dass ich jetzt schlafen gehen muss.«

»Unverschämtheit«, sagte Ulionk.

»Es ist ja schon spät und Kinder müssen jetzt schlafen«, erklärte Josh mehr für Ulionk als für Yaneli.

»Ich meinte eigentlich: Da hat deine Mama sicherlich recht«, fügte Ulionk hinzu.

»Sie sagt auch, dass ich vorher baden muss«, beschwerte sich Yaneli.

Die Tatsache, dass ihre Hände an Ulionks Übergrößenkleid kleben blieben, gab ihrer Mama recht.

Ulionk machte sich aber nicht das Geringste aus den klebrigen Fingern. Sie strich dem Mädchen über die Haare und fragte: »War das nicht ein schöner Kindergeburtstag? Mir hat er auf jeden Fall sehr gut gefallen!«

Yaneli blickte Ulionk ganz fest in die Augen und flüsterte: »Eigentlich habe ich gar nicht Geburtstag. Aber das ist ein Geheimnis.«

Joshs Herz blieb für einen Moment stehen. Sein Magen zog sich zusammen und er schloss die Augen. Er dachte scheiße. Er dachte es in Großbuchstaben.

Aber dann erschallte nach einigen Sekunden Ulionks außerirdisches, glucksendes Lachen. Sie drückte Yaneli noch einmal fest an sich und sagte nur: »Das macht doch nichts, Schätzchen. Es war eine klasse Party.«

Yaneli legte den Kopf schief. »Man darf eigentlich nicht lügen.«

»Eigentlich nicht.« Ulionk nickte.

»Aber du hast recht. Es war eine klasse Party.«

»Bei uns zu Hause gibt es ein Sprichwort und das heißt: Man muss die Feste feiern, auch wenn sie nicht fallen«, sagte Ulionk. »Und jetzt geh baden!«

Yaneli hüpfte davon.

Ulionk warf Josh einen dankbaren Blick zu. Dieser atmete erleichtert aus und merkte erst jetzt, dass er die Luft angehalten hatte.

»Henry, wo gibt es die beste Eiscreme in Las Vegas?«, fragte Ulionk.

»Definitiv bei Handel's an der West Tropicana«, antwortete Henry wie aus der Pistole geschossen. Er war sich seiner Sache sicher.

»Ich könnte jetzt eine große Portion vertragen«, murmelte Ulionk.

»Also, wenn du eine große Portion willst, dann solltest du zu CJ's Italian Ice & Custard gehen. Am Durango Drive«, warf Lil' Rachet ein.

»Stimmt. Die haben die Monster Challenge«, erklärte Bloodhound.

Das Wort Monster Challenge weckte Ulionks Interesse.

Henry rief auf seinem Smartphone die Internetseite von CJ's auf und las vor: »CJ's Italian Ice & Custard Monster Challenge. Schwierigkeitsgrad: drei von fünf Sternen.«

Bloodhound und Lil' Rachet pfiffen anerkennend. Henry las weiter: »Fünf Pfund Eiscreme für 20 Dollar. Man hat eine halbe Stunde Zeit. Wenn man alles aufessen kann, bekommt man das Eis umsonst, erhält ein T-Shirt und ein Foto an der Wall of Fame. Wer es nicht schafft, erhält ein Loser-T-Shirt und ein Foto an der Wall of Shame.«

»Wie viel sind fünf Pfund?«, wollte Ulionk wissen.

»Das sind zwei Komma zwei sieben Kilogramm«, sagte Bloodhound, dem niemand diese Rechnung zugetraut hätte, geschweige denn, dass er sich mit dem metrischen System auskannte.

»Das ist ein bisschen mehr als die sechs Shakes, die du heute Mittag hattest«, versuchte Josh es anschaulicher zu gestalten.

»Wie schön. Dann lass uns doch heute dort zu Abend essen«, schlug Ulionk vor.

»Henry, willst du mit uns kommen?«

26

Während zwei breitschultrige Kerle die Hüpfburg zusammenfalteten und Bloodhound und seine Jungs die Tische und den Grill im Truck verstauten, machten sich Ulionk, Henry und Josh auf den Weg zum Abendessen.

Es dauerte etwa eine Viertelstunde, bis sie CJ‘s Italian Ice & Custard am Durango Drive erreichten. Josh stellte seinen alten Chevrolet Blazer auf dem Parkplatz ab. Ulionk hievte sich aus dem Wagen und ging dann schnurgerade auf die Eingangstür zu.

»Wie kann deine Tante noch immer Hunger haben?«, flüsterte Henry, als die beiden ein paar Schritte hinter Ulionk her in Richtung des Eiscremeladens gingen.

»Sie ist es halt gewohnt, viel zu essen«, entgegnete Josh lahm. »Sie mag Süßes«, fügte er unnötigerweise hinzu.

Ein Kellner verbeugte sich etwas zu tief und geleitete die drei zu ihrem Tisch. Er brachte Menükarten und schenkte Wasser ein. Ein paar Minuten später war er wieder zurück und fragte mit leicht näselnder Stimme, was die Herrschaften bestellen wollten.

»Nur eine Cola light«, bat Josh.

»Einen Kaffee, bitte«, sagte Henry.

»Einmal die Monster-Challenge bitte«, bestellte Ulionk mit stolz geschwellter Brust.

Der Kellner hatte bei den ersten beiden Bestellungen noch leicht enttäuscht gewirkt, war nun aber Feuer und Flamme.

»Selbstverständlich. Haben Sie einen Wunsch für die Geschmacksrichtungen?«

Ulionk schaute unsicher zu Josh herüber.

»Ein bisschen von allem«, übersetzte Josh für den Kellner.

Cola und Kaffee kamen schnell. Eine Glocke wurde geläutet, um allen Gästen des Lokals zu signalisieren, dass jemand die Monster-Challenge bestellt hatte. Da sich außer Josh, Henry und Ulionk aber nur zwei weitere Gäste eine Stunde vor Ladenschluss noch im CJ's aufhielten, erregte dies wenig Aufmerksamkeit. Josh war das nur recht.

Wenig später tauchten zwei Kellner auf und brachten ein Tablett, auf dem zwei große Schalen und ein Becher standen. Die Monster Challenge bestand tatsächlich aus fünf Pfund Eiscreme. 2,27 Kilogramm. Die beiden Schalen waren beladen mit mehreren Kugeln, angeblich italienischer Eiscreme, Hot Fudge, einer Ladung Marshmallow Cream, einer ordentlichen Portion Sahne, Erdnussbuttersauce, einem Stück Brownie und sogar etwas Obst. In dem Becher befand sich Frozen Custard in verschiedenen Farben.

Die Kellner zelebrierten das Absetzen des Tabletts und im Hintergrund spielte ein Tonband einen Tusch.

»Ich wiederhole die Regeln: Sie haben 30 Minuten Zeit, um all das hier aufzuessen. Nur Sie alleine. Sie dürfen nicht teilen.«

Ulionk nickte.

»Wenn Sie es schaffen, ist die Monster-Challenge für Sie vollkommen kostenlos. Sie erhalten ein T-Shirt und Ihr Foto wird an die Wall of Fame gehängt.«

Ulionk griff zum Löffel, hielt dann aber inne, als der Kellner in bedrohlichem Ton weitersprach.

»Wenn Sie es nicht schaffen, zahlen Sie 20 Dollar. Sie erhalten aber trotzdem ein T-Shirt und Ihr Foto wird an der Wall of Shame verewigt. Alles klar? Kann es losgehen?«

Ulionk nickte erneut.

Ein lauter Buzzer ertönte.

»Die Zeit läuft! Guten Appetit«, rief der Kellner.

Ulionk brauchte etwa 14 Minuten, um die 2,27 Kilogramm Eiscreme in sich hineinzuschaufeln. Sie genoss jeden Bissen. Henry staunte Bauklötze und Josh hoffte einfach, dass niemand auf den Gedanken käme, mit Ulionk könne irgendetwas nicht stimmen. Er war heilfroh, dass nur so wenige Gäste im Restaurant waren.

Als Ulionk schließlich den Löffel zur Seite legte und einen lauten Rülpser vernehmen ließ, lachte Henry laut auf.

»Hammer! Du hast es echt geschafft! High Five!«

Er hielt Ulionk die Hand entgegen.

Josh reagierte geistesgegenwärtig und schlug ein, weil er sich nicht sicher war, ob seine vermeintliche Tante wusste, was High Five war.

»Schlag ein, Tante Uli!«

Ulionk tat es ihm nach und schenkte Henry ein langsames, breites Lächeln.

»Ja. Das war wirklich lecker. Und dein Bruder hatte recht. Die haben hier schöne große Portionen«, lobte Ulionk.

Henry prustete vor Lachen.

Die Kellner mussten neidlos anerkennen, dass sie in Ulionk ihre Meisterin gefunden hatten, und es gab einen weiteren Tusch, ein kleines Gewinnerliedchen und dann natürlich das T-Shirt.

»Das ist die größte Größe«, stammelte der junge Mann verlegen.

»Danke. Sehr lieb von Ihnen«, sagte Ulionk und schlug ihm etwas zu fest auf den Rücken.

»Bitte recht freundlich für das Foto!«

Ulionk hielt das T-Shirt vor ihrem massigen Körper in die Höhe und lächelte in die Kamera. Der Kellner betätigte den Auslöser und fächelte dann mit dem Foto hin und her, wie es bei Instant-Kameras vor zwanzig Jahren noch nötig gewesen war. Er schaute auf das Ergebnis.

»Sie sehen blendend aus!«, log er und befestigte dann das Bild zwischen vielen anderen an der Wall of Fame.

Ulionk bezahlte die Cola und den Kaffee und gab 20 Dollar Trinkgeld. Während die Kellner sich überschwänglich bedankten, ließ sie sich von Josh in Richtung Ausgang schieben. Da blieb sie abrupt stehen und drehte sich noch einmal um, fischte einen 5-Dollar-Schein aus ihrer Tasche und hielt ihn dem kleineren der beiden Kellner hin.

»Ich hätte gerne noch eine kleine Portion Frozen Custard zum Mitnehmen«, bat sie höflich.

Der Kellner erstarrte und bedachte seine seltsame Kundin mit einem fast feindseligen Blick. Sein Kollege fing sich schneller wieder und nahm ihr den 5-Dollar-Schein aus der Hand.

»Kommt sofort, meine Dame«, näselte er.

Henry überkamen noch immer rhythmische Lachanfälle, als die drei schon längst wieder im Auto saßen, um zurück nach Hause zu fahren.

27

Josh wurde von seinem Handy jäh aus dem Schlaf gerissen. Ein Glück, dass er seine Weckfunktion aktiviert hatte. Ulionk hatte noch bis weit nach Mitternacht viele Fragen über die Erde gestellt und Josh hatte als guter Gastgeber natürlich für ausreichend Nachschub an süßen Limonaden, Keksen, Küchlein und Weingummis gesorgt.

Sie wollte wissen, woher man wissen konnte, in welcher Sprache welcher Mensch sprach, warum Menschen nicht die Sprache von Krokodilen oder Hunden lernten, ob Vulkanausbrüche eher der Unterhaltung oder der Landschaftsgestaltung dienten, wieso die Menschen sich jeden Tag mit Wasser übergossen und wie Zucker gewonnen wurde.

Josh antwortete, so gut er konnte.

Gleichzeitig wurde ihm schlecht, wenn er grob überschlug, wie viel Zucker Ulionk den Tag über zu sich genommen hatte. Das war übermenschlich. Oder eben nichtmenschlich.

Jetzt musste Josh aber aufstehen und sich auf den Weg zu Walmart machen. Er wollte außerdem im Copyshop die Tickets für das MMA-Event ausdrucken und noch ein paar mehr Süßigkeiten einkaufen. Er freute sich geradezu auf die dumpfe Tätigkeit im Supermarkt. Dosen in Regale zu räumen, würde ihm unheimlich guttun.

Ulionk würde bis zum kommenden Morgen schlafen, weil die Tage und damit natürlich auch die Nächte auf Angrodan ja etwa doppelt so lange waren wie auf der Erde. Es war wie ein Jetlag. Nur ein bisschen verrückter.

28

»Hey, Henry!«

»Hey, Josh, wie geht es deiner Tante?« Henry konnte sich ein breites Lächeln nicht verkneifen.

»Gut, gut. Danke. Sie ruht sich aus. War anstrengend für sie gestern. Sie ist nicht oft auf Reisen.«

»Also, deine Tante ist schon eine Nummer.« Henry schüttelte den Kopf.

Josh zuckte mit den Achseln, weil er dem nicht widersprechen konnte.

»Bekommt man in Kirgistan denn nichts zu essen? Ich glaube, ich habe noch nie jemanden so viel essen sehen. Es war ja auch nicht so, dass sie auf der Party nachmittags gefastet hätte. Ganz im Gegenteil.«

»Ja, sie kann essen«, bestätigte Josh lahm.

29

Am Samstag wurde Ulionk schon recht früh am Morgen wach. Sie gähnte ausgiebig, als sie die Schlafzimmertür öffnete, um nachzusehen, ob Josh schon auf den Beinen war. Der hatte – ganz der aufmerksame Reiseleiter – bereits einen Haufen Süßigkeiten auf dem Esstisch aufgetürmt, Kakao gekocht und einen heißen Vanillepudding zubereitet.

»Guten Morgen.«

Ulionk setzte sich an den Tisch. Josh sah, dass sie einen der riesigen Pullover trug, die sie donnerstags in der Fashion Show Mall gekauft hatten. Er war tiefrot und verstärkte den Eindruck, Ulionk litt unter einem schmerzhaften Sonnenbrand. Der Rollkragen versteckte sehr effizient den grünlichen Halsansatz und ein wallender Rock in grellem Gelb ließ sie wie eine Figur aus der Sesamstraße wirken. Josh hatte so viel Ahnung von Mode wie Kanye West von Atomphysik, aber selbst er sah, dass Ulionks Farbzusammenstellung grenzwertig oder im besten Fall exzentrisch war. Er musste eingestehen, dass ungewöhnliche Kleidung perfekt Ulionks Persönlichkeit widerspiegelte, aber er hätte sich gewünscht, dass sie es ihm leichter machen würde, sie unauffällig durch ihren Erdenurlaub zu führen.

»Kakao? Pudding? Pop-Tarts? Karottenkuchen?«

»Oh ja, gerne.«

Für eine Sekunde war Josh nicht ganz klar, wozu sein Gast nun Ja gesagt hatte. Dann nickte er knapp und bedeutete ihr, Platz zu nehmen.

»Heute Abend gehen wir zu der Kampfveranstaltung. MMA. Mixed Martial Arts. Das ist quasi wie ein Best off aller Kampfsportarten, die es auf der Erde gibt.«

Josh hatte sich schlau gemacht und hatte nun vage eine Vorstellung davon, was MMA war. Ihm persönlich war Kampfsport und eigentlich jede Art von Kontaktsport und im Grunde Sport überhaupt ein Gräuel. Aber in seiner neuen Funktion als Reiseleiter wollte er so kompetent wie möglich erscheinen.

»Darauf freue ich mich schon sehr!« Ulionk schob sich einen weiteren Löffel Pudding in den Mund. Dabei entwich ihrer Kehle ein wohlig schnurrendes Geräusch, mit dem das Übersetzungsgerät offenbar überfordert war.

»Odiklu kommt uns um fünf Uhr abholen. Vorher könnten wir noch was anderes unternehmen. Worauf hast du Lust?«

»Können wir heute ins Aquarium gehen?«

»Klar.«

»Kann Henry mit uns kommen?«

30

Eine Stunde später saßen Josh und Ulionk in Joshs Chevrolet Blazer und waren auf dem Weg zu Henry. Dieser wartete schon an der Straße seines nicht eben eleganten Wohnblocks, als die beiden vorfuhren.

»Das ist ja eine schöne Überraschung«, sagte Henry und Josh hatte den Eindruck, dass er es ehrlich meinte. Dazu kam, dass Henry ja ohne weiteres am Telefon eine Ausrede hätte vorschieben können, wenn er keine Lust auf den Ausflug gehabt hätte. Ulionk hatte offenbar einen bleibenden Eindruck hinterlassen. Das war gleichzeitig verwunderlich und überhaupt nicht verwunderlich.

»Henry, du kennst doch Donuts«, wandte sich Ulionk an ihren neuen Freund.

Augenblicklich bereute Josh, Henry mitgenommen zu haben. Er war eine Gefahrenquelle. Josh war sich zwar alles andere als sicher, was passieren konnte, wenn irgendwer herausfand, wer oder besser gesagt, was Ulionk wirklich war, aber er hatte eine vage Vorstellung davon, dass es schlecht war. Ganz schlecht. Schlecht für ihn und seine Zukunft als Fremdenführer auf der Erde, schlecht für seine 500.000 Dollar und seine Pläne bei Walmart zu kündigen, schlecht für die Menschen, die davon erfuhren, dass es Ulionk und Odiklu und Angrodan gab, schlecht möglicherweise für die gesamte Menschheit, der man erfahrungsgemäß nicht viel Toleranz zutrauen durfte. Vielleicht sogar schlecht für Ulionk persönlich. Glücklicherweise reagierte Henry sehr souverän. Wahrscheinlich dachte er, dass es in Kirgistan keine Donuts gab. Das mochte sogar stimmen.

»Klar, kenne ich Donuts. Das ist eines von Amerikas Nationalgerichten«, sagte Henry.

»Wo gibt es die besten?«

»Bei Dunkin' Donuts«, erwiderte Henry, so als handele es sich bei dieser Aussage um ein Gesetz der Physik.

»Wo ist das?«

Da ein durchschnittliches Fahrzeug in Las Vegas auf jeder beliebigen Strecke spätestens alle sieben Minuten an einem Dunkin' Donuts vorbeikommt, stand der Chevrolet fünf Minuten später in einer Drive-through-Schlange.

»Josh, hast du deiner Tante denn kein Frühstück gemacht?«, neckte Henry.

»Nur ein kleines.«

»Hier auf der Tafel siehst du die Auswahl. Gleich wird uns eine Lautsprecherstimme fragen, was wir wollen und dann musst du dir was aussuchen«, erklärte Josh an Ulionk gewandt.

»Gibt es denn ein Best-of? Oder eine Zusammenstellung, bei der man einfach alles probieren kann?« fragte sie, während sie interessiert auf die bunten Bilder der Donuts starrte.

»Zwei Dutzend-Schachteln, bunt gemischt. Und zwei Milchkaffees und zwei Schokomilchshakes, bitte.«

Der Lautsprecher wiederholte krächzend die Bestellung und bat Josh, zum Schalter vorzufahren.

Wenig später ruhten auf Ulionks Schoß zwei große Pappschachteln. Sie trank ihren ersten Schokoladenmilchshake in einem Zug leer und öffnete erwartungsvoll die erste Schachtel. Sie war gefüllt mit zwölf bunt glasierten Donuts. Rosa, grün, blau, gelblich und schokobraun waren die Glasuren. Einige Donuts hatten Löcher, andere nicht. Eines hatten sie alle gemeinsam: Sie waren höllisch ungesund, denn sie bestanden fast ausschließlich aus Fett und Zucker.

Ulionk strahlte über ihr krebsrotes Gesicht und schaffte es mit großer Selbstbeherrschung, zunächst Henry und Josh einen Donut anzubieten. Josh griff nach einem mit Zuckerglasur. Henry wählte die Schokoglasur.

»Guten Appetit«, wünschte Henry, als er herzhaft in seinen Donut biss. Dazu nippte er an seinem Kaffee.

Ulionk widmete sich nun den verbleibenden Donuts und verspeiste einen nach dem anderen. Sie lobte jeden Einzelnen und zeigte Henry jedes Mal den angebissenen Donut, wenn er eine Füllung enthielt.

»Was ist das? Das schmeckt hervorragend«, sagte sie jedes Mal.

»Das ist, glaube ich, Pflaumenmus.«

»Das ist Boston Creme.«

»Köstlich!« Ulionk leckte sich die Lippen.

Ulionk bot den beiden jungen Männern auch von der zweiten Schachtel einen Donut an. Josh lehnte ab. Henry nahm sich dankend eine zweite Leckerei.

Als sie auf dem Parkplatz des Aquariums anhielten, hatte Ulionk die verbleibenden 21 Donuts verputzt. Henry hatte ihr ungläubig zugesehen und dabei an seinem Kaffee genippt. Er starrte und nippte, starrte und nippte. Es war, als säße er in der ersten Reihe einer Zaubershow und fragte sich bei jedem Trick erneut, wie der Künstler das wohl gemacht hatte.

Josh griff sich die leeren Schachteln, um sie auf dem Parkplatz in einen der großen Mülleimer zu werfen. Ulionk spülte gerade mit dem zweiten Milchshake die letzten Reste herunter. Josh nahm ihr den leeren Becher aus der Hand, um auch ihn wie ein verräterisches Beweismittel schnellstmöglich im Mülleimer verschwinden zu lassen.

Nun standen die drei an der Kasse des Aquariums und Ulionk zahlte in bar. Die Kassiererin, eine junge Frau mit grün gefärbten Haaren und einem fast unanständig großflächigen Tattoo auf Dekolletee und Hals, schaute verächtlich auf die von Zucker ein wenig klebrigen Scheine.

»Hier sind Ihre Eintrittskarten«, sagte sie dann routiniert. »Bitte entwerten Sie sie am Drehkreuz da vorn. Viel Spaß.«

Die drei schauten sich die einzelnen Becken an und Ulionk wollte zu fast jedem Fisch, jeder Seeanemone und jeder Muschel etwas wissen. Josh und Henry durchforsteten Wikipedia und lasen Erläuterungen vor. Glücklicherweise war Kirgistan ein Binnenland, wodurch es nicht ganz so absurd war, dass Tante Uli noch nie solche Fische gesehen hatte. Zusätzlich zu den Becken gab es auch Gehege mit Stachelschweinen, Ottern, Schlangen und Schildkröten zu bewundern, die Ulionks Aufmerksamkeit ebenfalls fesselten.

Die Meerestiere hatten es ihr jedoch besonders angetan. Vor dem Becken mit Rochen blieb Ulionk besonders lange stehen. Unvermittelt breitete sie ihre Arme aus und begann dann damit, sehr laute Geräusche von sich zu geben. Ein dunkles Grollen mit starkem Vibrato erfüllte den Raum. Es schien sogar eine Wirkung auf die Tiere zu haben. Sie schwammen plötzlich schneller und kamen auf Ulionk zu.

Ein kleines Mädchen rannte schreiend zu seiner Mama und zeigte dann mit vor Entsetzen geweiteten Augen auf die vibrierende Außerirdische, die das Aquarium anbrüllte. Hinter Josh begann ein etwa sechsjähriger Junge zu weinen. Josh wollte wieder einmal im Boden versinken. Als ihm schmerzlich bewusst wurde, dass sich der Boden nicht auf magische Weise auftun und ihn verschlucken würde, eilte er zu Ulionk und berührte sie sanft an der Schulter.

»Bitte. Was machst du denn?«

Sie verstummte und drehte sich um.

»Die können ja gar nicht sprechen«, beschwerte sich Ulionk enttäuscht.

»Nein, natürlich nicht«, flüsterte Josh.

Er hielt ihren Arm etwas fester. Sein Blick sagte: »Bitte denk daran, wo wir sind!«

Henry kam besorgt näher.

»Ist alles in Ordnung?«, fragte er.

Ulionk stieß ein lautes kehliges Lachen aus und drückte dann Henry an ihre mächtige Brust.

»Ich scherze natürlich. Bei uns in Kirgusim können die Fische auch nicht sprechen.«

»Kirgistan«, verbesserte Josh.

»Genau.«

Henry schnappte nach Luft. Als er wieder aus der Umarmung befreit war, begann auch er zu lachen. Es klang aber etwas verängstigt.

»Was ich eigentlich meinte, war, dass ich die richtig großen Fische sehen wollte.«

»Delfine meinst du? Oder Wale?«

»Vielleicht.«

»Da hinten ist ein Becken mit Haien. Die werden dir gefallen«, sagte Henry.

Die beiden Mütter der erschrockenen Kinder kamen nun auf Josh, Henry und Ulionk zu.

»Wie können Sie unsere kleinen Engel so erschrecken? Sie unsensible Verrückte«, sagte eine der beiden herausfordernd.

»Ich habe doch nur versucht, mit den Fischen zu sprechen«, verteidigte sich Ulionk.

»Sie sind ja wahnsinnig. So was wie Sie sollte nicht frei rumlaufen«, zischte die zweite Mutter, die nun Mut gefasst hatte.

»Hier sind überall Kinder! Verschwinden Sie, Sie fette Hexe«, rief die andere, angestachelt von der Dreistigkeit ihrer Mitstreiterin.

Josh konnte sich nicht erklären, woher sein ungewohnter Anflug von Zivilcourage kam. Er erschrak selbst ein wenig, als er sich antworten hörte:

»Lassen Sie bloß meine Tante in Ruhe. Ihre verwöhnten Gören sollten sich lieber mal daran gewöhnen, dass nicht alle Menschen gleich sind. Intolerantes Pack! Wir sind hier in Las Vegas und nicht bei den Mormonen!«

Die beiden Damen machten synchron einen Schritt rückwärts, denn sie hatten nicht mit Gegenwehr gerechnet, schon gar nicht von einem kleinen Kerlchen mit Star-Trek-T-Shirt und durchschnittlichem Übergewicht. Während die zwei Mütter ihre Köpfe zusammensteckten, schlug Henry Josh anerkennend auf die Schulter und das ungewöhnliche Trio ging in Richtung Haifischbecken davon.

Eine der Frauen rief ihnen noch ein unsicheres, aber nur halbherziges »Freaks« hinterher.

Wenig später standen sie vor dem Becken mit den Haien.

»Die sind aber niedlich!« Ulionk drückte ihr Gesicht an die Scheibe. »Und das Wasser ist überall so durchsichtig.«

Henry war schon weiter gegangen und hatte diese Bemerkung glücklicherweise überhört.

»Von hier oben kannst du auch ins Becken schauen«, rief er Ulionk zu. Henry stand auf einer schmalen Brücke, die das Haifischbecken überquerte. Das ließ sich Ulionk nicht zweimal sagen.

Minutenlang starrte Ulionk von oben auf die Haie hinab, die stoisch ihre Runden drehten. Josh hatte sich gerade von seiner Anwandlung von Schlagfertigkeit erholt, als Ulionk unerwartet behände ein Bein über das Geländer hob und im nächsten Moment im Becken landete.

Josh fing an zu schreien. Er schrie einfach aus Leibeskräften, weil er mit den Nerven am Ende war. Henry reagierte etwas geistesgegenwärtiger und lief zum Beckenrand, wo er die Stange eines Reinigungsnetzes zu greifen bekam.

»Josh, hol Hilfe!«

Josh war wie versteinert und schrie weiter.

Einer der Haie war zunächst auf Ulionk zu geschwommen und hatte dabei angriffslustig gewirkt. Aber Ulionk versuchte ihrerseits, die Haie zu greifen zu bekommen und sie an sich zu drücken. Einer entglitt ihr nur mühsam und er zog sich verstört in eine Ecke des Aquariums zurück. Die anderen Haie umkreisten Ulionk unsicher. Es gab zwei Strategien, mit denen sie auf die ungebetene Besucherin in ihrem Becken reagierten. Die einen traten die Flucht an, weil ihnen Ulionk unheimlich war und die anderen überlegten noch, ob man sie nicht vielleicht essen konnte.

Erst nach einigen Sekunden schien Ulionk zu bemerken, dass sie unter Wasser nicht atmen konnte. Sie begann zu strampeln und wild um sich zu schlagen. Ihre Perücke schwamm bereits an der Oberfläche.

Der Anblick der Perücke holte Josh wieder zurück in die Realität. Er legte sich auf die Brücke und erzeugte mit seiner Hand Wellen auf der Wasseroberfläche, in der Hoffnung, dass die Perücke auf ihn zu schwimmen würde. Es funktionierte.

Henry hatte es indes geschafft, die strampelnde Ulionk auf den Stab in seiner Hand aufmerksam zu machen, indem er ihn immer wieder heftig in ihren Rücken stieß. Geistesgegenwärtig griff Ulionk schließlich nach dem Stab und ließ sich zum Rand des Beckens ziehen. Den Gesetzen der Schwerkraft zum Trotz schaffte sie es, sich auf den Beckenrand zu hieven. Josh rannte herbei und setzte seiner klatschnassen Touristin die Perücke wieder auf. Er strich ihre Kleidung glatt. Da erst bemerkte er, dass sich einer der kleineren Haie in Ulionks Bein verbissen hatte.

»Huch«, sagte Ulionk, als auch sie es bemerkte.

»HUCH?«, schrie Josh Ulionk an.

»Sei nicht wütend«, sagte Ulionk mit sanfter Stimme, »es ist doch nichts passiert.«

»NICHTS PASSIERT?«

Ulionk streichelte den kleinen Hai und bog dann sachte seine Kiefer auseinander. Sie küsste ihn auf den Kopf und warf das verwirrte Tier wieder zurück ins Wasser.

»Er mag mich!«

»Er wollte dein Bein fressen!«

»Ein Kratzer. Nichts weiter.«

Winzige Tröpfchen türkisfarbenen Blutes quollen aus der Bisswunde an Ulionks Bein hervor. Nicht viel. Aber es war deutlich sichtbar. Und es war türkis.

Josh musste sich an der Wand festhalten. Er zerrte an Ulionks Rock, um die Beine so schnell wie möglich zu bedecken. Erst jetzt sah er, dass sich eine Menschentraube gebildet hatte. Etwa ein Dutzend Leute starrten Ulionk an, die pudelnass am Beckenrand saß. Josh bekam einen heftigen Schluckauf.

»Lassen Sie uns durch«, rief ein Mitarbeiter, der nun angerannt kam.

»Um Himmels willen!«

»Ist Ihnen was passiert?«, fragte ein zweiter Mann, der ebenfalls zum Personal der Einrichtung zu gehören schien.

Ulionk, Henry und Josh plapperten wild durcheinander, sodass niemand ein Wort verstehen konnte. Gleichzeitig hatte eine Frau aus dem Publikum ihre Sprache wiedergefunden. Es war die unhöfliche Mutter von vorhin.

»Diese unmögliche Person! Sie müssen sie verhaften. Jawohl, Officer. Verhaften und bestrafen!«

Einer der beiden Männer in Mitarbeiteruniform drehte sich irritiert um.

»Gnädige Frau, bitte beruhigen Sie sich. Ich kann doch niemanden verhaften. Ich bin Tierpfleger.«

»Aber sie ist mit Absicht hineingesprungen«, rief eine andere Frau.

»Ich will auch ins Becken rein.« Der Sechsjährige stampfte mit den Füßen auf und blickte seine Mutter herausfordernd an.

»Bitte beruhigen Sie sich doch und gehen Sie am besten woanders hin«, sagte der Mitarbeiter zu den Besuchern.

Zu Ulionk gewandt sagte er dann in einem sehr strengen Ton: »Und Sie, meine Dame, Sie sind wohl übergeschnappt! Wie zur Hölle sind Sie im Haifischbecken gelandet? Was haben Sie gemacht?«

Bevor Ulionk zu einer Antwort ausholen konnte – sie hustete noch immer stark und irgendwie auch nicht sehr menschlich – erklärte Josh: »Es war ein Unfall, Officer! Ein schrecklicher Unfall.«

»Jetzt hören Sie bitte alle auf mit dem Officer Unsinn.« Der Mann wurde rot.

»Wollen Sie uns verklagen?«, fragte sein Kollege.

»Nein«, sagte Josh sehr bestimmt.

»Sie verstehen dann sicher, dass wir Sie bitten müssen zu gehen«, sagte der Tierpfleger. An seinen Kollegen gewandt zischte er: »Nick, hol Handtücher für die Dame.«

Ulionk wurde mit mehreren Handtüchern versorgt. Eines legte man ihr auf den Kopf, eines auf die Schultern und eines drückte ihr der Mann in die Hände.

»Bitte sag nichts«, flehte Josh, während die drei höflich, aber bestimmt vom Personal aus dem Aquarium geleitet wurden. Der mit Nick Angesprochene rieb mit einem Handtuch über Ulionks Rücken. Ein dritter Mann war aufgetaucht und wischte den Boden hinter der tropfenden Außerirdischen.

Ulionk hustete noch ein wenig und rückte ihre Perücke unter dem Handtuch zurecht.

»Herzlichen Dank, mein Herr«, sagte sie schließlich, als der Mann draußen auf dem Parkplatz endlich Ulionks und Joshs Arme losließ.

»Ehm«, sagte der Mann, »Sie werden uns sicher nicht verklagen?«

»Was bedeutet das?«, fragte Ulionk leise.

»Nicht so wichtig«, entgegnete Josh und zu dem Mitarbeiter gewandt sagte er: »Nein. Wir wollen nur nach Hause fahren.«

Der Mann nickte und ging dann so schnell er konnte, wieder zurück zum Gebäude.

»Es hat mir viel Spaß gemacht bei Ihnen! Wir werden Sie und Ihre Fische weiterempfehlen«, rief Ulionk ihm nach.

Sie tanzte voller Begeisterung um den Wagen herum.

»Das Wasser war so durchsichtig!«, rief sie voller Freude. »Faszinierend!«

»Weißt du, Henry, das Wasser in Kirgistan ist sehr schmutzig«, versuchte sich Josh an einer Erklärung, während er noch immer mit seinem Schluckauf rang.

Henry nickte und klopfte Josh auf die Schultern.

»Nimm es nicht so schwer. Immerhin ist nichts passiert. Also nicht wirklich.«

»Wer will Eiscreme?«, fragte Henry etwas lauter. Josh schaute ihn dankbar an und Ulionk stieg prompt ins Auto ein.

»Es tut mir leid. Ich war zu übermütig«, sagte sie, als sie wieder auf der Hauptstraße waren.

»Ist schon gut«, sagte Josh, »Willst du dich zuerst umziehen, oder zuerst Eiscreme?«

»Zuerst Eiscreme«, erwiderte Ulionk, ohne lange darüber nachzudenken.

»Aber du bist doch ganz nass.«

»Ja, aber es ist doch durchsichtig.«

»Aber es ist ja trotzdem nass und es ist Salzwasser.«

»Ein herrliches Gefühl«, gab Ulionk zurück.

Henry warf ihr einen erstaunten Blick zu und Josh wäre gerne mal wieder im Boden versunken.

»Also zuerst Eiscreme«, fasste Henry zusammen, »am besten im Drive-through«.

»Und dann bringen wir dich nach Hause, Henry.«

Schließlich hatte Josh Ulionk davon überzeugen können, dass es keine gute Idee war, in nassen Kleidern herumzulaufen. Er hatte behauptet, dass es auf der Erde einfach unhöflich sei, in der Öffentlichkeit nass zu sein, was sie sofort einsah.

Josh hatte ebenfalls darauf bestanden, sich Ulionks Bein anzusehen, aber die Kratzer beziehungsweise Haibisse waren schon fast verschwunden. Es hatten sich winzige türkisgrüne Narben gebildet.

»Es tut auch gar nicht weh. Der kleine Fisch wollte nur spielen«, sagte Ulionk trotzig.

31

Es blieb noch ausreichend Zeit, bis die beiden Odiklu erwarteten, der sie zum abendlichen Kampfsportevent bringen sollte. Gerade hatte Josh einen Berg von Süßigkeiten auf dem Tisch im Wohnzimmer ausgebreitet, als Ulionk einen grunzenden Laut von sich gab, der für Josh neu war. Es konnte einfach ein zufriedenes Brummen sein, aber ebenso gut ein alarmierender Schmerzenslaut. Sie trug nun einen lila Jogginganzug, während ihre Kleidung im Bad trocknete.

»Ist alles in Ordnung?«

»Ich weiß nicht.« Ulionk rutschte auf der Couch hin und her und rieb ihren Rücken an der Lehne. »Es juckt.«

Ulionk rieb sich immer heftiger an der Couch und ging schließlich dazu über, sich auf dem Boden zu wälzen und sich wie ein Hund, der Flöhe hat, am Teppich zu reiben.

»Möchtest du duschen? Vielleicht ist es das Salzwasser aus dem Aquarium, das deiner Haut nicht gut bekommen ist?«

Ulionk war bereits dabei, sich den Jogginganzug vom Leib zu reißen. Josh war hin- und hergerissen, denn er wollte ihr auf keinen Fall dabei zusehen, wie sie sich in ihrer vollen und grünen Nacktheit an seinem Wohnzimmerteppich rieb. Andererseits war er sehr besorgt. Was, wenn sie eine allergische Reaktion bekam?

»Komm schnell, wir duschen dich ab!« Er rannte ins Bad und zog den Duschvorhang zur Seite.

»Stell dich hier unter den Wasserstrahl. Und vielleicht willst du auch die Seife?«

Josh versuchte taktvoll zur Seite zu blicken, als das riesige grüne Wesen mit plumpen trampelnden Schritten an ihm vorbei in die Dusche stampfte und sich so gut es ging unter den Duschkopf bückte. Sie musste sich verbiegen, schaffte es aber, dass das Wasser auch ihren Kopf erreichte.

Ruckartig zog Josh den Duschvorhang zu und fragte sich wieder einmal, wie genau er in diese Situation gelangt war.

»Ist die Temperatur angenehm?«

Ulionk stieß einen erleichtert klingenden Grunzlaut aus. Das lauwarme Wasser schien zu helfen.

Salzwasser auf der Haut kann schon mal zu Juckreiz führen, dachte Josh. Er legte Ulionk ein Handtuch bereit und schlich ins Wohnzimmer zurück, wo der Berg an Süßigkeiten wie ein Monument auf dem Tisch thronte.

Bald kam Ulionk aus dem Bad zurück. Sie war in das Handtuch gewickelt, welches ihre grüne Haut nur sehr unzureichend bedeckte.

»Besser?«

»Ich glaube schon. Danke.«

Ulionk widmete sich einer Tüte Karamellbonbons und bat Josh um ein Glas Cola.

Als er mit dem zuckerhaltigen Getränk aus der Küche zurückkehrte, konnte er gerade noch sehen, wie Ulionk von der Couch aufsprang und sich erneut auf den Teppich fallen ließ. Sie quietschte und stöhnte. Vor Schreck ließ Josh die Cola fallen.

»Es ist noch schlimmer als vorhin!« Ulionk rollte sich und prallte dabei abwechselnd an die Couch und an den Schrank. Die Nachbarn mussten spätestens jetzt davon überzeugt sein, dass in Joshs Apartment eine Festtagsparade im Gange war. Allerdings war es wahrscheinlich sinnlos, den wild gewordenen Alien durch Worte davon abbringen zu wollen, sich auf dem Boden zu wälzen.

»Es juckt so schrecklich! Tu irgendwas!«

»Aber was denn?« Josh kratzte sich mit beiden Händen am Kopf und schaute auf den colafarbenen Fleck, der sich vor seinen Füßen im Teppich ausbreitete.

»Ruf Odiklu an. Ich brauche Schlamm. Ich muss baden!«

»Baden!«

»Aaaaaaah!« Ulionk brüllte.

Josh suchte verzweifelt nach dem Notfallrufgerät, welches er unter dem Berg von Süßigkeiten vermutete. Ein Glück. Da war es. Erstaunlich schnell vernahm er Odiklus Stimme, so als stünde dieser direkt neben ihm im Wohnzimmer.

»Bin ich zu spät?«, fragte Odiklu.

»Nein. Was? Nein«, Josh hatte ihre Verabredung schon fast vergessen. »Nein, es ist ein Notfall.«

»Ein Notfall? Was für ein Notfall?« Odiklu sprach nun schneller und eine Oktave höher.

»Ein medizinischer Notfall. Es juckt!«

»Wie bitte?«

»Es juckt ganz fürchterlich und mein Wohnzimmerschrank fällt wahrscheinlich gleich um! Und sie ist nackt!«

»Nackt?«

»Ohne Kleider!«

»Das ist doch kein Notfall!«

»Der Notfall ist, dass es juckt.«

Ulionk brüllte etwas, das Josh nicht verstand. Entweder hatte sie beim Herumrollen ihren Übersetzer verloren oder sie wollte einfach nicht, dass Josh sie verstand. Auf jeden Fall schrie sie aus Leibeskräften. Es klang wie eine Mischung aus Walgesängen und französischem Rap.

»Sag das doch gleich. Sie braucht Schlamm.« Odiklus Stimme hatte wieder den üblichen gelassenen Ton angenommen.

»Schlamm?« Josh zweifelte wieder einmal an seinem Verstand. Ein Alien schrubbte seinen nackten grünen Körper an Joshs Auslegeware und ein anderer erzählte ihm, dass Schlamm in diesem Fall die Lösung war.

»Hör mir zu«, sagte Odiklu langsam, so als spräche er mit einem zurückgebliebenen Viertklässler. »Du schnappst dir jetzt euer hinterwäldlerisches Internet und suchst nach einer Schlammquelle. Irgendwo auf der Erde. Egal wo. Wir brauchen ein großes Loch mit viel Schlamm. Die Farbe ist egal.«

Josh stand noch immer da mit seinem Notfalltelefon in der Hand und den Blick auf den Colafleck gerichtet.

»Bewegst du dich?«, fragte Odiklu scharf.

»Nein.«

»Dann komm in die Socken! Schnapp dir deinen rückständigen Computer und such Schlamm. Schlammquellen. Schlammseen. Schlammfälle. Irgendwo auf der Erde. Schnell! Jetzt sofort!«

»Jawohl.« Der Befehlston löste Josh aus seiner Starre und er grub seinen Laptop unter dem Süßigkeitenberg aus. Josh rief das Internet auf und suchte fieberhaft nach Schlammquellen.

»Bin gleich da. Keine Sorge!« Josh hatte fast vergessen, dass Odiklu ja noch am Telefon war.

»Ich suche ja schon.«

Es knackte hörbar in dem Notfalltelefon. Ulionk schrubbte nun mit ihrem Bauch über den Teppich und hatte eine kreisförmige Bewegung gefunden, bei der sie nur gelegentlich und nur sanft gegen den Schrank stieß. Immerhin eine leichte Verbesserung der Situation. Außerdem brüllte sie nicht mehr, sondern nutzte ihre ganze Energie, um zu schrubben.

Fieberhaft durchforstete Josh ein Internetlexikon und stieß endlich auf einen ausführlichen bebilderten Artikel über die Schlammvulkane von Qobustan. Er versuchte, sich auf den Text zu konzentrieren. Offenbar handelte es sich um eines der größten Gebiete mit Schlammvulkanen der Welt. 300 auf einer Stelle. Perfekt. Da musste ja wohl einer dabei sein, in den sich Ulionk hineinsetzen konnte. Das wollte sie doch? Josh hatte weder das Problem noch die Lösung verstanden. Er las weiter.

Manche der Schlammvulkane spuckten Flammen oder Feuerbälle. Andere verursachten regelrechte Eruptionen von Schlammmassen. 1887 kam es zu einer 600 Meter hohen Stichflamme. Das klang nicht gut.

Die weitere Recherche zeigte Josh allerdings auch Fotos von Menschen, die in den Schlammquellen beziehungsweise -vulkanen saßen wie in einer Badewanne. Sehr vielversprechend. Wo war das? Aserbaidschan. War das ein Land? Warum hatte Josh in Erdkunde bloß nie aufgepasst? Zum Glück gab es das Internet für alle, die in der Schule Nieten gewesen waren. Ein paar Klicks zeigten Josh, wo sich Aserbaidschan befand und wo in Aserbaidschan das Gebiet mit den Schlammvulkanen lag. Aserbaidschan war tatsächlich ein Land. Wer hätte das gedacht? Josh kratzte sich gerade ausgiebig am Kopf, als es an der Tür klopfte.

»Das ging ja schnell.« Es war Odiklu.

»In Notfällen kommen wir immer sofort«, sagte Odiklu etwas zu laut. Offenbar wollte er, dass Ulionk ihn hörte. Sie schien ihn nicht zu bemerken und vollführte unbeirrt ihre kreisförmigen Bewegungen am Boden.

Geistesgegenwärtig schnappte sich Odiklu die Decke von Joshs Couch, warf diese über den nackten Alien auf dem Boden und kniete sich hin.

»Cola, schnell!«, rief er.

Josh gehorchte ohne nachzudenken und brachte eine neue Flasche Cola.

Odiklu reichte Ulionk eine Tablette. Als sie nicht reagierte, griff er mit seiner sechsfingrigen Hand in deren Mund und stopfte die Pille hinein. Dann schüttete er etwas Cola hinterher.

»Das sollte für den Anfang etwas Linderung verschaffen.« Odiklu stand auf und klopfte die verschütteten Tropfen Cola von seinem Anzug.

»Jetzt zeig mir, wo die Schlammquellen sind.«

Lautlos griff Josh nach seinem Laptop und hielt den Bildschirm so vor sich, dass Odiklu ihn sehen konnte.

»Qobustan. Hervorragend.« Odiklu zerrte Ulionk mit sich und verließ die Wohnung.

Josh folgte den beiden und betete zu allen Göttern, von denen er jemals gehört hatte, dass sie den Flur von Mitbewohnern freihalten mögen. Wie durch ein Wunder gelangte das ungewöhnliche Trio ungesehen über die Fluchttreppe aufs Dach des Apartmentgebäudes, wo der Raumgleiter geparkt war.

»Los, rein da!« Odiklu bugsierte Ulionk ins Innere des Schiffes.

»Josh, du setzt dich dahin. Die Tablette zeigt schon Wirkung. Ulionk wird nun bewusstlos werden. Also musst du ihren Kopf festhalten, damit sie nicht erstickt.«

»Den Kopf?«

»Den Kopf.« Odiklu deutete auf Ulionks perückenlosen grünen Kopf, aus dem das orangefarbene Gesicht wie eine Maske herausstach.

»Am besten hältst du sie an den Ohren fest, damit der Kopf nicht zur Seite kippt. Angrodaner haben sehr schwere Köpfe und wenn sie im Sitzen einschlafen, dann können sie sich die Luftröhre abklemmen und ersticken.« Odiklu legte seinen Anschnallgurt an und startete das Gefährt. »Sie ist ohnmächtig und das ist genauso gefährlich wie schlafen. Los! Festhalten!«

Josh griff nach den Alienohren und tat sein Bestes, den Kopf aufrecht zu halten. Meine Güte, diese Angrodaner hatten wirklich schwere Köpfe. Josh brauchte all seine Kraft, um den genoppten grünen Kopf in einer aufrechten Position zu halten.

Ich sitze mit einem Alien, der gerade einem anderen Alien K.-o.-Tropfen verabreicht hat, in einem Raumgleiter und fliege nach Aserbaidschan, dachte er. Josh war sich nicht sicher, ob er lachen oder weinen sollte. Es stellte sich heraus, dass er keine Kraft fürs Lachen oder Weinen entbehren konnte und entschied sich für einen stoischen Gesichtsausdruck. Er schloss die Augen, einerseits um seine Kraft zu konzentrieren, andererseits, um nicht auf Ulionks Kopfhaut starren zu müssen.

Joshs Arme drohten bereits, ihren Dienst zu versagen, als er einen leichten Ruck verspürte. Er öffnete die Augen und sah, dass sich Odiklu zu ihm beugte.

»Da sind wir. Qobustan.« Unerwartet behände schwang sich Odiklu um seinen Pilotensitz herum und nahm Josh Ulionks Kopf ab. Mit einem Zischlaut scheuchte er Josh aus dem Gleiter. Dieser konnte gerade noch sehen, dass Odiklu erneut in Ulionks Mund griff und ihr etwas verabreichte. Es war ganz offensichtlich das Gegenmittel für die K.-o.-Tropfen, denn Ulionk schüttelte sich zuerst sanft und dann sehr heftig.

Sie quietschte laut und ließ den Kopf kreisen. Ohne Gegenwehr ließ sie sich von Odiklu aus dem Gleiter führen. Wie jemand, der abrupt aus einem tiefen wohligen Schlaf gerissen wird, zwinkerte sie und zog abwechselnd die Schultern hoch. Josh konnte ein lautes Knacken in ihren Nackenmuskeln vernehmen und zuckte unweigerlich zusammen.

Odiklu zerrte an der Decke, die noch immer Ulionk umgab. Als sie nun wieder nackt vor Josh stand, wandte dieser den Blick ab. Erst jetzt wurde er seiner Umgebung gewahr. Er befand sich in einer Landschaft, die in Grau- und Brauntönen gehalten war. Die Sonne war gerade aufgegangen. Es war angenehm frühlingshaft warm und über ihnen kreisten ein paar Schwalben.

Zu allen Seiten hin breitete sich eine Ebene aus, die voller verschieden großer Haufen und Tümpel war. Josh erkannte Dutzende mannshohe Hügel, in denen grauer Schlamm blubberte. An mehreren Stellen hatte austretender Schlamm zähflüssige Rinnsale gebildet. Vor ihnen breitete sich ein großer Teich aus, der statt Wasser gräulichen Schlamm enthielt. Die höheren Formationen, aus denen zähflüssiger Schlamm austrat, erinnerten tatsächlich an Vulkane, nur halt viel kleiner als zum Beispiel der Ätna.

Sehr viel kleiner. Manche reichten Josh bis zur Hüfte. Andere überragten ihn ein wenig.

So etwas gab es auf der Erde? Josh war gelinde gesagt überrascht. Schlammvulkane. Wer hätte das gedacht? Mit offenem Mund beobachtete er, wie Ulionk sich kratzte. Ein Stöhnen entrann ihrer Kehle. Sie kratzte immer frenetischer und quietschte nun auch wieder. Das Geräusch tat Josh in den Ohren weh und er sah sich um. Er wollte sicher sein, dass sie diesen ungewöhnlichen Ort auch wirklich für sich alleine hatten.

Ulionk öffnete nun ihre Augen. Die Wirkung des Betäubungsmittels war abgeklungen. Sie machte zwei ruckartige Bewegungen mit dem Kopf, stieß einen freudigen Schrei aus und sprintete in einer Geschwindigkeit, die Josh ihr nie im Leben zugetraut hätte auf einen Schlammtümpel zu. Als sie in der zähen, blubbernden Flüssigkeit landete, spritzte der Schlamm meterweit.

Josh unterdrückte einen Schrei. Er hatte angenommen, dass das Blubbern bedeutete, dass die Flüssigkeit, die hier aus dem Erdinnern austrat, kochend heiß war. Anscheinend war das aber entweder kein Problem für Ulionk oder die Temperatur war angenehm.

Odiklu wandte sich diskret ab und ließ seine Kundin ihr Bad genießen. »Hübsch hier«, sagte er zu Josh, der noch immer seinen Mund offen stehen hatte.

»Ehm.« Josh fehlten schlicht und ergreifend die Worte. Smalltalk war ohnehin keine seiner Stärken. Smalltalk im Beisein eines schlammbadenden Aliens in Aserbaidschan überstieg seine Fähigkeiten um ein Vielfaches.

Immer wieder warf er verstohlene Blicke in Richtung Ulionk, die wie ein kleines Kind in einer Babywanne planschte und mit den dicken Armen auf die schlammige

Oberfläche patschte. Sie tauchte ihren Kopf unter, bis weder ihr orangerotes Gesicht noch ihr mit Noppen bedeckter grüner Kopf mehr zu erkennen waren. Sie sah nun aus wie ein Golem, allerdings wie ein Golem, der an seinem freien Tag ein Bad nahm und dabei einen Heidenspaß hatte.

Odiklu lehnte sich lässig an den Gleiter und richtete seine Perücke, die im Eifer des Gefechts ein wenig verrutscht war. Josh setzte sich auf den Boden. Er wählte eine Stelle aus, die relativ trocken war und wo keine sichtbare Schlammeruption erfolgte. Er schüttelte den Kopf und blickte sich noch einmal in der Gegend um. Wieder fragte er sich, ob er sich tatsächlich noch auf der Erde befand.

Nach einer Weile kam Ulionk aus dem Schlammloch heraus und breitete die Arme weit aus. So verharrte sie, den Blick in Richtung Himmel gewandt wie eine Statue. Schlamm tropfte an ihren Armen und Beinen herunter.

»Was tut sie?« Josh hatte seine Stimme wieder gefunden.

»Trocknen«, erwiderte Odiklu, als sei es das Natürlichste der Welt. »Wie willst du denn sonst den Schmutz aus den Poren bekommen?«

Josh überlegte kurz, ob er Odiklu erklären sollte, dass Wasser beim Menschen eine säubernde Wirkung entfalten konnte, aber er hatte mit Wasser heute schon genug Schaden angerichtet.

Die beiden warteten also ab, bis Ulionk in der Abendsonne getrocknet war. Wegen der Zeitverschiebung war es in Aserbaidschan schon spät am Tag. Als sie das Gefühl hatte, ausreichend eingetrocknet zu sein, rührte sie sich langsam. Zunächst bewegte sie ihren Kopf hin und her. Ein Brocken Schlamm fiel vom Hals ab. Dann hob sie zuerst das eine, dann das andere Bein vorsichtig an. Aus den Kniekehlen bröckelte getrockneter Schlamm.

Josh beobachtete das Schauspiel fasziniert und erschrak entsetzlich, als er ein Motorengeräusch näher kommen hörte. Aufgeschreckt drehte er seinen Kopf in alle Richtungen und sprang auf. Es gab keinen Zweifel. Ein Auto näherte sich. Sie waren also wirklich auf der Erde. War das etwas Gutes oder etwas Schlechtes?

Wenige Momente später konnte Josh ein dunkelrotes Fahrzeug näher kommen sehen. Es war ein Kombi, der in den 90er Jahren seine besten Tage gesehen hatte. Darin saß höchstwahrscheinlich ein Mensch, und zwar ein Mensch, der noch nie zuvor eine nackte mit Schlamm bedeckte Außerirdische gesehen hatte.

»Verdammt, da kommt jemand.« Josh fuchtelte wild mit den Armen, um Odiklus Aufmerksamkeit auf sich zu lenken. Das gelang ihm nur mäßig, denn Odiklu machte gerade Anstalten, seine Kleider abzulegen. »Du willst doch nicht etwa auch baden gehen?«

»Wieso nicht?«

»Was meinst du mit wieso nicht?«

Joshs Stimme kletterte in ungekannte Höhen. »Weil da hinten gerade ein Auto auf uns zukommt.«

»Die wollen wahrscheinlich auch bloß baden.«

»Die sind aber Menschen!«, erinnerte Josh seinen Freund.

»Ach ja. Richtig.« Odiklu zog sein T-Shirt wieder in eine sittliche Position zurück und machte ein paar schnelle Schritte in Richtung Ulionk. Sie bewegte gerade langsam die Handgelenke und hielt die Augen geschlossen.

»Ulionk, entschuldige bitte, aber da kommt jemand. Wir hatten ja besprochen, dass wir nicht auffallen dürfen, du weißt schon, wegen der Tourismus-Beschränkungen.«

Ulionk öffnete vorsichtig ein Auge.

»Na gut, wo soll ich hin?« Missmutig ließ sie die Arme sinken.

»Versteck dich kurz da hinter dem Schlammvulkan«, schlug Odiklu vor, während er sich umschaute.

»Was? Nein! Ins Raumschiff! Wir müssen hier weg«, zischte Josh.

»Aber sie ist doch voller Schlamm.« Machte sich Odiklu Sorgen um die Polster auf den Sitzen in seinem Gleiter?

»Eben!« Josh schaute panisch zwischen dem näher kommenden Auto und der schlammigen Ulionk hin und her, die nun in Richtung eines etwa mannshohen Schlammvulkans trottete. Schlammbrocken fielen von ihr ab. Glücklicherweise hinterließ sie keine sichtbaren Spuren, denn das gesamte Gelände war hier ja schlammgrau.

Odiklu sorgte mit einer Fernbedienung dafür, dass der Gleiter sich mit erstaunlicher Geschwindigkeit entfernte. Das tat er fast lautlos und war bald außer Sichtweite.

»Aber, aber«, stotterte Josh.

»Sie werden uns für Touristen halten.« Odiklu versuchte Josh zu beruhigen, der mittlerweile vor Aufregung einen Schluckauf hatte.

»Sie werden uns für Verrückte halten!«

Nun hörte Josh nicht mehr nur das Motorengeräusch des alten Kombis, sondern auch die Musik, die der Fahrer im Fahrzeug voll aufgedreht hatte. Es war ein indischer Popsong.

Josh versuchte, Ulionk dazu zu bringen, sich hinter dem Schlammvulkan zu ducken.

»Der Schlamm muss gleichmäßig trocknen, Josh.« Sie breitete erneut die Arme aus und machte mit dem gesamten massigen Körper wogende Bewegungen, als vollführe sie einen sehr langsamen Tanz.

»Bitte. Man darf dich nicht sehen.« Josh dachte daran, dass sie kein Visum für Aserbaidschan hatten, dass zwei Drittel von ihnen ganz offiziell überhaupt nicht existieren durften und dass die Bewohner von Aserbaidschan möglicherweise gewalttätige Barbaren waren, die nicht vor dem Gebrauch von Schusswaffen zurückschreckten. Na ja, das konnte kaum schlimmer als in Amerika sein. Trotzdem. Vielleicht hatten die Aserbaidschaner Säbel oder Harpunen.

Josh hörte, wie der Motor des Wagens stotternd erlosch. Er stolperte ein paar Schritte auf Odiklu zu und stellte sich dann neben ihn. Aus dem Auto, das Josh nun als Taxi identifiziert hatte, stiegen zwei Personen aus, die auf der Rückbank gesessen hatten. Es waren ein Mann und eine Frau, die wahrscheinlich ein paar Jahre älter waren als Josh. Sie trugen aufeinander abgestimmte Funktionskleidung und kleine Hightech-Wanderrucksäcke sowie Safarihüte und Sonnenbrillen. Kostspielig aussehende Fotoapparate baumelten um die Hälse der beiden Besucher. Der Mann nickte Odiklu und Josh beiläufig zu und spazierte dann schnurgerade auf den ersten Schlammvulkan zu. Er kniete sich hin und fummelte an seiner Kamera herum. Die Frau nestelte an einem Strick, der von ihrem Safarihut herabhing, und folgte dem Mann. Bald knieten die beiden nebeneinander und richteten ihre Linsen auf den Schlamm.

Odiklu und Josh hatten sich, winzige Schrittchen machend, wie eine Sonnenblume, mit den beiden Touristen gedreht, sodass sie beide noch immer wie die Mauer im Fußballspiel zwischen ihnen und Ulionk standen. Diese lugte hinter dem Vulkan hervor und stand weiterhin mit ausgebreiteten Armen leicht bebend in der Morgensonne, um zu trocknen. Josh versuchte, extra breit zu stehen, obwohl er wusste, dass es aussichtslos war, Ulionk mit seinem menschlichen Körper zu verdecken. Die Touristen bewegten sich weiter zum nächsten Schlammloch und schossen unbeirrt ihre Fotos. Sie unterhielten sich in einer Sprache, die Josh sehr europäisch vorkam. Dabei zeigten beide immer wieder auf den Schlamm und auf verschiedene Knöpfe an ihren Hightech-Kameras.

Josh und Odiklu standen fast bewegungslos und ließen die beiden Fotografen nicht aus den Augen. Die zwei Urlauber zogen von Schlammloch zu Schlammloch und fotografierten, was das Zeug hielt. Schließlich kamen sie auf Josh und Odiklu zu. Die Frau lächelte freundlich und deutete mit einem Finger auf ihre Kamera.

»Können Sie bitte ein Foto von uns machen?«, fragte sie mit einem starken Akzent, den Josh nicht einordnen konnte. Wahrscheinlich französisch oder italienisch. Josh hatte davon gehört, dass die Europäer es nicht lassen konnten, an die verrücktesten und gefährlichsten Ecken dieses Planeten zu fliegen, um dort mit kostspieligen Geräten Fotos zu machen. Das mussten zwei von diesen Touristen sein.

Josh nickte und griff nach der Kamera. Er warf schnell einen Blick in Richtung Ulionk, um sich zu versichern, dass sie noch hinter dem Hügel stand. *Unauffällig bleiben*, dachte er bei sich.

»Hier?« Das Paar stellte sich so, dass ihnen die Sonne direkt ins Gesicht schien, vor einen der kleineren Schlammvulkane. Im Hintergrund war auch der größere Schlammteich zu erkennen. Josh zählte bis drei und betätigte den Auslöser. Die Frau nahm ihm die Kamera ab, bedankte sich mehrfach und kontrollierte den Bildschirm.

Josh wollte sich gerade umdrehen, als sie ihm die Kamera wieder entgegenstreckte. Offenbar hatte er es nicht richtig gemacht. Sie drehte an ein paar Knöpfen, legte einen Schalter um und zeigte dann Josh, wo er drücken musste. Die beiden gingen wieder in Position und Josh ließ sich Zeit. Diesmal wollte er es richtig machen. In dem Moment, als er abdrückte, klappten die Kinnladen des europäischen Pärchens synchron nach unten. Dem Mann entfuhr ein kurzer Schrei, und die Frau klammerte sich im nächsten Augenblick an den Arm ihres Begleiters. Sie starrten auf etwas hinter Josh. Verdammt.

Ganz langsam drehte sich Josh um, noch immer die Kamera der Frau in den Händen. Jetzt hätte er sich am liebsten auch an irgendwen geklammert. Seine Befürchtungen waren allerdings höchstwahrscheinlich sehr andersgeartet als die der Touristen. Ulionk war aus ihrem Versteck gekommen und stand neben Odiklu.

»Wie schön, du bist getrocknet«, sagte Odiklu und hielt Ulionk an den massigen Schultern. »Noch nicht schütteln. Wir sind nicht alleine!« Er deutete mit dem Kopf in Richtung Josh, hinter dem die beiden Fotografen immer näher zusammenrückten.

Ulionk gab einen grunzenden Laut von sich. Es schien ihr wieder gut zugehen. Der Schlamm hatte ganz offensichtlich die gewünschte Wirkung gezeigt. Odiklu und Ulionk hatten ihre Köpfe langsam in Joshs Richtung gedreht und auf beiden Aliengesichtern baute sich nun das typische quälend langsame Grinsen auf, das so wirkte, als befolgten sie Schritt für Schritt eine Anleitung zum Grinsen. Odiklus Gesicht war leuchtend rot. Ulionks eher orangefarbenes war mit einer Schlammkruste bedeckt. Wie in Zeitlupe hoben sich nun zwei Alienarme und winkten fast so langsam, wie sie gegrinst hatten.

Josh gab die Kamera zurück und wandte sich wieder den Touristen zu. »Das sind meine Verwandten. Wir sind aus Amerika. Auf Urlaub. Es ist so schön hier. Die berühmten Schlammvulkane. Tolle Landschaft.« Er zeigte mit beiden Händen auf die ungewöhnliche Umgebung, in der sich Hügel und Schlammseen abwechselten.

»Sie ist voller Schlamm«, stammelte die Frau und zeigte mit einem zittrigen Finger auf Ulionk, die noch immer winkte.

»Meine Tante hat Neurodermitis und der Schlamm hier hat bekanntlich heilende Kräfte.« Josh war so ungeheuer stolz auf seinen Einfall, dass er sogleich in eine längere Lobrede über den Heilschlamm überging.

So gut war das Englisch der beiden Touristen dann doch nicht. Sie wiederholten immer wieder Worte des Dankes und gingen langsam rückwärts zurück zu ihrem Taxi, in dem der Fahrer mit seinem Telefon beschäftigt war. Ohne den Arm des Mannes loszulassen, setzte die Frau einen Schritt vor den anderen, seitwärts gehend wie eine Krabbe. Der Mann tat es ihr gleich. Keiner von beiden wandte den Blick auch nur für eine Sekunde von Ulionk und Odiklu ab, die weiterhin winkten und grinsten.

Als sie am Auto ankamen, tastete die Frau hinter sich nach dem Türgriff, ohne den Blick abzuwenden. Josh rief ein paar Worte des Abschieds und wünschte den beiden weiterhin eine gute Reise, als er plötzlich einen lauten Knall vernahm. Geistesgegenwärtig ließ er sich fallen und hatte im ersten Moment keine Ahnung, ob er einen Schuss gehört hatte oder eine Explosion. Vielleicht war es auch nur irgendetwas Außerirdisches. Das konnte nicht ausgeschlossen werden. Jetzt hörte Josh einen spitzen Schrei, der vom Taxi kam.

Als er aufblickte, war ihm sofort klar, warum die Touristen schrien. Am liebsten hätte er eingestimmt.

Der Knall war von einem der Vulkane gekommen. Josh erinnerte sich daran, gelesen zu haben, dass es in dem vulkanisch aktiven Gebiet manchmal zu kleineren und selten auch zu größeren Explosionen oder Ausbrüchen von Gasen kam. Hinter Odiklu stand eine Flammensäule, die langsam kleiner wurde. Ulionk und Odiklu schienen unversehrt zu sein. Sie waren auseinandergestoben und blickten in Richtung des flammenspeienden Hügels.

»Huch«, sagte Ulionk. »Wie dumm, dass ich meine Kamera nicht dabeihabe.«

Die beiden Touristen hatten sich wieder gefangen. Allerdings starrten sie noch immer Odiklu und Ulionk an. In dem Moment sah es auch Josh. Odiklus Perücke brannte. Sie hatte wahrscheinlich einen Funken abbekommen. Auch Odiklu schien das Feuer auf seinem Kopf erst jetzt zu bemerken.

»Uiuiui«, rief er und riss sich die Perücke vom Kopf, die nun auf dem Boden vor seinen Füßen weiter brannte. Rauch stieg auf und Josh konnte den stechenden Geruch von verbranntem Plastik und menschlichem Haar wahrnehmen, obwohl er mehrere Meter entfernt stand.

Odiklu kratzte sich am Kopf und schüttelte sich wie ein Theaterschauspieler beim Ausdruckstanz. Jetzt begannen die Touristen erneut zu schreien. Der Mann zeigte mit dem Finger anklagend auf Odiklu und seine Frau hatte ihren Mund so weit aufstehen, dass man problemlos eine Wurzelbehandlung hätte durchführen können.

Hektisch begann der Mann nun an seiner Kamera herumzufummeln. Josh war selbst erstaunt über seine Reflexe, als er in wenigen Sekundenbruchteilen auf Odiklu zu hechtete und diesen mit all seiner Kraft in den Schlamm stieß. Es musste so ausgesehen haben wie ein professioneller Tackle beim American Football. Zumindest stellte Josh es sich so vor. Entgegen aller physikalischen Wahrscheinlichkeiten gelang es Josh, Odiklu aus dem Gleichgewicht zu bringen, was wohl auch dem Überraschungseffekt geschuldet war. Leider verlor er beim Aufprall selbst das Gleichgewicht und stürzte mit seinem außerirdischen Freund ebenfalls in das Schlammloch. Es war glücklicherweise nicht tief und der Schlamm war, wie in allen Schlammvulkanen hier in Qobustan, eher kühl.

Ulionk ließ ihre Arme sinken und schaute vorwurfsvoll auf Odiklu und Josh.

»Jetzt müssen wir auch noch warten, bis ihr beide getrocknet seid! Dabei haben wir doch heute Abend noch was vor!« Ulionk stemmte die Hände in die Hüften.

»Das ist immer noch besser, als dass morgen in einer aserbaidschanischen Zeitung Fotos von euch auftauchen.« Josh spuckte etwas Schlamm aus und krabbelte langsam auf den festen Boden zurück. Er war fast vollständig mit grauem glänzendem Schlamm bedeckt.

Er ließ das Paar mit den Fotoapparaten nicht aus den Augen. Die beiden hatten sich wieder gefangen und fragten sich wohl gerade, ob sie ihren Augen trauen konnten. Sie flüsterten miteinander und tasteten beide hinter ihren Rücken nach dem Türgriff des Taxis. Die Frau bekam ihn zuerst zu fassen und öffnete wie in Zeitlupe die Wagentür, während sie das Trio aus schlammbedeckten Wesen nicht aus den Augen ließ. Langsam tastend schob sie sich in den

Wagen auf die Rückbank und trieb dann ihren Mann zur Eile an.

Wenig später schloss sich die Tür des Taxis und der Fahrer ließ den Motor an. Er setzte sich aufrecht hin, winkte Josh, Odiklu und Ulionk durch das offene Fenster freundlich zu und drehte sein Fahrzeug.

Odiklu kletterte gerade aus dem Schlammloch, als im Taxi wieder die laute indische Popmusik erklang. Das Gefährt entfernte sich holpernd. Die beiden europäischen Touristen starrten synchron aus dem Rückfenster, bis sie schließlich hinter einem der höheren Vulkane verschwanden.

»Boah, das war knapp.« Josh atmete tief ein und wischte mit beiden Händen den Schlamm von seinen Kleidern.

»Wieso in aller Welt badet ihr mit Kleidern im Schlamm?«, fragte Ulionk, die sich in alle Richtungen streckte, sodass dicke Klumpen des getrockneten Schlamms von ihrer Haut abfielen. Dabei stieß sie wohlige Laute aus.

Odiklu hatte sich aufgerichtet und verrieb den Schlamm in seinem Gesicht und auf dem Kopf. »Du hast recht. Es ist sehr angenehm. Erste Sahne, euer Schlamm hier auf der Erde. Bloß schade, dass er so selten ist.«

»Lass uns zurückfliegen, bevor noch mehr Touristen kommen.« Josh schaute sich besorgt um.

»Jetzt müssen wir erst mal trocknen«, sagte Odiklu. »Sonst ruinieren wir die Bezüge im Gleiter.

»Deine Sorgen möchte ich haben.« Josh zog sein T-Shirt aus und versuchte, den Schlamm durch mehrfaches Wringen zu entfernen.

Ulionk trat neben ihn und verteilte den Schlamm von Joshs Armen und vom Kopf auf dessen nackten

Oberkörper. »So ist es gut. Es muss richtig in die Haut einziehen und dann trocknen.«

Josh machte einen Satz zur Seite. Er war sich nicht sicher, was ihn mehr erschreckt hatte: der unerwartete Kontakt mit der außerirdischen Hand oder der kühle Schlamm auf seiner Haut. Auf jeden Fall wollte er keine Schlammmassage von seiner extraterrestrischen Besucherin bekommen, sondern so schnell wie möglich von hier verschwinden und eine Dusche nehmen. Und zwar mit Wasser.

»Ihr Menschen seid schon seltsam«, sinnierte Ulionk und klopfte nun die letzten Schlammbrocken von ihren Beinen und Schultern. Ihre Haut kam unter den getrockneten Brocken fast sauber hervor. Sie war strahlend grün. Josh konnte weder hin noch wegschauen. Auch Odiklu hatte mittlerweile die Kleider abgelegt und stand mit weit ausgebreiteten Armen in der Abendsonne, um zu trocknen.

»Noch ein paar Minuten, dann fliegen wir zurück. Versprochen. Wir dürfen euer Menschenkampf-Event nicht verpassen.«

Josh versuchte weiter, sein T-Shirt durch Wringen und Klopfen vom Schlamm zu befreien. Seine Hose wollte er nicht mitten in der aserbaidschanischen Wildnis ablegen. Für seine Schüchternheit gab es keinen rationalen Grund, denn seine beiden Begleiter schienen das menschliche Schamgefühl in Verbindung mit Nacktheit nicht zu teilen. Er war aber ein Mensch und konnte nicht aus seiner Haut heraus.

Odiklu war nun auch dazu übergegangen, getrockneten Schlamm von seiner Haut zu klopfen. Nackt und glücklich standen die zwei Aliens nun vor Josh und warfen ihm tadelnde Blicke zu.

»So willst du in meinen Gleiter einsteigen? Nass und schlammig? Zieh doch wenigstens die Kleider aus!«

»Nein«, sagte Josh bestimmt.

Odiklu wühlte in seinen nassen Kleidern und brachte die Fernbedienung für den Gleiter zum Vorschein. Während das Flugobjekt langsam auf die Gruppe zuflog, erklärte er Josh, aus welchem teuren Material die Sitzbezüge des Gleiters bestanden und dass es unverantwortlich sei, diese mit Schlamm zu verschmieren. »Velosin ist das Beste, was es im Universum gibt. Also für Sitzbezüge. Velosin wird auf einem der Monde von Angrodan aus den Fäden der halbherzigen Glotzaugenspinne gewonnen. Ein sehr feines und edles Gewebe. Das Färben dauert mehrere Tage.«

Ulionk unterbrach ihn. »Wir müssen jetzt wirklich los. Ich will meine Soirée nicht verpassen.« Sie schnappte sich die Decke, in die sie auf dem Hinweg eingewickelt gewesen war, schlang diese um Josh und packte sich das Bündel mit dem sprachlosen Josh darin. Sie stand nun da wie jemand, der eine in Teppich eingerollte Leiche entsorgen will.

»Na los. Mach schon die Luke auf.«

Odiklu erklärte sich mit dieser Notlösung einverstanden, raffte alle schlammverschmierten Kleidungsstücke zusammen und schob diese in eine Öffnung im rückwärtigen Bereich des Gleiters. Zumindest nahm Josh an, dass es das Hinterteil war. Das rundliche Beförderungsmittel von Angrodan hatte vielleicht nicht einmal eine Rückseite.

32

Die drei schafften es schnell zurück nach Las Vegas, ohne dass Josh die wertvollen Sitzbezüge aus Velosin allzu sehr ruinierte. Odiklu brachte den Gleiter auf dem Dach des Apartmenthauses zum Stehen, in dem sich Joshs Apartment befand. Sie schafften es, unbemerkt die Wohnung hineinzugelangen. Josh duschte und die Aliens suchten sich aus dem Fundus von Frauenkleidern in Übergröße, welche Ulionk in der Fashion Show Mall erworben hatte, neue schlammfreie Kleidung aus. Als Josh aus dem Bad kam, sauber mit gekämmten Haaren, in Jeans und T-Shirt, war er fast nicht erstaunt, Odiklu in einem blauen Satinkleid zu sehen.

»Blau steht mir gut, nicht wahr?«

»Absolut«, erwiderte Josh.

Sie kamen nach einem kurzen Flug planmäßig in Phoenix an. Odiklu hatte doch noch einen Schlammspritzer auf seinen geliebten Sitzbezügen gefunden und war ein wenig ungehalten. »Wo finde ich hier bloß jemanden, der Sitzbezüge aus Velosin fachgerecht reinigen kann?«

»Hier auf der Erde nicht. Bitte nicht!« Josh war wieder einmal leicht mit der Situation überfordert. Er flog nun schon zum dritten Mal an einem Tag mit einem UFO, das für ihn genau genommen nur ein FO war, und musste Vorhaltungen ertragen, weil er die Sitzbezüge, die aus Spinnenfäden hergestellt wurden, mit Schlamm aus einem Vulkan in Aserbaidschan beschmutzt hatte. Das war keine der Situationen, auf die man ihn in der Highschool vorbereitet hatte. Oder im Kabelfernsehen. Oder im Walmart.

»Odiklu, jetzt krieg dich mal ein. Das ist doch überhaupt kein echtes Velosin. Billige Kopien sind das! Flieg einfach schneller. Ich will nicht zu spät kommen.« Ulionk betastete die Sitzbezüge, schnippte ein paar getrocknete Schlammreste fort und tätschelte Joshs Knie. »Mach dir keine Sorgen, mein Lieber. Das wird schon wieder sauber.« Sie zwinkerte Josh sehr, sehr langsam zu.

Odiklu parkte seinen Gleiter auf der obersten Ebene des Parkhauses des Renaissance Phoenix Glendale Hotel & Spa, das sich direkt neben der Gila River Arena befand.

Einen Fluss schien es hier nicht zu geben, aber ein riesiges Shoppingcenter und die erwartete Eventarena.

»Odi, es ist wirklich lieb von dir, dass du uns hergebracht hast«, sagte Josh etwas zu förmlich beim Aussteigen.

Odiklu klopfte ihm sanft auf den Rücken.

»Du machst deinen Job bisher wirklich gut. Ich besorge mir ein paar Donuts und warte dann hier auf euch. Viel Spaß!«

In der Eingangshalle der Gila River Arena herrschte dichtes Gedränge. Zuerst steuerte Ulionk auf Dunkin' Donut zu. Josh war sich nicht sicher, ob es erlaubt sein würde, während der Show die Arena zu verlassen und wieder zurückzukommen.

»Ob es innen drin noch viel Zucker gibt, weiß ich nicht. Wahrscheinlich Popcorn und mit Sicherheit Cola. Aber Donuts halt nicht«, sagte er.

»Cola?«

»Der braune, flüssige Zucker.«

»Ach ja. Der ist gut.«

Die Sicherheitsleute musterten Ulionk mit neugierigen Blicken, als sie mit zwei riesigen Tüten von Dunkin' Donuts an ihnen vorbei watschelte. Als aber der Metalldetektor stumm blieb, wandten sie sich den nächsten Besuchern zu.

Joshs Nerven fuhren Achterbahn. Entsetzen und Erleichterung wechselten sich im Minutenrhythmus ab.

Relativ problemlos fanden sie ihre teuren Plätze, die ziemlich nah am Geschehen waren. In der Mitte der Arena war ein Oktogon aufgebaut. Das war die Kampfarena. Soweit hatte sich Josh eingelesen in Mixed Martial Arts. Er wusste, dass die Kämpfer in verschiedenen Gewichtsklassen gegeneinander antraten und dass sie mehrere verschiedene Kampfsportarten beherrschen mussten. Ulionk konnte sich auf Techniken aus dem Kickboxen, Muay Thai, Judo, Boxen, Jiu-Jitsu, Taekwondo und Ringen freuen. Josh versuchte, Ulionk die Regeln zu erklären.

»Im Grunde darf man alle Körperteile einsetzen. Man darf nicht zum Kopf treten, wenn der Gegner am Boden liegt und nicht in die Geschlechtsteile schlagen. Ach ja, und nicht in die Augen piksen.«

»Das ist alles?«

»Im Grunde ja. Die meisten Kämpfe gehen über drei mal fünf Minuten. Die Kämpfe, bei denen es um einen Titel geht, dauern fünf mal fünf Minuten«, rezitierte Josh aus dem Gedächtnis.

»Und es treten keine Tiere an?«

»Nur Menschen.« Josh blickte sich erschrocken um. Niemand schien Notiz von ihnen zu nehmen.

»Was sind Geschlechtsteile?«, fragte Ulionk weiter.

Zu Joshs großer Erleichterung wurde in dem Moment das Licht gedämpft und laute Musik setzte ein. Laser durchstreiften das Publikum und tauchten die Halle in ein kaltes bläuliches Licht. Die erste Schachtel Donuts war noch nicht ganz verzehrt.

Ulionk biss herzhaft in den nächsten Donut und schaute gebannt auf den riesigen Bildschirm, der über dem Oktogon von der Decke hing. Auf ihm konnte man nun die Namen der Kämpfer sehen, die den ersten Kampf des Abends bestreiten würden. Jemand hieß über Lautsprecher alle Zuschauer in der Gila River Arena willkommen.

»Ich habe die Ehre, 11.382 Zuschauer heute Abend hier begrüßen zu dürfen. Willkommen zu UFC on Fox, einer besonderen Fight Night am heutigen Samstag, den 14. April 2018. Das Hauptevent des Abends ist Dustin Poirier gegen Justin Gaethje. Aber zunächst widmen wir uns dem ersten Kampf des Abends: Patrick Williams wird gegen Luke Sanders antreten, in der Bantamweight Division …« Der Sprecher las Größe und Gewicht der Gegner vor und ließ alle Anwesenden wissen, wie viele Kämpfe jeder von ihnen in seiner jeweiligen professionellen Karriere bisher gewonnen und verloren hatte, welche Kampfsportarten die beiden betrieben und woher sie kamen.

Bald erklang erneut Musik, und der erste der beiden angekündigten Kämpfer kam aus seiner Umkleidekabine in Richtung Oktogon. Er tänzelte dabei, streifte schließlich seine langen Trainingshosen und die Jacke ab und wurde von einem der Ringrichter überprüft. Ein wenig Vaseline auf Augenbrauen und Nase. Sitzt der Zahnschutz richtig? Und los.

Der erste Kämpfer hüpfte schon nervös im Oktogon hin und her, während der zweite die Arena betrat und dieselbe Prozedur durchlief.

»Kennen sich die beiden Kämpfer?« Ulionk sah Josh fragend an.

»Ehm. Ich weiß nicht. Vielleicht. Warum willst du das wissen?«

»Na, es wäre ja interessant zu wissen, warum sie sich prügeln. Worum geht es?«

»Also in diesem Kampf geht es nur darum, wer gewinnt. Es ist Sport. Der Sieger darf dann gegen andere, bessere Kämpfer antreten. Sie arbeiten sich Stufe um Stufe in einer Rangliste nach oben. Und am Ende, bei den wichtigeren Kämpfen, die fünf Runden dauern, da geht es um einen Gürtel.«

Ulionk holte ihr Datenpad hervor und informierte sich darüber, was ein Gürtel war.

»Ein Gürtel? Ein Kleidungsstück? Echt jetzt?«

»Der Gürtel ist das Zeichen für den Meistertitel«, ergänzte Josh. »Es geht um die Ehre oder so.«

Er hatte selbst nie verstanden, warum Leute Spaß daran hatten, sich zu prügeln oder überdimensionale goldene Gürtel zum Zeichen ihres Ruhms zu tragen. Aber Josh war schließlich ein Star-Trek-Fan und kein Kämpfer. Was wusste er schon? Möglicherweise hätte er einen Gürtel getragen, der ihm als Weltmeister in Super Mario Kart verliehen worden wäre. Leider war er nicht gut genug. Die Frage stellte sich also nicht.

»Also bei uns auf Angrodan ist es so, dass wir nur dann Kämpfe erleben, wenn es Krieg gibt.«

»Krieg? Aber das hier ist Sport. Das ist …«, Josh dachte darüber nach, warum es Sport gab und fand keine überzeugende Erklärung.

»Es ist wie ein Spiel. Ein Wettbewerb.« Josh gingen die Synonyme aus.

Ulionk nickte langsam.

»Vor vielen hundert Jahren gab es bei uns auf Angrodan Krieg. Die Leute haben sich geprügelt und gegenseitig umgebracht. Und dann wurde schließlich das Podliok-Prinzip eingeführt. Damals mussten sich die beiden Herrscherinnen der Regionen, zwischen denen es Probleme gab, im Kampf gegenübertreten.«

»Die Könige und Premierminister haben sich geprügelt?« Diesen Ansatz fand Josh interessant. Das würde viel Geld sparen, ganz zu schweigen davon, dass es unzählige Leben retten würde.

»Ja. Am Anfang. Dann kam allerdings eine Zeit, in der alle Herrscherinnen Tag und Nacht im Fitnessstudio verbrachten und keine Zeit mehr für die Regierungsgeschäfte hatten. Mehrere Regionen wurden ziemlich heruntergewirtschaftet. Also hat man irgendwann professionelle Kämpferinnen engagiert, die eine Region vertraten.«

»Und jetzt herrscht Frieden?«

»Ja. Es lief darauf hinaus, dass die Regionen, die am reichsten waren, sich die besten Kämpferinnen leisten konnten. Und die haben natürlich immer gewonnen. So hat die Region Kriklik, die der größte Produzent von eingemachtem Zuckergemüse und digitalen Büchern war, irgendwann mit einer richtig guten Kämpferin den gesamten Planeten erobert. Und dann wurde es langweilig. Keiner mehr wollte gegen sie antreten. Seither haben wir Frieden.«

»Interessant.«

Josh malte sich aus, wie Donald Trump gegen die Präsidenten und Könige der Welt im Boxkampf unterliegen würde. Das erschien ihm deutlich unterhaltsamer als ein G7-Gipfel. *Gegen die Queen von England hätte Trump vielleicht eine Chance*, dachte Josh. *Wie alt ist die? Hundert? Wir könnten England erobern …*

Der Ringrichter gab den Kampf frei und die beiden jungen Männer begannen, umeinander herumzutänzeln.

Ulionk blickte gebannt auf das Geschehen im Ring.

»Es steht keine Machtübernahme bevor. Die beiden kennen sich nicht und kämpfen um ein Kleidungsstück«, fasste sie zusammen. »Faszinierend.«

Sie schob sich noch einen Donut in den Mund.

»Hau ihn! Los!« Ulionk feuerte die beiden Jungs im Ring an.

Glücklicherweise störte sich keiner der Zuschauer an ihren unqualifizierten Zwischenrufen. Einige Gäste schrien sogar noch lauter und noch deutlich unqualifiziertere Zwischenrufe.

Der Kampf ging über die vollen drei Runden und so mussten die Ringrichter ihre Entscheidung fällen. Als verkündet wurde, dass Luke Sanders der Gewinner war und sein Arm vom Schiedsrichter in die Höhe gehoben wurde, johlte Ulionk voller Inbrunst.

Im zweiten Kampf gab es einen technischen K.o. Nachdem Matthew Lopez‘ Gesicht von einem harten Knie getroffen worden war, konnte er sich nicht mehr richtig konzentrieren. Alejandro Perez nutzte die Gelegenheit und schickte ein paar gezielte Fäuste hinterher, bis sein Gegner sichtlich angeschlagen umhertorkelte. Der Ringrichter wartete nicht, bis er zu Boden ging, sondern beendete den Kampf.

Das gefiel Ulionk sogar noch deutlich besser als die Entscheidung nach drei vollen Runden, die es im ersten Kampf gegeben hatte. Und sie war nicht alleine. Die Menge johlte, obwohl oder gerade weil der Kampf vorzeitig endete.

Als im dritten Kampf Adam Wieczorek seinem Gegner Arjan Bhullar den Arm so verdrehte, dass dieser aufgeben musste, geriet Ulionk ganz aus dem Häuschen.

»Hast du das gesehen? Er hat ihn ganz verbogen! Darf er das?«

Josh bemühte sein Wissen, das er sich vor einigen Tagen angeeignet hatte.

»Ja. Das darf er. Er darf nicht in die … Na ja, in die Mitte treten. Du weißt schon. Da, wo es richtig weh tut.«

Das wusste Ulionk nicht. Sie schaute Josh fragend an. Das Letzte, was Josh wollte, war, seinem außerirdischen Gast in einer Arena mit 11.000 Menschen zu erklären, wie sich Menschen fortpflanzten. »Nun. Männer haben einen Schwachpunkt in der Anatomie. Genau in der Mitte. Und da darf man halt nicht draufschlagen.«

»Ach so. Klar.« Glücklicherweise ging es gleich weiter und Ulionk schien nicht überrascht zu sein, dass männliche Erdenbewohner einen anatomischen Schwachpunkt hatten.

Es folgten zwei Kämpfe über die volle Länge, bis es schließlich einen richtigen K.o. gab. Gilbert Burns schickte Dan Moret auf die Bretter. Ein sauberer Kinnhaken kurz vor Ende der ersten Runde. Ulionk konnte ihr Glück nicht fassen.

»Hast du das gesehen?«

»Ja.«

»Krass.«

Es gab eine kurze Pause, in der Ulionk ihre zweite Schachtel Donuts leerte. Dann ging es weiter mit der zweiten Vorrunde. Von den kommenden vier Kämpfen wurden zwei durch K.o. und einer durch Submission entschieden. Nur ein Kampf ging über die vollen drei Runden. Ulionk war mit Feuer und Flamme dabei und fieberte mit jedem Kämpfer mit. Sie nannte sie Zuckerchen und schrie: »Hau ihn, Süßer!« Sie schien dabei weder Sympathien für den einen noch den anderen zu hegen, sondern freute sich mit jedem gelungenen Schlag und litt mit jedem Treffer mit, der schmerzhaft aussah.

Gegen zehn Uhr am Abend war es dann endlich so weit und der Ansager kündigte die vier Hauptkämpfe an.

Der erste Kampf war Strawweight der Frauen. Es kam zur Entscheidung. Das Publikum wurde unruhig, weil sich die Ringrichter nicht einig waren. Split Decision nannten sie das. Zwei Richter sahen die eine als Siegerin, einer die andere. Trotzdem gab es natürlich eine Gewinnerin und lautes Gejubel sowie enttäuschte Schreie aus dem Publikum.

Es folgte ein Kampf, der von vielen der Anwesenden mit Spannung erwartet worden war. Ulionk hatte in der Reihe hinter sich einen selbst ernannten Experten ausgemacht, dem sie früher schon einen Donut geschenkt hatte und nun ihre Fragen stellte. Dafür bekam sie ein paar Insidertipps. Josh war erleichtert, nicht mehr als Experte fungieren zu müssen, denn was da vorne im Oktogon vor sich ging, hätte ihm nicht egaler sein können. Im Grunde war ihm das blutige Geschehen im Ring sogar irgendwie zuwider.

Konnten nicht alle einfach Comics lesen und zusammen Rollenspiele spielen oder über Marvel-Verfilmungen diskutieren, statt sich zu prügeln? Außerdem konnte er es nicht verstehen, dass Menschen sich freiwillig für Hobbys entschieden, bei denen so viel Schweiß floss. Das war schon beim Zusehen anstrengend und irgendwie ekelhaft.

Er wollte nur unauffällig bleiben und seinen Alien heil und unerkannt zurück nach Las Vegas schaffen, bevor es zu einem Eklat kommen konnte.

»Uli, schauen Sie sich den jungen Mann in der schwarzen Hose an. Er ist einer der neuen Sterne am Middleweight-Himmel. Der Knaller. Wirklich. Sehr talentiert. Er ist Neuseeländer, stammt aber aus Nigeria. Trainiert hier in Amerika. Der andere Kerl ist Italiener. Grüne Hose. Oh, es geht los. Hören Sie nur, wie das Publikum für den Italiener jubelt. Die mögen es nicht, wenn schwarze Kämpfer selbstbewusst auftreten und Adesanya weiß halt, dass er was draufhat und sagt das auch. Amerika halt.« Der Experte zwinkerte Ulionk zu. »Sie wissen schon.«

Ulionk wusste nicht. Sie nickte langsam. »Wusstest du, dass Leute mit schwarzen Hosen nicht selbstbewusst sein dürfen? Warum zieht dann überhaupt jemand schwarze Hosen an?«, wandte sich Ulionk mit gesenkter Stimme an Josh.

Josh hatte mitgehört und er überlegte kurz, ob er seinem außerirdischen Gast erklären sollte, dass es nicht an der schwarzen Hose lag. Aber zum Glück sprangen in dem Moment die Zuschauer auf und jubelten aufgrund eines besonders gelungenen Treffers.

Nachdem die schwarze Hose nach vollen drei Runden zum Sieger erklärt wurde und das Selbstbewusstsein triumphiert hatte, klatschte Ulionk besonders frenetisch.

Es folgte ein Kampf zwischen zwei kleineren Männern. Welterweight. Der nächste Kampf in der Hauptrunde bot recht viel Blut. Schon früh in der ersten Runde spritzte es aus allen Nasenlöchern und mehreren Platzwunden. Es ging heiß her und die Kommentatoren waren sich einig, dass eine der Nasen gebrochen sein musste. In der zweiten Runde endete dieser Kampf in einem Würgegriff. Jemand wischte halbherzig mit einem Putzlappen das Blut auf. Ulionk staunte.

»Wenn der eine den anderen am Atmen hindert, gewinnt er also?«

»Genau.«

»Interessant. Woher weiß denn der Schiedsrichter, ob einer von beiden nicht mehr atmet?«

»Das merkt man ganz schnell. Derjenige, der nicht mehr atmet, gibt auf. Dauert meistens nur wenige Sekunden.«

»Interessant«, sagte Ulionk und Josh war sich nicht sicher, was sie damit meinte. Wie lange konnten Angrodaner die Luft anhalten?

Endlich kam der Moment, auf den die Zuschauer den ganzen Abend gewartet hatten. Diese beiden Kämpfer in der Lightweight-Division schienen recht bekannt zu sein.

Der freundliche Mann hinter Ulionk erklärte ihr, dass Dustin Poirier eine größere Fangemeinde hatte, weil er schon länger dabei war und auch schon in einem Film aufgetreten war.

»Justin Gaethje ist etwas jünger, aber nicht zu unterschätzen. Das ist der in der blauen Hose«, erklärte der Mann, als der jüngere Kämpfer den Ring betrat.

»Warum haben die jungen Herren so viele Tätowierungen?« Ulionk legte den Kopf leicht schief. »Wissen Sie, ob das religiöse Gründe hat?«

»Man weiß nie. In Amerika sind viele Leute auf sehr unterschiedliche Weise sehr religiös.« Der Mann drückte sich gewollt diplomatisch aus.

»Was steht denn auf seinem Rücken?« Sie zeigte auf den jungen Mann in der blauen Hose.

»Sein Nachname«, sagte der Mann.

»Nicht besonders einfallsreich.« Ulionk hatte auf ein martialisches Motto gehofft.

»Das vielleicht nicht«, gab der Mann zu. »Aber er kann zuhauen, der Junge. Das muss man ihm lassen!«

Ulionk beugte sich zu Josh hinüber.

»Der mit der blauen Hose hat seinen Nachnamen auf den Rücken geschrieben. Glaubst du, dass er ihn sonst vergisst?«

»Dann hätte er ihn vielleicht besser auf den Bauch geschrieben, wo er ihn auch sehen kann«, sinnierte Josh.

Ulionk dachte darüber nach.

Schon in der ersten Runde bekam Gaethje einige üble Fäuste ins Gesicht, und er fing an, unansehnlich zu bluten. In der zweiten Runde ging es im Grunde so weiter. Das Publikum jubelte und schrie immer wieder im Chor »Poirier!« Ein Finger landete in Poiriers Auge. Alle sprangen auf. Der Kampf wurde unterbrochen.

»Faul«, rief Ulionk, die zur Vorbereitung auf ihren Urlaub auf der Erde Fußballspiele gesehen hatte.

Bald standen sich die beiden Kämpfer mit jeweils einem blutigen Auge gegenüber. Der Kampf schien für den Moment etwas ausgeglichener. Runde drei. Es ging hin und her. Die Menge johlte.

»Die Jungs sehen aber schon ganz schön müde aus«, stellte Ulionk fest.

Ein weiterer Finger im Auge von Poirier. Der Ringrichter entschied sich, Gaethje einen Punkt abzuziehen. Die Zuschauer buhten vernehmlich und Ulionk gab alles. Sie fieberte mit und schrie aus Leibeskräften.

»Wen feuerst du eigentlich an?«, fragte Josh.

»Alle«, sagte Ulionk und brüllte weiter.

Runde vier begann, denn es war der Hauptkampf des Abends und es ging um alles oder zumindest um vieles. Nach weniger als einer halben Minute konnte Poirier die Überhand gewinnen und landete einige Schläge, die den Gegner sichtlich beeinträchtigten. Wenige Sekunden später war klar, dass Gaethje angeschlagen war. Noch drei schnelle Fäuste und der Ringrichter erklärte den Kampf für beendet. Technischer K.o.

Das gesamte Publikum jubelte. Die Fans von Gaethje waren enttäuscht. Vielleicht hatten sie auch beim Wetten viel Geld verloren. Die Leute um Josh und Ulionk herum standen auf, jubelten, klatschten oder schrien. Im Eifer des Gefechts riss jemand Ulionk ihre Perücke vom Kopf. Zum Vorschein kam die grüne Kopfhaut mit Noppen und Dellen darin. Dazu die Ohren, die nur mit viel Fantasie überhaupt wie Ohren aussahen.

»Oh, mein Gott, Entschuldi… OH, MEIN GOTT!« Die junge Frau, deren Armreif sich in Ulionks falschen Haaren verfangen hatte, schrie mit weit aufgerissenen Augen und konnte ihren Blick nicht von dem außerirdischen Hinterkopf abwenden.

»Huch«, sagte Ulionk nur und zerrte an der Perücke.

Die junge Frau zerrte ebenfalls, bis schließlich ein Haarbüschel an ihrem Armreif hängen blieb und Ulionk den Rest der Perücke in der Hand hielt. So schnell es ging, setzte sie die vollkommen durcheinander gebrachte Perücke wieder auf und rückte sie zurecht.

»Was war das? Oh, mein Gott«, rief die Frau wieder, während ihr Begleiter beruhigend auf sie einzureden versuchte. In der Dunkelheit der Arena hatten nur wenige

Umstehende wirklich einen Blick auf Ulionks Kopfhaut werfen können. Nun, da die Perücke wieder beinahe an Ort und Stelle saß, setzte in den meisten Köpfen der Ich-habe-mir-das-nur-eingebildet-Prozess ein. Josh konnte das an den verwirrten Gesichtern erkennen, die sich langsam wieder in einen Zustand der Entspannung zurückversetzten.

Die junge Frau schien aber zum Problem zu werden. Sie kreischte und zerkratzte ihrem Begleiter das Gesicht.

»Wollen wir gehen?« Ulionk schaute zu Josh.

Dieser nickte enthusiastisch. Als sie sich erhoben und langsam an den anderen Zuschauern vorbei in Richtung Gang gingen, beugte sich die junge Frau über die Stuhlreihe und griff nun mit Absicht nach Ulionks Haaren. Ihr Freund konnte sie zum Glück zurückhalten und ihre langen auffällig lackierten Fingernägel schwirrten wie Krallen wenige Zentimeter an Ulionks Kopf vorbei.

»Sie ist ein Monster!«, schrie die Frau. »Sodom und Gomorra, Goliath, Optimus Prime!«

Josh stammelte wieder etwas von einer seltenen Hautkrankheit, aber niemand hörte ihm zu. Schnell bildeten sich hinter Josh zwei Lager, die sich gegenseitig anbrüllten.

Als die ersten Fäuste flogen, waren Josh und Ulionk schon ein paar Stufen hinaufgestiegen und befanden sich auf dem Weg zum Eingangsbereich. Andere Zuschauer schlossen sich ihnen an, weil offenbar nicht alle die letzten Interviews miterleben wollten. So konnten Ulionk und Josh in der Menge fast unsichtbar werden.

Josh drängte Ulionk, schneller zu gehen. Als er noch einen kurzen Blick zurückwarf, sah er nur noch ein wildes Knäuel von Menschen, die aufeinander einschlugen.

»Monster!«

»Sie sind das Monster!«

»Unverschämt, die alte Dame so zu beleidigen!«

»Die Brut des Teufels!«

»Ich hab‘s genau gesehen. Diese Furie! Hat die alte Dame angegriffen!«

»Lassen Sie meine Handtasche los!«

»Sie sind wohl übergeschnappt!«

»Hysterische Zicke!«

»Wer ist hier die Zicke?«

»Unverschämtheit!«

»Bitte beruhigen Sie s…«

»Autsch!«

»Oh, mein Gott, ich habe den Leibhaftigen gesehen!«

»Halten Sie die Fresse!«

»Sie werden nicht ungestraft …«

Als Josh die Tür zu dem größeren Korridor passierte, stürmten ihnen schon zwei Sicherheitsleute entgegen. Josh blickte auf seine Füße und schob Ulionk vor sich her.

33

Im Raumgleiter schlief Josh beinahe ein. Was für ein Tag. Wieder einmal sagte er sich, dass er für solche Abenteuer einfach nicht gemacht war. Allerdings quiekte Odiklu vor Freude, als Ulionk ihm überschwänglich und wild gestikulierend von ihrer fantastischen Zeit auf der Erde erzählte. Josh erkannte die sprichwörtlichen Dollarzeichen in Odiklus Augen, auch wenn diesem Dollars natürlich herzlich egal waren. Josh nahm sich vor, einen der Aliens zu fragen, womit man auf Angrodan eigentlich zahlte.

»Es war wie bei den historischen Herrschaftskämpfen auf Angrodan. Blutige Nasen und Würgegriffe. Fabelhaft«, ereiferte sich Ulionk.

»Es ist also besser als Fußball?«, fragte Odiklu.

»Ohne Frage. Viel besser. Live ist ja sowieso besser als nur auf dem Bildschirm. Und beim Fußball muss man viel zu lange auf eine blutige Nase warten. Manchmal blutet überhaupt nichts. Außerdem hatte ich beim Fußball immer den Eindruck, dass die Spieler ihre Verletzungen nur vortäuschen. Das ist bei MMA anders.«

»Großartig. Josh, diese Art von Unterhaltung sollte auf unserem Standardprogramm stehen.«

»Absolut«, pflichtete Ulionk Odiklu bei.

Josh ließ die Schultern hängen und blickte todunglücklich aus der Wäsche. Er hatte den Job, den er nie hatte haben wollen, und um den er sich nicht einmal beworben hatte. Klar, er wollte schon immer mal einen Außerirdischen treffen, schließlich liebte er Star Trek und die X-Akten. Aber das hier ging entschieden zu weit.

»Wisst ihr …«, setzte er zögerlich an.

»Halt, sag es nicht. Ich weiß schon«, sagte Odiklu. »Du willst Eiscreme!«

Josh sackte sichtbar in sich zusammen und ergab sich in sein Schicksal. Er nickte müde.

34

Josh, du bist über eine Stunde zu spät!«
Henry kam seinem Kollegen entgegengeeilt, als dieser gerade vom Hintereingang des Walmarts in den Personalbereich schleichen wollte.

»Ich weiß. Hat es jemand bemerkt?«

»Allerdings. Bob ist stinksauer.«

»Mist«, sagte Josh und konnte ein Gähnen nicht unterdrücken.

»Was ist denn los mit dir?« Henrys Stimme hatte nun einen deutlich weicheren Unterton.

»Meine Tante. Wir sind gestern sehr lange wach geblieben.«

»Ach so.«

»JOHN«, brüllte es aus dem Hintergrund, gerade als Josh seine Arbeitskleidung angezogen hatte.

»Ja, Sir?«

»In mein Büro!«

»Autsch«, sagte Henry und klopfte Josh aufmunternd auf den Rücken.

Josh ließ die Schultern hängen und stapfte widerwillig auf Bobs Büro zu.

»John. Sie sind mehr als eine Stunde zu spät.«

»Ja, Sir. Tut mir leid.« Josh blickte auf seine Füße.

»Haben Sie eine gute Entschuldigung?«

»Eigentlich nicht«, sagte Josh und ärgerte sich einmal mehr darüber, dass er einfach absolut fantasielos war. Die Wahrheit kam ja wohl kaum infrage. Bob hätte kein Verständnis gehabt für einen Ausflug nach Phoenix zu einer Kampfsportveranstaltung oder dafür, dass Josh neuerdings außerirdische Touristen betreute.

»Was werden Sie tun, damit das in Zukunft nicht mehr vorkommt?«

»Nun, ich werde …«, Josh schaute Bob in die Augen und gähnte vernehmlich. Er konnte einfach nichts dagegen tun. Das Gähnen war übermächtig und unaufhaltsam.

»Haben Sie gerade gegähnt?«

»Ja, Sir, es tut mir leid.«

»DAS WIRD IHNEN TATSÄCHLICH LEIDTUN. SIE SIND NÄMLICH GEFEUERT!«

»Was? Aber …!«

»KEIN ABER. SIE SIND GEFEUERT! RAUS HIER!«

Josh schaute verdrossen auf seine Füße und wurde merklich um einige Zentimeter kleiner. Dann jedoch dämmerte tief im Innern seines Kopfes der Gedanke daran, wie es wohl wäre, nicht mehr bei Walmart zu arbeiten. Es war ein schöner Gedanke. Befreiend und erhebend. Josh erlaubte sich für einen winzigen Moment, zu hoffen, dass Odiklu ihm tatsächlich das versprochene Geld geben würde und dass er in seinem ganzen Leben nie wieder diese alberne Arbeitskleidung von Walmart würde tragen müssen. Und das Beste: Er würde Bob nie wieder sehen müssen. Und nie wieder hören.

Josh richtete sich auf, warf noch einen letzten Blick auf den hochroten Kopf von Bob, drehte sich auf der Ferse um und verließ das Büro. Als er die Tür hinter sich geschlossen hatte, blickte er in acht vor Schreck geweitete Augen.

»Oh, Mann«, sagte Henry.

»Nimm's nicht so schwer«, stimmte ein anderer Kollege ein.

»Warte ab, bis er sich beruhigt hat und komm morgen wieder. Wir werden ein gutes Wort für dich einlegen«, beteuerte Mary, die mit ihrer mütterlichen Ader schon viele Konflikte dieser Art gelöst hatte.

»Danke, Mary. Ist schon in Ordnung«, entgegnete Josh leise. »Wenn wir ehrlich sind, ist es doch ein Scheißjob.«

Die vier Kollegen lachten verkrampft.

»Stimmt. Nur nicht den Mut verlieren!«

35

Josh sperrte die Tür zu seinem Apartment auf und schaute sich um. Er war arbeitslos und in seinem Bett schlief ein Alien. Das konnte nicht jeder von sich behaupten. Ersteres schon, aber Letzteres nicht. Das Sinnvollste, was er in diesem Augenblick tun konnte, war, eine Mütze Schlaf zu bekommen. Also streifte er seine Schuhe ab, legte sich auf seine Couch und befand sich nach wenigen Minuten bereits im Reich der Träume.

Gut ausgeruht wachte er gegen Mittag auf. Er streckte sich ausgiebig und schob eine Tiefkühlpizza in den Ofen.

Irgendwie fühlte es sich großartig an, nicht mehr bei Walmart zu arbeiten. Er dachte an die 500.000 Dollar. Gab es sie wirklich? Hatte Odiklu tatsächlich 500.000 Dollar aufgetrieben und wollte er sie ihm, Josh, wirklich geben? Nun, im schlimmsten Fall würde Josh in Schulden versinken und auf der Straße landen. Er würde sich einen noch mieseren Job suchen müssen als bei Walmart. Aber man soll den Tag nicht vor dem Abend loben. Dieses Sprichwort, das Joshs Großmutter mit Vorliebe zitiert hatte, funktionierte sicherlich auch in umgekehrter Richtung. Man soll also den Tag nicht vor dem Abend verfluchen.

Als die Pizza fertig war, war Josh zu dem Schluss gelangt, dass ihm nichts anderes übrig blieb, als optimistisch zu sein. Odi hatte bisher mit Geld nur so um sich geworfen. Es schien ihm vollkommen gleichgültig zu sein und offenbar konnte er sich irgendwo in Europa stets Neues besorgen. Das glaubte Josh verstanden zu haben.

Noch ein herzhafter Biss in die Pizza. Dann schaltete Josh seinen Computer ein, um sich auf den kommenden Tag vorzubereiten. Es gab viel über illegale Hahnenkämpfe zu lernen. Bisher wusste er eigentlich nur, dass Hähne streng genommen Vögel waren und irgendwelche Spinner sie dazu brachten, aufeinander loszugehen.

Josh surfte von Wikipedia kommend über Reiseberichte von den Philippinen bis hin zu regelrecht anstößigen Webseiten. Nicht selten musste er einen Abschnitt zweimal lesen, denn das Thema wurde sehr kontrovers diskutiert. Offenbar waren Hahnenkämpfe niemandem egal. Alle waren entweder sehr dafür oder sehr dagegen. Gelinde gesagt. Nun, Josh würde sehr bald selbst die Chance haben, sich für eine Seite zu entscheiden.

36

Den Vormittag verbrachten Josh und Ulionk damit, bei Dunkin' Donuts Unmengen von Donuts zu verspeisen und anschließend in einem IHOP zu frühstücken. Das International House of Pancakes hatte ein All-you-can-eat-Angebot für Pfannkuchen mit Sirup. Ulionk wählte diese Option für beide, obwohl Josh im Grunde nach drei Donuts am Morgen schon keinen Hunger mehr hatte.

Die Kellnerin, eine durchschnittlich übergewichtige junge Frau, erklärte Ulionk das Angebot. Sie konnte zwischen verschiedenen Frühstückskombinationen wählen, die Eier, Würstchen oder gebratenen Speck enthielten. Dazu wurden Pfannkuchen gereicht. Pfannkuchen mit Sirup, und zwar so viel man schaffte.

»Das nehmen wir. Zweimal. Und dazu einen Schokoladen- und einen Erdbeermilchshake.« Die Dame nickte und schlurfte davon. Minuten später stand der erste Teller mit Speck, Eiern und zwei Pfannkuchen vor Ulionk. Die Serviererin stellte ein Kännchen mit Ahornsirup auf den Tisch und zwei leere Tassen. Ulionk schaute Josh erwartungsvoll an.

»Wie funktioniert das jetzt?«

Josh goss großzügig von dem Ahornsirup über die beiden Pfannkuchen und auch ein wenig auf seinen eigenen

Teller. »Probier einfach mal. Und wenn es dir schmeckt, kannst du so viel davon haben, wie du willst.«

Ulionk hob den Teller an die Lippen und schob mit einer eleganten Geste die beiden vor Sirup triefenden Pfannkuchen in ihren Mund. Josh schaute sich beunruhigt um, aber dank der Tatsache, dass sie in einer Sitznische mit hohen Rückenlehnen Platz genommen hatten, konnte niemand sehen, wie die beiden Pfannkuchen im außerirdischen Schlund verschwanden. Ulionk kaute, schmatzte und stieß Laute der Verzückung aus.

»Hervorragend. Sehr süß. Und irgendwie fluffig.«

Da kam die Bedienung mit einer Kaffeekanne zurück und schenkte routinemäßig Kaffee in beide Becher.

»Wohl bekomm's«, sagte sie und stellte erstaunt fest, dass Ulionk die ersten beiden Pfannkuchen schon verspeist hatte. Sie griff zum leeren Teller.

»Ich bringe Ihnen immer einen neuen Teller mit zwei weiteren Pfannkuchen, bis Sie Stopp sagen. Okay?«

Ulionk nickte eifrig. »Okay.«

Jetzt kostete sie den Kaffee. Augenblicklich spuckte sie das dunkle Gebräu wieder aus, wobei etwas auf ihrem Ei landete. »Pfui, scheußlich. Das schmeckt ja wie der Mageninhalt einer Steinkröte! Was ist das? Reinigungsmittel?«

Josh beeilte sich, mit den in ausreichender Anzahl bereitliegenden Servietten, den Kaffee aufzuwischen.

»Nein, das ist Kaffee. Die meisten Menschen trinken das mit Vorliebe. Vor allem morgens.«

»Unglaublich. Menschen sind schon echt taffe Biester. Wie kann man so was trinken?«

Josh schob die Kaffeetassen zur Seite.

»Man kann ja Zucker reinmachen«, sagte er zur Verteidigung seiner Spezies.

Nach dem vierten Teller mit jeweils zwei Pfannkuchen und dem Auffüllen der Sirupkanne erklärte die junge Frau noch einmal, dass sie immer mehr Pfannkuchen bringen würde, bis Ulionk Stopp sagte. Ulionk war erneut einverstanden und schenkte der Kellnerin ein außerirdisch langsames Lächeln. Warum erklärte sie dasselbe immer wieder? Waren die Gäste hier in der Regel begriffsstutzig?

Während Josh mit dem Messer an seinem Ei und seinem ersten Pfannkuchen herum sägte und sich ab und zu lustlos ein Stückchen in den Mund schob, verputzte Ulionk einen Pfannkuchen nach dem anderen. Nach dem siebten Teller blieb die rundliche Frau in einem Höflichkeitsabstand von zwei Metern zu Ulionks Tisch stehen und beobachtete, wie ihre ungewöhnliche Kundin die Pfannkuchen in Sirup ertränkte und sie dann vorsichtig und genussvoll in den riesigen Mund schob. Josh schaute zwischen der Kellnerin und Ulionk hin und her, während Ulionk sich in keiner Weise von ihrem Vergnügen abbringen ließ.

Beim nächsten Teller gesellten sich zwei weitere Angestellte von IHOP zu der dicken Kellnerin und sie alle drei beobachteten mit teils interessierten und teils schockierten Gesichtern, wie die Pfannkuchen abermals vollkommen vertragsgemäß gekaut und heruntergeschluckt wurden. Sicherlich waren die Damen und Herren darauf vorbereitet, Ulionk auf frischer Tat zu ertappen, wie sie die riesigen Mengen an Pfannkuchen in einer Tüte oder einer Plastikschale verschwinden ließ, um das All-you-can-eat-Angebot auszutricksen. Pfannkuchen Nummer 17 und 18 folgten den Vorgängern und Pfannkuchen Nummer 19 und 20 teilten dasselbe Schicksal. Nun war die gesamte Belegschaft von IHOP vorstellig geworden, und beim nächsten Teller wurden Josh und Ulionk freundlich, aber bestimmt dazu aufgefordert, langsam mit ihrem Frühstück zum Ende zu kommen.

»Ach schade. Es war so lecker«, sagte Ulionk mit einem Hauch Enttäuschung in der Stimme.

Josh schob ihr seinen Teller hin, auf dem noch eineinhalb Pfannkuchen lagen. »Die kannst du noch haben.« Er verteilte den Rest aus der Sirupflasche auf dem Pfannkuchen und schaute dann dabei zu, wie auch diese beiden süßen Leckereien verspeist wurden.

Ulionk wischte sich mit einer Serviette etwas Sirup aus dem Gesicht und stand auf. »Gut, lass uns gehen. Toller Laden.« Sie hinterließ ein sehr großzügiges Trinkgeld und stolzierte dann an den versammelten Mitarbeitern vorbei, die mit offenen Mündern hinter ihrer Kundin her blickten.

Später saßen sie am Las Vegas Strip in einem Café, nahmen noch ein paar weitere Shakes zu sich und schauten sich die vorbeigehenden Gestalten an. Ulionk stellte allerhand merkwürdige Fragen und Josh glänzte mit seinem Wissen über die Erde, die Jugendsubkultur und die Geschichte der Zuckerherstellung auf den verschiedenen Kontinenten. Er hatte sich eingelesen und wusste nun einiges zu berichten darüber, wie aus Zuckerrüben oder Zuckerrohr das Endprodukt Zucker hergestellt wurde. Er erzählte von den Zuckerbaronen, die auf verschiedenen Karibikinseln stinkreich wurden und von den Hunderttausenden von Sklaven, die auf den Zuckerrohrfeldern arbeiten mussten, sowie von den modernen Fabriken. Josh erklärte, wie Schokolade hergestellt wurde und welche Zuckerersatzstoffe es gab. Ulionk staunte darüber, dass Zucker die Zähne der Menschen angriff und dass er bei Kindern auch das Verhalten beeinflussen konnte.

»Hochinteressant«, sagte Ulionk immer wieder.

Schließlich erzählte Josh davon, dass er am Vortag bei Walmart gefeuert worden war. Dazu musste er dann etwas weiter ausholen und Ulionk erklären, was ein Walmart war.

»Wie? Gefeuert?«

»Entlassen. Geschasst. Rausgeschmissen«, erläuterte Josh.

»Das ist ja eine Unverschämtheit. Wissen die denn nicht, was für ein großartiger Fremdenführer du bist?«

»Nein. Das wissen die nicht.«

»Also ich kann ja verstehen, dass es wahrscheinlich ein sehr prestigeträchtiger Job ist, in einer riesigen Halle zu arbeiten, wo Menschen hingehen, um sich ihren Zucker zu besorgen, aber wenn du mich fragst, solltest du ohnehin hauptberuflich als Touristenführer arbeiten. Die Erde hat so viel zu bieten. Odiklu könnte Touren zu den Zuckerfeldern anbieten. Und diese Kämpfe, bei denen es um nichts als einen Gürtel geht, sind wirklich ein authentisches und archaisches Kulturgut, das unbedingt gepflegt werden sollte!«

»Hmmm.« Josh nippte an seinem Shake.

»Ich werde dich weiterempfehlen. Dann brauchst du den Job im Walmart nicht mehr!«

»Danke«, nuschelte Josh in seinen Shake hinein.

»Lass uns noch einen oder zwei kleine Schokoladenshakes bestellen!«

37

Ulionk und Josh waren am späten Nachmittag wieder in Joshs kleiner Wohnung und zogen sich für die Abenteuer des Abends um. Josh saß in Jeans und Hoodie auf seiner Couch und konnte nicht damit aufhören, mit den Füßen zu wippen. Er fuhr sich ständig durch die Haare. Vor ihm auf dem Tisch hatte sich schon ein kleiner Haufen gebildet, weil er Stückchen für Stückchen vom Pizzakarton abgerissen und zwischen den Fingern zerknüllt hatte.

‚Parkplatz Ecke West Washington und North Martin Luther King Boulevard. Vor der Bank-of-America-Filiale. 22 Uhr' stand da in Joshs kindlicher Nerd-Schrift.

Bisher hatten alle Unternehmungen so mittelgut geklappt. Okay, sein Gast war hellauf begeistert und hatte den Spaß ihres Lebens auf diesem exotischen und authentischen Planeten, der eben erst entdeckt und noch nicht unter Naturschutz gestellt war. Aber Josh hatte Blut und Wasser geschwitzt, weil Ulionk jeden Tag beinahe als das enttarnt worden wäre, was sie war. Beinahe. Eben nur fast.

Josh blieb nun nichts anderes mehr übrig, als weiter auf sein Glück zu vertrauen. Er starrte auf den Pizzakartonfetzen in seiner Hand. 22 Uhr am Treffpunkt. So langsam mussten sie sich auf den Weg machen.

Endlich kam Ulionk aus ihrem Zimmer. Sie trug das grüne Paillettenkleid. Josh hätte schwören können, ihr das ausgeredet zu haben. Aber da war wohl der Wunsch Vater des Gedankens gewesen.

»Du siehst blendend aus«, log er.

Sie sah aus wie eine Walross-Dragqueen mit Sonnenbrand. Nun. Wenigstens würde er sie in diesem Aufzug nicht aus den Augen verlieren.

Schon um Viertel vor zehn standen Josh und Ulionk auf dem Parkplatz vor der Bankfiliale an der Ecke West Washington und North Martin Luther King Boulevard. Der Geldautomat hinter ihnen blinkte nervös. Im Gebäude waren alle Räume dunkel und es war still. Ein paar Insekten schwirrten um einen Mülleimer herum.

»Und du hast sicher genug Geld dabei?«, fragte Josh noch einmal. Er konnte weder stillstehen noch einen klaren Gedanken fassen.

»Ja, natürlich. Eintrittskarten und Wetten. Ich weiß schon. Das ist so spannend!« Ulionk strich Josh mit ihrer roten Hand über den Kopf.

»Warum bist du denn so nervös?«

»Na. Es ist ein illegaler Hahnenkampf. Es ist eben, na, du weißt schon. Illegal. Das bin ich nicht gewohnt.«

»Das wollte ich dich die ganze Zeit schon fragen. Was bedeutet eigentlich illegal?«

Josh seufzte laut.

»Illegal bedeutet, dass es eigentlich verboten ist.«

»Ach wirklich? Das ist ja aufregend.«

Dann fuhr plötzlich ein gelber Pick-up mit getönten Scheiben vor. Laute Rap-Musik erklang aus dem Wageninnern, als eine der Fensterscheiben heruntergelassen wurde.

»Tante Uli«, rief Bloodhound.

»Bloody«, rief Ulionk, als begrüße sie einen alten Schulfreund.

»Du siehst einmalig aus!«

»Danke. Josh hat mir geholfen, das Kleid auszusuchen. Ist es nicht glamourös?« Sie drückte Josh liebevoll, aber etwas zu heftig an sich und schob ihn Richtung Wagen.

Josh hatte Mühe, seine Gefühle zu ordnen. Er war einerseits schockiert darüber, dass sein außerirdischer Gast gerade einen wahrscheinlich schwer bewaffneten Gangster mit Bloody angesprochen hatte. Er war schon seit Tagen nervlich am Ende, weil er zu einem illegalen Hahnenkampf gehen würde. Er war gleichzeitig unendlich erleichtert, dass die Gangster tatsächlich zum vereinbarten Zeitpunkt aufgetaucht waren und ihn nicht hatten auflaufen lassen. Und ganz nebenbei war er auch noch so etwas Ähnliches wie amüsiert darüber, dass seine angebliche Tante bei all diesen gruseligen Personen offenbar einen Stein im Brett hatte. Die Welt war einfach schräg.

Die Autofahrt dauerte nur wenige Minuten. Irgendwo mitten im Stadtteil Bonanza Village hielt der Wagen an. Josh erkannte durch die getönten Scheiben nur schemenhaft heruntergekommene Häuser und Wohnwagen. Nicht umsonst hatte er diese Gegend immer gemieden. Es war die Art von Wohngegend, in der gefühlt alle Bewohner eine Bulldogge besaßen, eine großflächige Tätowierung am Hals hatten und über fünf bis fünfzehn Jahre Knasterfahrung berichten konnten. So viel zu Joshs Vorurteilen. Er schalt sich selbst innerlich. Als er aus dem Wagen ausstieg, kam ihm auf dem Bürgersteig ein tätowierter junger Mann mit einem Rottweiler an der Leine entgegen.

Bloodhound grüßte den Mann mit einem Kopfnicken. Josh blickte auf seine Füße. Ulionk hievte sich aus dem Wagen und strich ihre grünen Pailletten glatt.

»Wie schön!«, rief sie.

Der Tätowierte und der Rottweiler schauten sich synchron nach ihr um. Aber sicherlich waren die beiden Verrückte gewohnt. Schließlich wohnten sie in Las Vegas, wenn auch im Bonanza Village.

»Hier entlang bitte«, sagte Bloodhound mit einer einladenden Geste und deutete in Richtung eines Hinterhofes.

Josh kratzte seinen letzten Funken Mut zusammen und folgte Ulionk.

Nach wenigen Schritten in fast vollständiger Dunkelheit öffnete sich der Innenhof, und Josh konnte erkennen, wie geräumig er war. Ringsherum standen Wohnwagen und Wellblechkonstruktionen, sodass man beinahe den Eindruck hatte, in einer kleinen Arena zu stehen. In der Mitte war ein improvisiertes Gehege aufgebaut worden. Eine Bretterkonstruktion von etwa 80 Zentimetern Höhe zäunte eine Fläche von etwa fünf auf fünf Metern ein. Der Boden war mit Sand bedeckt. Bloodhound begrüßte einen älteren Mann mit einer Pfeife im Mund, der hinter einem kleinen Campingtisch saß.

»Mickey, hey.«

»Bloodhound. Schön, dich zu sehen. Ist das …?«

»Ja, das ist die Dame, von der ich dir erzählt habe. Uli, das ist Mickey. Er ist hier der Organisator.«

Ulionk reichte Mickey ihre Hand und drückte so fest zu, dass der arme Mann schmerzvoll den Mund verzog und ihm seine Pfeife aus dem Mundwinkel fiel.

»Sie packen zu. Das mag ich«, sagte er und rieb sich die zerquetschte Hand.

»600 pro Person«, sagte er dann.

Ulionk reichte ihm das abgezählte Geld.

»Danke.«

Josh verfolgte erstaunt mit, wie der alte Mann in einem kleinen Notizheft einen kurzen Eintrag machte und das Geld in seiner Westentasche verschwinden ließ.

»Freie Platzwahl«, sagte er dann.

Bloodhound hatte Lil' Rachet und Head Bussa schon in der Menge ausgemacht. Sie standen an einer der Wellblechwände gelehnt. Händeschütteln. Komplimente für Ulionks elegantes Kleid. Bier. Cola für Ulionk.

Innerhalb weniger Minuten füllte sich die improvisierte Arena mit Menschen. Das Publikum hätte kaum vielfältiger sein können. Josh entdeckte mehrere Herren in eleganten Anzügen, eine Frau mit einer Federboa, zwei Schwangere, die ihre eigenen Klappstühle mitgebracht hatten und sogar einen Mann in dem typischen Gewand eines Priesters. Mehrere Grüppchen von älteren Herren hatten sich gebildet. Mindestens genauso viele mit wie ohne Tätowierungen.

»Auf den Philippinen sind Hahnenkämpfe legal. Jeden Samstagnachmittag. In jedem Kaff. Ehrlich!«

»Ich habe auch keine Ahnung, warum die hier so einen Hype darum machen.«

»Auf Guam und in Puerto Rico sind sie ebenfalls legal. Und das ist ja wohl auch Amerika.«

»Was ist Amerika?«

»Na Puerto Rico.«

»Ach echt?«

Josh hörte den Gästen zu und versuchte, nicht auszuflippen. Er war Josh. Er tat gewöhnlich nichts, das nicht erlaubt war. Josh fühlte sich schon schuldig, wenn er bei

Rot eine Fußgängerampel überquerte. Josh wäre sogar in Puerto Rico einem Hahnenkampf ferngeblieben, einfach weil es grausig war.

»Wollt ihr euch nicht hinsetzen?«, fragte Head Bussa und deutete auf eine Reihe Klappstühle.

Ulionk musterte die angebotenen Plastikmöbel fachmännisch.

»Bist du dir sicher?«

Head Bussa kannte sich mit Stühlen aus, schließlich war er auch nicht eben mager. Er schnappte sich schnell den Plastikstuhl und schob ihn fort. Eine Holzbank wurde herangetragen und kaum hatte Ulionk Platz genommen, wurde es still in der Arena.

Alle Augen richteten sich in die Mitte des Holzgestells, wo nun der Mann mit der Pfeife stand und die Zuschauer begrüßte. Er kündigte den ersten Kampf an, nannte die Namen der Besitzer und der Hähne. Sie hießen Christmas und Bloodthurst.

Christmas schaute auf vier Siege in den vergangenen sechs Monaten zurück, während Bloodthurst erst zweimal gewonnen hatte.

Jetzt erst fielen Josh die zwei Herren auf, die zu beiden Seiten des Rings standen und je ein Hähnchen in den Händen hielten. Einer von beiden flüsterte seinem Kämpfer etwas ins Ohr. Hatten Hähne Ohren? Bestimmt.

Der Mann mit der Pfeife hob die Hände und kündigte dann an, dass von diesem Moment an keine Wetten mehr angenommen wurden. Dann gab er das Startzeichen und sprang aus dem Ring heraus.

Die beiden armen Tierchen standen sich gegenüber. Die Spannung stieg. Sie umkreisten sich zunächst wie zwei Boxer. Einer krähte laut. Das Publikum jubelte. Dann ging alles ganz schnell. Die Hähne flatterten aufeinander zu, hackten mit ihren Schnäbeln aufeinander ein, traten nacheinander. Für einige Sekunden war nur ein hektisches Knäuel aus Federn etwa zehn Zentimeter über dem Boden zu erkennen, und dann sank einer der Hähne zuckend zu Boden.

»Meine Güte«, rief Josh und hielt sich die linke Hand vor die Augen.

»Halleluja«, rief Ulionk, was wahrscheinlich ein Übersetzungsfehler war.

Lil' Rachet beugte sich zu den beiden herunter und erklärte, dass die Hähne kleine Messer an ihre Füße geschnallt hatten.

»Sonst könnten sie sich nicht so schwer verletzen.«

»Das ist ja entsetzlich«, sagte Josh.

»Hochinteressant«, sagte Ulionk.

Als Josh es wieder wagte, hinzusehen, trug der Besitzer des Verlierers sein Hähnchen fort. Das arme Tier hing kopfüber vom Arm des Mannes. Der Gewinner tätschelte und streichelte seinen Sieger. Dann hielt er ihn in die Höhe, als der Mann mit der Pfeife verkündete, dass Christmas Bloodthurst geschlagen hatte. Sieg nach 35 Sekunden.

»Bei Bloodthursts gibt es morgen Mittag also Hähnchen«, lachte Bloodhound.

»Echt jetzt?«

»Klar. Man kann das gute Stück doch nicht einfach so wegwerfen! Das wäre ja Verschwendung.«

»Oder meinst du, er wird im Familiengrab beigesetzt?« Head Bussa lachte.

Josh fühlte sich fast ein wenig besser. Immerhin war der Tod von Bloodthurst nicht ganz umsonst gewesen. Auf jeden Fall nicht weniger umsonst als all die Millionen Tode von Millionen Hähnchen und Hühnchen, die tagtäglich unter noch grausameren Bedingungen in den Vereinigten Staaten gehalten und geschlachtet wurden. Bloodthurst hatte wenigstens ein teilweise normales Leben gehabt und war auch noch ein Champion gewesen. Bis heute. Vom Champion zum Brathähnchen in 35 Sekunden.

Der zweite Kampf wurde angesagt. The Mexican Killa mit sechs professionellen Siegen gegen Frederic mit einem Sieg.

»Platzieren Sie Ihre Wetten!«

»Wenn du wetten willst, dann jetzt.« Lil Rachet berührte Ulionk an der Schulter und zeigte auf einen untersetzten Mexikaner mit einem Notizblock, der Geldscheine von den Anwesenden einsammelte. »The Mexican Killa oder Frederic?«

»Frederic«, sagte Ulionk. »Der Name gefällt mir.«

Sie gab dem Mann 500 Dollar. Er schrieb sich etwas auf und ging dann wortlos zum Nächsten weiter.

Der Kampf begann ebenfalls eher langsam. Dann gab es mehrere scheue Attacken von beiden Seiten. Josh wollte schon wieder wegschauen. Er blickte immer mal wieder zwischen seinen Fingern hindurch, nur um dann die Augen wieder zu schließen. Da ging ein Raunen durch die Reihen. Die Hähne stürmten aufeinander zu und es flogen jede Menge Federn. Dann lagen plötzlich beide Hähne auf dem Boden.

Der Schiedsrichter hob die Hand, ging in den Ring hinein und begutachtete die Tiere, die ganz still dalagen.

»Unentschieden«, verkündete er.

»Unentschieden? Was bedeutet das denn?«, fragte Josh.

»Beide tot«, sagte Lil' Rachet.

»Oh!«

»Armer Frederic«, sagte Ulionk.

Sie durfte sich nun für den nächsten Kampf wieder für einen der beiden Hähne entscheiden. Bei einem Unentschieden wurden die Wetteinsätze einfach auf die nächste Runde verschoben.

»Es kämpfen nun Ghandi mit drei Siegen gegen Herkules mit ebenfalls drei Siegen! Platzieren Sie Ihre Wetten!«

Als der dritte Kampf gerade voll im Gange war, stürmten plötzlich mehrere bewaffnete Männer die Arena.

»Polizei. Sie sind umstellt! Alle Mann auf den Boden. Hände hinter den Kopf!«

Scheiße, dachte Josh. Er erstarrte und konnte seinen Blick nicht von den Polizisten in schwarzen Uniformen abwenden, die mit gezogenen Waffen nur wenige Meter von ihm entfernt standen. Es brach ein riesiger Tumult aus. Schüsse wurden abgegeben. Joshs Ohren klingelten. Er wurde von hinten gepackt und mitgerissen. Aus dem Augenwinkel konnte er sehen, wie sich Menschen zu Boden warfen, andere stieben in alle Richtungen davon. Es wurde gebrüllt und es fielen noch mehr Schüsse.

Wenige Sekunden später fand sich Josh auf der Ladefläche eines Pick-ups wieder, dessen Reifen auf Schotter durchdrehten und der dann schnell an Geschwindigkeit zulegte.

Neben ihm lag Bloodhound. Er atmete schwer.

Scheiße, dachte Josh wieder. Ihm fiel sonst nichts ein. Aber dann dachte er an Ulionk. »Uli«, schrie er und versuchte, sich aufzusetzen. Der Fahrtwind sorgte ganz schnell dafür, dass er sich das wieder anders überlegte und liegen blieb. Er ging dazu über, still vor sich hin zu weinen.

Nach einigen Minuten kam der Pick-up zum Stehen. Bloodhound und Josh hielten den Atem an und lauschten in die Nacht. Nachdem der Motor verstummt war, drangen keine Geräusche mehr an ihre Ohren.

Erst nach einigen Minuten der Stille wagte Bloodhound es, geräuschvoll auszuatmen.

»Meine Güte«, sagte er mit noch immer weit aufgerissenen Augen.

»Uli«, sagte Josh nur und schluchzte.

»Ey, Mann, ich musste mich zwischen dir und deiner Tante entscheiden. Sie hätte ich ja wohl nicht auf den Pick-up heben können.«

Josh nickte langsam.

»Aber. Was … Was passiert jetzt mit ihr?«

»Wahrscheinlich nehmen sie sie mit aufs Revier.«

Josh begann noch lauter zu schluchzen.

»Ich, ich muss zurück. Ich muss sie holen«, rief er.

»Pssssst. Nicht so laut.«

»Vielleicht konnte sie sich verstecken.«

»Verstecken? Hast du ihr Kleid gesehen?«

»Hmmm.«

»Ich gehe sie suchen.«

»Das geht nicht«, sagte Head Bussa, der eben aus dem Wagen ausgestiegen und nach hinten zur Ladefläche gekommen war.

»Und ob das geht!«

»Aber du kannst doch jetzt nicht dahin zurück. Was, wenn sie dich auch verhaften?«

Josh warf ihm nur einen finsteren Blick zu, wischte sich die Tränen mit dem Handrücken vom Gesicht und sprang dann ungeschickt von der Ladefläche auf den Gehweg.

»Ich gehe zurück und suche sie.«

»Lass ihn.«

Bloodhound hielt Head Bussa sanft am Ärmel.

»Der Kleine hat Mumm.«

Josh ging unbeirrt in die Richtung, in der er die illegale Hahnenkampf-Arena vermutete.

Bald erkannte er eine der Straßen wieder, durch die sie gefahren waren. Er schaute sich um und lauschte dann angestrengt in die Nacht, ob er den Lärm der Polizeirazzia hören konnte. Ihm war, als vernehme er ein Geräusch. Es war aber nur ein Auto. Als es näher kam, erkannte Josh, dass es ein Polizeiauto war. Er erstarrte und seine Augen folgten dem Wagen. Als er nur noch wenige Wagenlängen entfernt war, glaubte Josh, grüne Pailletten aufblitzen zu sehen. Tatsächlich. Auf der Rückbank saß Ulionk. Sie füllte fast den gesamten rückwärtigen Raum des Fahrzeuges aus. Als sie auf gleicher Höhe waren, trafen sich ihre Blicke für den Bruchteil einer Sekunde. Josh sah gerade noch, wie sich auf Ulionks Gesicht ein Lächeln abzeichnete und wie sie versuchte, ihm trotz Handschellen zuzuwinken. Dann war sie verschwunden.

Scheiße, dachte Josh wieder. *Verdammte Scheiße.*

38

Josh brauchte einige Minuten, bevor er sich wieder rühren konnte. Dann schaute er auf sein Handy. Es war kurz nach Mitternacht. Sein Handy teilte ihm auch mit, dass es bis nach Hause ziemlich genau 3,9 Meilen waren. 82 Minuten Fußweg.

Er war pleite. Ulionk hatte all das Bargeld. Er hatte nur seine Hoffnung gehabt und die war nun fort. Aber selbst, wenn ihm noch Hoffnung geblieben wäre, hätte kein Taxifahrer in Las Vegas diese als Zahlungsmittel akzeptiert. Also setzte er sich in Bewegung. Die angenehme Nachtluft würde ihm guttun, hoffte er. Vielleicht kam ihm ja ein rettender Gedanke. Darüber musste er kurz schmunzeln. Wann war ihm jemals ein rettender Gedanke gekommen? Er konnte sich glücklich schätzen, wenn ihm überhaupt ein Gedanke kam. In einer Sache aber behielt er recht. Es tat ihm gut, einen Fuß vor den anderen zu setzen und die kommenden 82 Minuten zu wissen, was zu tun war. Einfach gehen. Nach Hause.

So hatte Josh also 82 Minuten Zeit, um nachzudenken. Er schwankte zwischen Selbstmitleid, Sorge um Ulionk und Verärgerung, weil er so ein Idiot gewesen war.

Wie hatte er nur jemals glauben können, dass es eine gute Idee sein könnte, einen Vertrag mit einem Außerirdischen zu schließen und andere Außerirdische auf der Erde herumzuführen? Josh fragte sich, warum er nicht vehementer darauf bestanden hatte, dass keine illegalen Unternehmungen auf dem Programm stehen durften. Ganz einfach: Weil er ein Weichei war. Dann fragte sich Josh, warum er sich überhaupt auf dieses Wahnsinnsunternehmen eingelassen hatte. Ganz einfach: Auch weil er ein Weichei war. Er hatte sich die ganze Zeit eingeredet, dass es ungeheuer mutig von ihm war, sich auf Odiklu einzulassen, aber im Grunde war er nur zu feige gewesen, um Odiklu einen Korb zu geben.

Dann überfiel ihn wieder mit aller Macht die Sorge um Ulionk. Was, wenn die Polizei herausfand, wer sie war? Was, wenn sie ihr etwas antaten, sie grausamen Experimenten unterzogen? Ulionk würde in der Area 51 landen und er musste Odiklu das irgendwie erklären.

Als Josh schließlich kurz vor zwei Uhr in der Nacht nur noch einen Block von seiner Wohnung entfernt war, hatte er einen Entschluss gefasst. Er musste Odiklu kontaktieren und ihn um Hilfe bitten. Der Angrodaner würde sich etwas einfallen lassen, um Ulionk zu retten, denn Josh war einfach kein Held und leider auch nicht schlau genug, um einen Plan zu schmieden.

Josh schloss die Haustür auf, ging die Treppen hinauf und öffnete seine Wohnungstür. Einer von Ulionks Koffern stand neben der Couch. Das brachte ihn vollends aus der Fassung und er fing hemmungslos an zu weinen. Er sank auf die Couch und ließ seinen Tränen freien Lauf.

Nach einigen Minuten raffte er sich auf und begann hektisch nach dem kleinen blauen Ball zu suchen, den er für Notfälle hatte.

39

Ulionk saß auf einem unbequemen Stuhl in einem engen grauen Verhörraum des Polizeireviers. Sie wusste natürlich nicht, dass es sich um einen Verhörraum handelte. Ihr war nur etwas langweilig und die Handschellen fand sie unbequem. Sie nahm sich vor, die freundlichen Herren zu fragen, wozu diese Armreifen da waren.

Es war ja ganz höflich gewesen, dass die Herren Ulionk im Auto mitgenommen hatten, obwohl sie nicht sicher war, ob der Hahnenkampf schon vorüber gewesen war. Sie fragte sich, ob sie etwas gewonnen hatte und ob sie von dem Herrn mit der Pfeife je wieder hören würde.

Der Gedanke, dass die Herren mit dem Auto das Ende des Hahnenkampfs eingeleitet haben könnten, erschien ihr immer plausibler, je länger sie nachdachte. Josh hatte erwähnt, dass es eigentlich verboten war, Hahnenkämpfe zu besuchen.

Bald öffnete sich die Tür und ein Mann mittleren Alters setzte sich gemächlich gegenüber von Ulionk auf einen Stuhl. Er schaute sie an und sagte zunächst nichts. Ulionk fragte sich, ob der dünne Mann tatsächlich so etwas wie ein Gesetzeshüter sein konnte. Dafür sprach, dass er das gleiche Kleidungsstück trug wie die anderen. Dagegen sprach seine geringe Körperfülle. Auf Angrodan waren nur die stärksten und schlausten Angrodanerinnen bei der Polizei.

»Guten Abend«, sagte Ulionk und schenkte ihm ein unverkennbar angrodanisches Lächeln.

Das Lächeln bereitete dem Mann ein vages Unbehagen und er musste sich kurz schütteln.

»Guten Abend«, sagte er aber dann in professionellem Ton.

»Sie wissen, warum wir Sie verhaftet haben?«

»Ich bin mir nicht sicher. Aber könnten Sie mir diese Dinger von den Handgelenken abnehmen, mein Herr? Ich müsste mich dringend mal am Kopf kratzen.«

Verunsichert runzelte der Polizist die Stirn. Wollte die Frau ihn auf den Arm nehmen?

»Es heißt Officer. Officer Mitchell«, sagte er stattdessen in einem sehr ernsten Ton.

»Officer Mitchell. Sehr erfreut. Ich bin Uli aus Kirgistan«, stellte sich Ulionk vor.

»Uli? Und weiter?«

Ulionk überlegte fieberhaft.

»Arizona«, sagte sie schließlich. Das klang sehr irdisch.

Der Polizist war weiterhin verunsichert.

Ulionk streckte ihm ihre Hände entgegen und schaute fragend.

Officer Mitchell stand auf und verließ ohne ein Wort den Raum. Ulionk fand das sehr unhöflich. Keine Manieren hatten diese Herren, die alle dieselben Kleider trugen. Möglicherweise Staatsbeamte. Vielleicht auch ein Verein. Ulionk war sich nun fast sicher, dass es irgendetwas damit zu tun haben musste, dass dieser Hahnenkampf verboten war. Wie hieß es nochmal? Illegal. Das war es.

Dann kam Officer Mitchell zurück und riss Ulionk aus ihren Gedanken. Mittlerweile war sie sich sicher, dass sie sich in einer Situation wie in einer dieser Krimiserien auf Neftelix befand. Und da gab es nur eine Strategie: Sie würde sich eine Geschichte ausdenken müssen und dann die Unschuld aus den Schlammsümpfen spielen.

Ein älterer Polizist begleitete Officer Mitchell. Beide setzten sich Ulionk gegenüber an den Tisch.

»Guten Abend«, sagte Ulionk auch zu dem zweiten Beamten.

»Guten Abend«, entgegnete der.

Gegenseitiges Starren. Unbequeme Stille.

»Wissen Sie, mein Herr. Ich habe großen Hunger. Und ich würde mich so gerne am Kopf kratzen. Das hatte ich vorhin schon Ihrem Kollegen gesagt.«

»Sie haben Hunger?«, fragte der ältere Beamte.

»Ich nehme um diese Zeit normalerweise einen kleinen Imbiss zu mir. Ein paar Donuts oder so. Haben Sie vielleicht etwas für mich?«

Auch der ältere Polizist war sich nicht sicher, ob die verrückte Dame ihnen einen Bären aufbinden wollte.

»Okay. Wir holen Ihnen etwas zu essen und dann erzählen Sie mir, was Sie bei dem illegalen Hahnenkampf gemacht haben.«

»Einverstanden.«

Ulionk wartete.

Nach kurzem Zögern warf der ältere Polizist dem jüngeren einen vielsagenden Blick zu und bedeutete ihm mit einem Kopfnicken, Ulionk etwas zu essen zu holen. Murrend stand Officer Mitchell auf.

»Sie bekommen gleich etwas«, sagte der Beamte und schloss Ulionks Handschellen auf.

»Oh, danke. Es wurde gerade etwas unbequem.«

Ulionk kratzte sich ausgiebig am Kopf, wobei sie achtgab, dass die Perücke an Ort und Stelle blieb.

»Also, dann erzählen Sie mal, was Sie im Bonanza Village gemacht haben.« Er zückte Block und Bleistift und nahm eine erwartungsvolle Haltung ein.

Ulionk erinnerte sich an alle Fernsehserien, die sie zur Vorbereitung auf ihre Reise gesehen hatte, und legte dann los.

Sie erfand innerhalb von wenigen Minuten eine umständliche Familiengeschichte, wie sie es in den philippinischen Telenovelas gesehen hatte. In ihrer melodramatischen Story war Josh der gute Neffe und Herman der böse Neffe. Ulionk wollte ihre beiden Neffen, Söhne ihrer Schwestern, die aus Kirgistum stammten und beide durch einen großen Zufall mit Mexikanern verheiratet waren, in Las Vegas besuchen, aber der böse Neffe war auf die schiefe Bahn geraten, weshalb ihn Ulionk zunächst nicht erreichen konnte. Sie wollte ihn vor der Mafia retten.

»Herman ist an die falschen Leute geraten«, erklärte sie weiter. »Er ist eigentlich ein guter Junge. Der arme gute Junge. Früher war er ein Engel. Mit blonden Locken.«

Sie musste sich bremsen. Das war vielleicht zu dick aufgetragen. Sie räusperte sich.

»Er hat mit illegalen Dingen zu tun. Rauschgift und Diabetes. Und Handel mit Schildkröten von der Erde, die unter Artenschutz stehen.«

Der Beamte hatte ein paar Worte mitgeschrieben. Nun aber hielt er inne.

»Diabetes?«

»Ach, mein lieber Herr …«

»Bitte nennen Sie mich doch Officer Duston.«

»Lieber Officer Duston. Ich kenne mich mit Diabetes ja auch nicht aus. Ich bin eine gesetzestreue Bürgerin von Kirgustin. Dort, wo ich wohne, gibt es nicht viel Diabetes.«

»Alles klar.«

»Ich wollte also Herman vor der Mafia und vor der Diabetes retten und ich war in der Oper. Ja, genau. In der Oper und da hat mir doch jemand erzählt, dass Herman gesehen wurde und zwar an einem Geldautomaten im Bonanza Stadtteil.«

»Wie bitte?«

»In der Oper.«

»In der Oper hat Ihnen jemand gesagt, dass Herman im Bonanza Village ist?«

»Genau. Ein Informant.«

»Was?«

»Ein Informant der Familie. Er ist auch mit uns verwandt. Er ist eigentlich ein Halbcousin einer Nachbarin unserer Herzogin.«

Officer Duston schüttelte nur den Kopf.

»Ein Verwandter also. Und der war auch in der Oper?«

»Genau. Auf jeden Fall habe ich so schnell ich konnte die Oper verlassen und ein Taxi zum Bonanza Village genommen und da habe ich nach Herman gesucht. Und siehe da, es gab eine Veranstaltung. Dort habe ich nach ihm gefragt.«

»Eine Veranstaltung?«

»Es gab Bier und bunte Lichter. Es sah aus wie eine Party. Der Herr mit der Pfeife hat mich nach meinem Ausweis und meinem Geld gefragt. Und dann ging alles schief. Mein Ausweis und mein Geld sind fort. Es gab einen Riesenlärm und plötzlich waren alle weg. Die Mafia war fort. Herman war fort. Und der Mann mit der Pfeife und meinem Geld auch.«

»Ihnen ist also Ihr Ausweis gestohlen worden?«

In dem Moment betrat Officer Mitchell wieder den Raum.

»Der Ausweis gestohlen? Wie praktisch!«, fauchte Officer Mitchell.

Aber der ältere Kollege machte eine beruhigende Bewegung mit der rechten Hand.

»Lass sie mal weitererzählen.«

Ulionk bemühte ihr ganzes schauspielerisches Talent und beschrieb die Verwirrung in der Hahnenkampfarena recht gut.

»Auf jeden Fall konnte ich Herman nicht finden und dann wusste ich nicht wohin und dann haben Sie, Officer Mitchell, mich ja glücklicherweise gerettet.«

Beide Polizisten starrten Ulionk an.

»Würden Sie diese Geschichte bitte noch einmal wiederholen?«, bat Officer Duston.

»Kein Problem.«

Duston rief zwei weitere Kollegen dazu und bat Ulionk, ihre Geschichte noch einmal zu erzählen. Auch die beiden lauschten wie gebannt. Als Ulionk geendet hatte, starrten sie vier verwunderte Gesichter an.

Wenig später saß Ulionk mit einem Donut und einem heißen Tee in der Hand vor der versammelten Mannschaft des gesamten Polizeireviers und erzählte noch einmal ihre fantastische Geschichte von Diabetes, der Mafia, dem bösen Neffen Herman Arizona und dem guten Neffen Josh, bei dem sie wohnte und der sie nun bestimmt schon zurückerwartete, weil die Oper sicher schon zu Ende war.

Sie schmückte die Geschichte mit allerhand Details aus, indem sie noch ein paar weitere Familienmitglieder in Kirgistan erfand. Ihre Schwester Hilde aus Kirgistan hatte sie zum Beispiel schon vor Wochen gewarnt, nicht nach Las Vegas zu fahren, weil es dort so viele gefährliche Irre gab. Hilde war es auch gewesen, die Ulionk das Paillettenkleid geliehen hatte, denn Hilde war davon überzeugt gewesen, dass Pailletten in Las Vegas die einzig richtige Bekleidung darstellten. An dieser Stelle hatten einige Polizisten vorsichtig genickt.

Am Ende waren auf wundersame Weise alle, bis auf Officer Mitchell, davon überzeugt, dass Tante Uli Arizona aus Kirgistan keiner Fliege etwas zuleide tun konnte. Ihr Paillettenkleid untermauerte die Geschichte erstaunlicherweise.

Ulionk drehte ein wenig an ihrem Übersetzer, um besser hören zu können, was die Damen und Herren von der Polizei in Las Vegas sagten, als sie sich schließlich zu Beratungen zurückzogen.

»Das ist die verrückteste Geschichte, die ich in diesem Jahr gehört habe. Ach was. In diesem Jahrzehnt.«

»In der Tat.«

»Diabetes?«

»Wo ist denn in Las Vegas eine Oper?«

»Ich meine, wer geht mit einem Paillettenkleid zu einem Hahnenkampf?«

»Entweder ist die Dame vollkommen übergeschnappt oder sie ist die beste Lügnerin, die ich in meiner Karriere getroffen habe.«

»Ich glaube ihr kein Wort.«

»Ich glaube ihr auch kein Wort, aber ich kann mir beim besten Willen nicht vorstellen, dass sie irgendwas mit dem Hahnenkampf zu tun hat.«

»Also ich glaube ihr alles. Und wisst ihr warum?«, fragte Officer Duston in die Runde.

»Warum?«

»Weil diese Geschichte einfach viel zu bescheuert und unglaubwürdig ist. Sie kann nur wahr sein. Niemand würde sich eine so grauenhafte Lüge zusammenreimen und sie dann auch noch dreimal hintereinander stimmig erzählen.«

»Stimmig?«

»Du weißt, was ich meine.«

»Na dann. Deine Entscheidung, Boss.«

Langsam kam Officer Duston wieder auf Ulionk zu. Er hatte seine Entscheidung gefällt. Ulionk schenkte ihm ihr breitestes und unschuldigstes Grinsen. Er klappte seinen Notizblock zu, schob ihn in seine Brusttasche und bedeutete Ulionk aufzustehen.

»Alles klar. Tante Uli. Auf geht‘s. Ich fahre Sie nach Hause. Wegen Ihres gestohlenen Passes können wir im Moment nichts tun. Die Botschaft von Kirgistan hat jetzt ohnehin geschlossen und ich sehe keinen Grund, warum Sie die Nacht hier bei uns verbringen sollten. Rufen Sie einfach morgen früh bei der Botschaft an.«

Officer Mitchell protestierte, aber seine anderen Kollegen winkten ab. Sie wandten sich wieder anderen Aufgaben zu. Die Show war vorbei. Für heute.

»Bin ich denn der Einzige hier, der glaubt, dass das alles Bullshit ist?«

»Nimm‘s nicht zu tragisch. Der nächste Verrückte kommt bestimmt. Schneller, als dir lieb ist. Wir sind hier in Vegas, Baby!«

Nach fast zwei Stunden, die Ulionk auf der Polizeiwache zugebracht hatte, wurde sie erneut mit Polizeieskorte durch Las Vegas gefahren, diesmal ohne Handschellen. Sie fühlte sich großartig. Ein gelungener Abend.

Nur Hunger hatte sie.

40

Josh fand den kleinen blauen Ball. Das angrodanische Notfalltelefon. Wie funktionierte das noch? Er hatte es doch vor ein paar Tagen hinbekommen. Joshs Schluchzen verebbte langsam, während er konzentriert den Ball untersuchte. Da klingelte es plötzlich an der Tür. Er wischte sich die Tränen aus dem Gesicht, sprang auf und riss die Tür auf. Niemand. Erneutes Klingeln. Jemand war unten an der Tür. Klar. Nachts war unten abgesperrt. Wahrscheinlich wurde er nun auch verhaftet.

»Hallo«, krächzte Josh in die Gegensprechanlage.

»Polizei«, kam die Antwort.

Joshs Knie wurden weich und er musste sich mit einer Hand an der Wand festhalten und sich extrem konzentrieren, um nicht in Ohnmacht zu fallen.

»Hören Sie? Hier ist die Polizei. Machen Sie auf.«

Josh schluckte.

»Ich komme runter. Der Buzzer ist kaputt.«

Josh legte auf, wischte sich noch einmal mit beiden Händen durchs Gesicht und atmete zweimal tief durch. Dann setzte er sich langsam in Bewegung. Er brauchte alle Kraft, die noch übrig war, um die Treppen hinunterzugehen, ohne zu stürzen.

An der Haustür angekommen, atmete er noch einmal tief ein und öffnete vorsichtig.

»Wir haben hier jemanden für Sie«, sagte der Polizist in einem ungewohnt freundlichen Ton.

Josh runzelte die Stirn und war sich mal wieder nicht sicher, ob er irgendetwas verstanden hatte.

»Ich. Also. Wer? Was?«, sagte er.

Als er die Tür weit genug geöffnet hatte, konnte er grüne Pailletten hinter dem Polizisten erkennen. Ulionk schien unversehrt.

»Tante Uli«, rief er. »Meine Güte!«

»Josh, du wirst es nicht glauben, was mir passiert ist«, sagte Ulionk.

»Bestimmt nicht«, sagte Josh.

»Ich kann Ihre Tante also in Ihrer Obhut lassen?«, fragte der Polizist.

Josh nickte eifrig.

»Danke, Officer«, sagte er leise.

»Ich habe allerdings noch eine Frage an Sie.«

Josh seufzte leise.

»Wissen Sie, wo sich Ihr Cousin aufhält?«

Ulionk hatte sich geschickt an dem Polizisten vorbeigeschoben und knuffte Josh sehr unsanft in die Seite.

»Mein Cousin?«

Noch ein schmerzhafter Knuff.

»Ihr Cousin Herman Arizona«, las der Polizist von seinem Block ab.

»Mein Cousin Herman Arizona. Wo der ist? Nein. Leider weiß ich das nicht.«

»Wann haben Sie Ihren Cousin zuletzt gesehen?«

»Vor Monaten. Leider haben wir nur sehr wenig Kontakt«, sagte Josh in fast fragendem Tonfall.

Ulionk wandte sich noch einmal um und drückte den Officer an ihre Brust. Der arme Mann war solche Übergriffe offenbar nicht gewohnt und versuchte sich vergebens zu befreien. Als sie ihn nach einigen Sekunden freigab, schnappte er nach Luft, strich seine Uniform glatt und schaute sich verlegen um.

»Das ist so nett, dass Sie mich nach Hause gebracht haben. Danke«, sagte Ulionk.

»Auf Wiedersehen! Und passen Sie bitte in Zukunft besser auf Ihre Tante auf.«

»Das werde ich. Versprochen.«

»Junger Mann«, setzte der Polizist nach.

»Ja?«, fragte Josh besorgt.

»Am besten kontaktieren Sie morgen die kirgisische Botschaft in Washington, damit Ihre Tante einen neuen Pass beantragen kann.«

»Natürlich. Danke, Officer.«

Josh schloss die Tür und lehnte sich von innen dagegen. Er stieß einen lauten Seufzer der Erleichterung aus. Tonnenschwere Gewichte schienen ihm von den Schultern zu fallen.

»Was in aller Welt …?«, fragte er.

»Lass uns rauf gehen. Ich habe Hunger. Und ich muss dir eine Geschichte erzählen«, sagte Ulionk und hatte schon voller Elan die ersten Treppenstufen erklommen.

41

Als Josh die Wohnungstür hinter sich geschlossen hatte, stieß er einen kurzen Freudenschrei aus. Beinahe hätte er Ulionk umarmt, beließ es dann aber bei einem leichten Tätscheln ihres Arms.

»Herman Arizona?«, fragte er.

»Mir ist kein guter Name eingefallen«, entschuldigte sich Ulionk. »Ich musste ja schnell reagieren.«

Dann besann sich Josh auf seine guten Manieren und entschuldigte sich erst einmal.

»Es tut mir so unglaublich leid, dass ich dich allein gelassen habe, aber Bloodhound hat …«

»Mach dir keine Vorwürfe. Ich hatte einen Heidenspaß!«

»Hattest du?«

»Es war klasse. Anfangs waren die Polizisten ein wenig grob, aber nachdem ich herausgefunden hatte, dass es Polizisten waren und dass sie nur eine Geschichte hören wollten, lief alles prima und sie hatten sogar einen Donut für mich. Leider nur einen einzigen Donut.«

Ulionk setzte sich auf die Couch.

»Apropos Donuts. Was haben wir noch zu essen? Ich weiß, es ist spät. Aber ich sterbe vor Hunger.«

»Klar.« Josh sprang auf und eilte in die Küche.

»Marshmallows, Twinkies, Haribo, Oreos, Erdnussbuttertorte oder Karamellpudding?«

»Ja gerne.«

»Was …«, setzte Josh an, verstand dann aber und brachte alles mit ins Wohnzimmer. Als Erstes nahm sich Ulionk ein Viertel von der Erdnussbuttertorte.

»Also, erzähl mal, wie es dir ergangen ist. Ich hatte echt eine Riesenangst um dich. Du weißt ja gar nicht, wie die amerikanische Polizei mit Leuten umgeht. Sie können geradezu unmenschlich werden, wenn jemand nicht amerikanisch genug aussieht. Die Polizei verprügelt ständig Mexikaner und sogar Amerikaner, die nicht wie Europäer aussehen. Nicht auszudenken, was sie mit jemandem machen, der nicht mal Bürger dieses Planeten ist.«

»Beruhige dich erst mal. Es ist ja alles gut ausgegangen. Alle waren nett zu mir.«

»Unglaublich.«

Kauend begann Ulionk dann ihre Geschichte zu erzählen.

Als sie geendet hatte, saß Josh mit weit aufgerissenem Mund vor ihr.

Josh konnte nicht anders, als leise anerkennend zu pfeifen.

»Meine Güte, du solltest Romane schreiben. Wie bist du denn auf diese Geschichte gekommen?«

»Neftelix«, antwortete Ulionk, »eine gute Vorbereitung auf die Sitten und Gebräuche der Völker am Urlaubsort, ist sehr wichtig«, sagte sie.

»Und die Polizisten haben dir alles einfach so geglaubt?«

»Zumindest nach einer Weile. Der Erste hat einen Zweiten gerufen. Dem musste ich meine Geschichte noch einmal erzählen. Und schließlich noch einmal vor versammelter Mannschaft. Als auch der letzte Polizeibeamte auf dem Revier meine Geschichte gehört hatte, waren sich offenbar alle einig, dass diese arme alte Tante ja wohl keinem Chamäleon etwas zuleide tun könnte und dann haben sie beschlossen, mich nach Hause zu fahren zu dem guten Neffen, der nichts mit Diabetes und der Mafia zu tun hat.«

»Diabetes? Das ist unglaublich«, sagte Josh.

»Du glaubst mir nicht?«

»Doch, doch. Natürlich. Nur wird es mir niemand glauben, wenn ich es jemandem erzähle.«

Viel leiser fügte Josh hinzu: »Falls ich es jemals jemandem erzählen werde.«

42

Am Dienstagmorgen schlief Josh lange aus. Um halb zehn warf er einen Blick auf die Wanduhr. Dann drehte er sich einfach wieder auf der Couch herum und schlief weiter. Das Leben als Arbeitsloser hatte auch seine Vorteile. Ulionk würde den gesamten Dienstag verschlafen, also hatte er Zeit, um nachzudenken. Aber zuerst einmal wollte er ausschlafen und den Schock des gestrigen Abends verdauen.

Gegen Mittag rief Josh Henry an, um ihn zu fragen, ob er morgen mitkommen wolle, wenn Josh und Ulionk wieder einmal eine Tour durch die Eiscremeläden der Stadt unternahmen.

»Es ist ihr letzter Tag, bevor sie wieder zurück nach Kirgistan fliegt«, sagte Josh.

»Oh. Na klar, bin ich dabei!«

43

Am Mittwoch, dem 18. April, saßen Ulionk und Josh schon früh am Morgen am Frühstückstisch und aßen Süßigkeiten. Josh hatte zur Feier des letzten gemeinsamen Tages einen obszön großen Schokoladenkuchen besorgt. Er hatte ihn im Walmart gekauft und mit einem 100-Dollar-Schein bezahlt. Er hoffte, dass jemand Bob davon erzählen würde. Aber nun lag der Fokus darauf, Ulionks letzten Tag auf der Erde zu einem gelungenen zu machen.

»Henry, holt uns ab?«

»Ja. Er hat eine Liste der zehn besten Eiscremeläden erstellt und wir werden sie alle aufsuchen.«

»Henry ist ein Goldstück«, sagte Ulionk kauend.

Josh hatte im Hintergrund den Fernseher laufen. Gerade kamen die Nachrichten und Präsident Trump hielt mal wieder eine seiner weniger wortgewandten Reden über ein Thema, von dem er ganz offensichtlich nicht die leiseste Ahnung hatte. Als Ulionks Blick auf den Präsidenten im Fernsehen fiel, sprang sie auf.

»Das ist ja unerhört!«

»Ich weiß. Er ist ein Idiot. In zweieinhalb Jahren dürfen wir ihn abwählen.«

»Abwählen? Wie meinst du das?«

»Na, den Präsidenten. In zweieinhalb Jahren gibt es eine neue Wahl.«

»Das ist euer Präsident?«, Ulionk schnappte hörbar nach Luft.

»Leider ja«, antwortete Josh zerknirscht.

»Der ist doch wohl eindeutig Angrodaner!«

»Was?«

»Na, schau dir doch mal seine Figur an. Ein bisschen sackartig, unförmig und übergewichtig. Und dann die Haare. Also, wenn das keine Perücke ist, dann fresse ich einen Staubsauger. Und erst das Gesicht! Der hat doch eindeutig zu viel Dr. Düklus Greenaway Lotion angewendet, so orange wie der ist!«

»Du meinst, unser Präsident könnte ...«

»Der stammt eindeutig von Angrodan!«

»Das würde einiges erklären«, murmelte Josh.

»Das ist ja wohl die Höhe. Odiklu hat gesagt, dass ich im Moment die einzige Angrodanerin auf der Erde bin und dass der Planet noch fast vollständig naturbelassen ist.«

»Das ist er doch auch!«, sagte Josh schnell.

»Und selbst wenn der Präsident ein Angrodaner ist, dann bist du eine von zwei außerirdischen Gästen. Gäbe es noch mehr, wäre das sicherlich aufgefallen.«

Etwa eine Stunde später standen Josh, Henry und Ulionk vor dem kleinen Schalter von Handel's Homemade Ice Cream & Yoghurt am westlichen Stadtrand von Las Vegas.

»Mein Bruder schwört darauf, dass das hier das beste Eis im ganzen Bundesstaat ist. Und bisher konnte ich ihm noch nicht das Gegenteil beweisen«, sagte Henry.

Wenig später saßen sie mangels Sitzgelegenheiten im Außenbereich in Henrys Auto und leckten an ihren Eisbechern. Ulionk hatte sich für den Maxibecher entschieden, während die beiden Jungs sich mit einer normalen Portion zufriedengaben.

»Meine Güte, das war ein fantastischer Urlaub!«

»Es freut mich, dass es dir gefallen hat«, sagte Josh.

»Wann fliegst du wieder nach Hause?«, fragte Henry.

»Morgen.«

»Eigentlich am Freitag. Aber heute ist sozusagen der letzte Tag, an dem wir noch was unternehmen können.«

»Aha.« Henry dachte kurz nach.

»Dann müssen wir heute noch Souvenirs für dich kaufen, oder nicht?« schlug Henry vor.

»Das ist eine großartige Idee«, sagte Ulionk.

Die drei verbrachten den ganzen Nachmittag damit, auf dem Las Vegas Strip von einer Shopping Mall in die nächste zu gehen. Ulionk interessierte sich vornehmlich für die Läden, die zuckerhaltige Lebensmittel verkauften.

»Hi, wie geht es Ihnen?«

»Was ich? Wer will das wissen?«, Ulionk hatte nicht genug Zeit in den Vereinigten Staaten verbracht, um sich mit dem Konzept der unterwürfig einschleimenden Freundlichkeit als Verkaufsstrategie in Geschäften vertraut zu machen.

»Gut, danke, wie geht es Ihnen?«, antwortete Josh routiniert, ohne auf eine Antwort zu warten.

»Das ist nur die Verkäuferin. Die muss so übertrieben freundlich sein. Das ist ihr Job«, flüsterte er Ulionk zu.

Henry hatte sich umgedreht, weil er nicht wollte, dass die Verkäuferin ihn lachen sah.

»Tante Uli, du bist der Knaller«, sagte er, nachdem er sich wieder gefangen hatte.

»Bei uns in An… also in Kirgistum tun die Verkäufer nicht so, als seien die Kunden ihre seit vier Jahren verschollene Zwillingsschwester«, sagte Ulionk zu ihrer Verteidigung.

»Ich habe auch keine gute Erklärung dafür, warum die Verkäufer hier angehalten sind, alle Kunden wie ihre beste Freundin aus Kindertagen zu behandeln, aber es scheint zu funktionieren«, sagte Henry.

»Vielleicht kann uns die Verkäuferin aber wirklich helfen«, überlegte Ulionk und wandte sich der jungen Dame zu.

»Können Sie mir sagen, welche Süßigkeiten sich besonders lange halten?«

»Also. Ehm.« Sie legte den Kopf schief. Die Frage kam wohl unerwartet. Aber es war keine schwere Frage. »Klar, kommen Sie bitte mit.«

Die Dame kannte sich aus. Sie führte Ulionk zu einer der langen Regalwände in ihrem Süßigkeitenladen und zeigte ihr Bonbons und Lollis, deren Haltbarkeitsdatum mit drei Jahren angegeben war, aber wahrscheinlich in die Jahrzehnte ging. Sie verwies Ulionk auf Twinkies, die der Legende nach sogar eine Atomexplosion überstehen und hunderte Jahre lang haltbar sein sollen. Die redegewandte Angestellte konnte auch Jelly Beans in der Großpackung, mehrere Sorten von Skittles, Jolly Rancher und Nerds empfehlen.

»Hier haben wir auch Twizzlers in verschiedenen Geschmacksrichtungen. Mindestens ein Jahr haltbar. Auch im 3-Liter-Eimer.«

»Klingt gut.«

Am Ende hatten sowohl Henry als auch Josh, Ulionk und die hilfsbereite Verkäuferin je einen randvollen Einkaufskorb in der Hand.

»Wir verpacken es Ihnen gerne in große Tüten und bringen es zu Ihrem Wagen«, bot die Verkäuferin an und winkte einen ihrer Mitarbeiter herbei.

»Glücklicherweise sind die Verkäufer hier in Vegas unersättliche Exzentriker gewohnt«, sagte Josh zu Henry und lächelte verlegen.

Henry knuffte Josh in die Seite.

»Sei nicht so gemein. Die Süßigkeiten sind nun mal in Amerika viel besser als in Kirgistan!« Henry war ein wahrer Patriot.

Später standen die drei im New York Casino am Häagen-Dazs-Stand und bestellten Eiscreme.

»Häagen-Dazs kann fast mit Handel's mithalten«, sagte Henry und beriet Ulionk, indem er ihr fachmännisch die besten Sorten zeigte.

Ulionk sah auf der Theke die verschiedenen Behälter stehen. Es gab einfache Becher und einfache Waffeltütchen, es gab 400-Gramm-Becher und 800-Gramm-Becher.

»Ich glaube, 800 Gramm sind mehr als vier Kugeln.« Henry war mit dem metrischen System nicht sehr vertraut.

Ulionk entschied sich allerdings für die Ein-Fuß-lange-Waffeltüte, die vollständig in Schokolade getaucht und mit bunten Streuseln verziert war.

»Die ist in der Tat perfekt für dich«, musste Henry eingestehen und nahm ein Foto von Ulionk mit der riesigen Eistüte auf.

44

Nachdem Ulionk den gesamten Donnerstag verschlafen hatte, standen Josh und sein außerirdischer Gast am Freitag recht früh auf, um noch ein gemeinsames Frühstück genießen zu können. Was wäre da besser geeignet als Dunkin' Donuts?

»Diese Donuts werden mir am meisten fehlen«, sagte Ulionk kauend.

»Gleich nach dir und Henry natürlich.«

»Natürlich.« Josh lächelte.

Aus dem Augenwinkel konnte er erkennen, wie ein kleines Mädchen am Nachbartisch auf den Schoß seiner Mutter kletterte. Es sagte seiner Mutter etwas ins Ohr.

»Die dicke Frau hat schon eine ganze Schachtel Donuts gegessen, Mama. Schau mal.«

Ganz offensichtlich hatte das Mädchen noch nicht gelernt, wie man flüsterte. Josh warf einen ernsten Blick zu den beiden herüber. Daraufhin wurde die Mutter ganz hektisch, räumte Dinge auf dem Tisch hin und her und wies die Kleine zurecht.

»Matilda, es geht uns nichts an, was die anderen Leute essen. Jeder isst sein eigenes Frühstück.«

»Das wird mir auch fehlen«, sagte Ulionk. »Kleine Menschen sind irgendwie unterhaltsam. So erfrischend ehrlich.«

45

Gegen Mittag stand Odiklu vor der Tür. Ulionk hatte gerade mit Joshs Hilfe alle Kleider und Süßigkeiten in den drei riesigen Koffern sowie vier weiteren großen Kisten untergebracht. Glücklicherweise schwebten die Gepäckstücke über dem Boden, was das Manövrieren erleichterte.

»Nun ist die Zeit des Abschieds gekommen.« Odiklu griff nach den Koffern und schob sie sanft vor sich her in den Flur.

Ulionk drückte Josh noch einmal so heftig an sich, dass er kurz befürchtete, eine Rippe sei gebrochen.

»Das war mit Abstand der beste Urlaub, den ich je hatte. Sogar besser als meine Heldenreise vor meiner Hochzeit! Vielen Dank, Josh.«

»Ich danke dir für deinen Besuch. Es war mir eine Ehre, die erste Touristin von Angrodan auf unserem Planeten herumzuführen«, sagte Josh etwas zu steif.

»Vielleicht komme ich im nächsten Jahr wieder.«

»Herzlich gerne.«

»Odi?«

»Ja?«

»Ehm, du hattest mir doch was versprochen.« Josh sah seine Felle davonschwimmen.

»Klar. Das habe ich nicht vergessen. Du bekommst deine Dollars. Alle. Versprochen ist versprochen. Ich habe nur gerade keine dabei.«

»Keine dabei?«

»Ich komme in ein paar Tagen und bringe dir deine Dollars. Ehrenwort.«

Odiklu winkte mit seiner knallroten sechsfingrigen Hand und schloss die Haustür hinter sich.

Josh blieb alleine zurück. Es war Freitag. Er war pleite und arbeitslos. Alles, was ihm geblieben war, waren die Erinnerung an die merkwürdigste und aufregendste Woche seines Lebens, ein 5-Dollar-Schein, einige Süßigkeiten, die nicht in Ulionks Koffer gepasst hatten und die Hoffnung darauf, dass ein Außerirdischer, den es eigentlich gar nicht geben dürfte, ihm in ein paar Tagen eine halbe Million Dollar brachte.

Ich bin ein Idiot, dachte Josh.

46

Den Rest des Freitags, so wie auch den Samstag und Sonntag, verbrachte Josh damit, auf seiner Couch zu liegen und die übrig gebliebenen Süßigkeiten zu essen. Er hatte noch genau acht Tage, um die Miete für den Monat Mai aufzutreiben, ganz zu schweigen von anderen Rechnungen. Und er sehnte sich nach etwas zu essen, das keinen Zucker enthielt oder im besten Fall vielleicht sogar ein Vitamin.

Der Gedanke daran, Bob anzurufen und ihn um seinen alten Job zu bitten, bereitete Josh geradezu physische Schmerzen. Also schaltete er den Computer ein und suchte auf den einschlägigen Jobportalen nach Angeboten, die seinen Fähigkeiten und seiner Ausbildung entsprachen. Josh konnte Regale in Supermärkten einräumen und hatte Erfahrung als Reiseleiter für Außerirdische. Seine Chancen standen ausgesprochen miserabel, einen halbwegs vernünftig bezahlten Job zu finden.

Montags gab es einen Lichtblick. Der Geschäftsführer eines Dunkin' Donuts rief Josh zurück und bot ihm an, sich am nächsten Tag für eine Stelle vorzustellen, die unerträgliche Arbeitszeiten hatte und schlecht bezahlt war.

Odiklu werde ich nie wieder sehen, dachte Josh. Er seufzte laut und sagte dem Herrn am Telefon für den nächsten Tag zu.

47

Am Dienstagmorgen duschte Josh, kämmte sich und zog ein Hemd an, das er für akzeptabel hielt. Seine letzten 5 Dollar hatte er sorgfältig aufbewahrt, aber heute würde er sie für Benzin ausgeben müssen. Es war noch genau eine Schachtel Pop-Tarts übrig. Er schob eines in den Toaster.

Igitt, dachte Josh.

Da klopfte es an der Tür.

»Odi!«

»Hi Josh«, sagte Odiklu so beiläufig wie er konnte.

»Ich, also ich … also du …«, stotterte Josh.

»Was? Sag mir nicht, du dachtest, ich lasse dich hängen?«

»Na ja.«

»Jetzt bin ich aber fast ein wenig beleidigt«, sagte Odiklu und seine Stimme ließ ehrliche Enttäuschung erahnen.

»Du bist der beste Mitarbeiter, den ich habe. Selbstverständlich würde ich dich nicht übers Ohr hauen. Schon gar nicht wegen Dollars.«

»Klar.«

Was sind schon ein paar Dollars, dachte Josh.

»Warum hast du dich verkleidet?«, fragte Odiklu und musterte Josh.

»Ach, nicht so wichtig.«

»Nun, wenn du nichts anderes vorhast, könntest du doch mit mir mitkommen, und die Dollars abholen. Ich meine, dann muss ich nicht alleine fliegen. Nur, falls du Zeit hast.«

»Klar.«

48

Wenig später saßen die beiden im Raumgleiter und Josh drückte auf den Knopf, der den Anschnallgurt betätigte. Er konnte nicht aufhören, zu grinsen. Die Anspannung und die Sorgen der letzten Tage fielen von ihm ab und machten neuer Hoffnung Platz, als der Raumgleiter sich mit einem leisen Surren in Bewegung setzte.

»Ulionk hat auf Gibbely Intergalactic und auf Travel Galaxy hervorragende Bewertungen abgegeben. Seither habe ich schon zwei potenzielle Interessenten, die gerne einen Urlaub auf der Erde verbringen wollen.«

Odiklu fuchtelte begeistert mit den Händen und berichtete Josh von seiner neuen Anzeige, die jetzt in der Angrodan International News und in der Intergalactic Times erschien.

»Wir können diese Sache ganz groß aufziehen.«

»Hmmm.«

»Trotzdem muss die Erde eine exklusive Destination bleiben.«

»Ich verstehe«, log Josh.

»Es muss sichergestellt sein, dass jeder Gast sein ganz individuelles Programm auswählen kann und dass alles so authentisch wie möglich bleibt.«

»Authentisch?«

»Ja, mit der schmierigen kleinen Wohnung, die du hast und dem klapprigen Auto. So authentisch wie möglich.«

»Aha.«

Sie flogen über den Atlantik.

»Wo fliegen wir eigentlich hin?«

»Na, die Dollars abholen.«

»Wo holt man denn Dollars ab?«

»Und du willst dich auf der Erde auskennen«, lachte Odiklu. »In Antwerpen natürlich.«

Josh erinnerte sich, dass Odiklu Antwerpen schon einmal erwähnt hatte. Über Antwerpen wusste Josh mittlerweile, dass es eine Stadt in Europa war. Niederlande oder Belgien oder so.

»Ich werde einen Reiseführer über die Erde schreiben«, sagte Odiklu unvermittelt. »Dazu brauche ich natürlich deine Hilfe. Ich werde dir demnächst mal einen ersten Entwurf schicken. Da stehen allerdings noch viele Fragezeichen drin. Wir müssen noch einen Weg finden, wie wir das Problem mit der Schrift lösen. Am besten komme ich vorbei und lese dir vor. Und dann arbeiten wir gemeinsam daran.«

»Ehm, klar.«

»Du wirst selbstverständlich am Gewinn beteiligt. Allerdings will ich den Reiseführer erst einmal exklusiv meinen Kunden geben, damit sie sich auf ihr individuelles exklusives Abenteuer vorbereiten können. Es besteht aber die Möglichkeit, dass die Erde zu einem echten Traumziel wird und dann kommen Hunderttausende von Angrodanern hierher und dann verkauft sich der Reiseführer richtig gut.« Odiklu geriet ins Schwärmen.

»Aha.«

»Natürlich kann es auch sein, dass die Erde in ein paar Jahren unter intergalaktischen Planetenschutz gestellt wird und dann ist es erst einmal aus mit dem Tourismus. Wir müssen also unseren Profit machen, solange es noch geht!«

Odiklu schaute Josh erwartungsvoll an. Josh lächelte verlegen.

»Sicher. Ich bin dabei.«

Er war ja ohnehin arbeitslos und ein Job als Fremdenführer war besser als keiner, und wenn Josh ehrlich war, auch tausendmal besser als ein Job bei Walmart mit Bob als Vorgesetztem oder bei Dunkin' Donuts. Bob konnte sich seine 15 Minuten Zeitabzug sonst wohin schieben. Bei dem Gedanken lächelte Josh selig.

»Wir verstehen uns!« Odiklu hatte das Lächeln falsch gedeutet.

»So, da sind wir«, sagte er wenig später.

Odiklu parkte sein auffälliges Gefährt in einem Hinterhof zwischen Kirschbäumen. Josh und Odiklu stiegen aus dem Raumgleiter und schauten sich kurz um. Niemand war in Sicht. Es war bereits sieben Uhr am Abend in Antwerpen.

»Hoffentlich hat der freundliche Herr noch geöffnet. Ich kann mich einfach nicht daran gewöhnen, dass die Tage hier so kurz sind und die Sonne ständig untergeht«, sagte Odiklu. Er strich seinen grasgrünen Overall glatt, kramte eine Krawatte aus seiner Hosentasche und band sich diese dann wie eine Schleife um den Hals. Noch einmal kurz die Perücke zurechtrücken und die Ärmel runter krempeln, sodass die grüne Haut an den Handgelenken verschwand, und es konnte losgehen.

Josh folgte seinem Freund und versuchte dabei so zu tun, als wäre es ganz normal, eben mal so nach Antwerpen zu fliegen, um ein paar Dollars abzuholen.

Als sie ein paar Minuten später vor einem geschlossenen Juwelierladen standen, schaute Josh Odiklu fragend an.

»Was machen wir hier? Willst du den Laden ausrauben?«

»Ach, du grüner Krebsfalter, nein! Wie kommst du denn darauf?«

»Ach …«

Odiklu lachte verlegen und betätigte die Klingel an der Tür.

»Ach übrigens, hier brauchst du einen Nachnamen. Das ist in Antwerpen so üblich«, erklärte Odiklu, »Hast du einen?«

»Ja«, sagte Josh.

Erst nach dem zweiten Klingeln tat sich im Innern des Ladens etwas. Josh konnte hinter einem Fenster einen Kopf erkennen und nur Sekunden darauf erschien ein Mann in schwarzer Kleidung hinter den Gitterstäben der Tür. Er öffnete mit hektischen Handgriffen und schüttelte Odiklu überschwänglich die Hand.

»Kommen Sie doch rein, Herr Zuckerberg. Herzlich willkommen.« Herr Rosenberg sprach sehr korrektes Englisch, aber mit einem starken Akzent. Es war eine Mischung aus jiddischem und flämischem Akzent, aber das konnte Josh natürlich nicht wissen. In seinen Ohren klang es einfach irgendwie europäisch. Exotisch.

»Sie haben doch noch nicht geschlossen?«, vergewisserte sich Odiklu.

»Natürlich nicht. Für Sie haben wir doch immer geöffnet.«

Dann wandte er sich an Josh, so als hätte er ihn eben erst bemerkt.

»Guten Abend, junger Mann. Mein Name ist Nathan Rosenberg und wer sind Sie?«

»Josh. Sehr erfreut«, stammelte Josh.

»Das ist mein bester Mitarbeiter«, prahlte Odiklu. »Er hat auch einen Nachnamen.«

»Es ist mir eine außerordentliche Freude, Sie kennenzulernen. Ehm, Josh.«

Nathan Rosenberg schob die beiden in den Innenraum seines Ladens und sperrte die Tür hinter sich wieder ab.

»Setzen Sie sich doch. Ich hole Ihre Cola.« Herr Rosenberg verschwand kurz im hinteren Bereich. »Möchten Sie auch eine Cola?«, fragte Herr Rosenberg, diesmal an Josh gewandt.

»Ja, gerne. Danke.«

Nach ein paar Sätzen Smalltalk kamen die Herren zur Sache. Josh staunte nicht schlecht, als Odiklu ein kleines Tütchen mit Diamanten aus der Hosentasche holte und es dem Juwelier überreichte. Dieser nahm die Steinchen und prüfte einige davon fachmännisch mit einer dieser winzigen Lupen, die man sich zwischen Augenbraue und Wangenknochen einklemmt.

»Wieder einmal hervorragende Qualität, Herr Zuckerberg. Sie enttäuschen mich einfach nie«, lobte Herr Rosenberg.

Josh nippte an seiner Cola und wippte mit den Füßen.

»Der übliche Preis ist für Sie noch immer in Ordnung?«, fragte Herr Rosenberg.

»Klar. Wie immer. Vielen Dank«, sagte Odiklu.

Herr Rosenberg übergab Odiklu einen Koffer.

»Es ist mir immer wieder eine Freude, mit Ihnen Geschäfte zu machen.«

»Ganz meinerseits«, erwiderte Odiklu. »Bis zum nächsten Mal!«

Wenig später standen die beiden wieder vor dem kleinen Laden und winkten Herrn Rosenberg noch einmal durch die vergitterte Glastür zum Abschied zu.

Josh war in Gedanken versunken, als sie zurück zum Raumgleiter gingen.

»Ich war noch nie in Europa«, sagte er zu Odiklu, als sie schon fast am Raumschiff angekommen waren.

»Europa?«

»So nennt man diesen Kontinent. Wo Antwerpen ist.«

»Ach, wirklich? Nun. Willst du in die Stadt gehen und was essen? Was Antwerpisches?«

»Ehrlich gesagt, ja. Unheimlich gerne.«

»Dann los! Ich könnte auch einen Happen vertragen.«

49

Als Odiklu Josh später wieder in Las Vegas absetzte, bat Josh darum, die Geldübergabe doch lieber in der Wohnung zu machen und nicht auf einem inoffiziellen Raumgleiterparkplatz hinter einem Müllcontainer von Walmart.

»Klar. Kein Problem.«

Odiklu stieg aus und ließ den Gleiter ein paar Meter nach oben steigen, sodass er vor neugierigen Blicken geschützt war. In Las Vegas war es nun Nachmittag.

»Mit dem Raumgleiter könnte man auf der Erde ständig so hin und her fliegen, dass man immer irgendwo ist, wo die Sonne scheint«, überlegte Josh laut.

»Ja. Nicht nur auf der Erde«, sagte Odiklu. »Macht das bei euch denn keiner?«

»Nicht, dass ich wüsste. Niemand kann so schnell fliegen, dass es sich lohnen würde.«

»Interessant. Was machen denn die Leute hier, wenn sie mal einen langen Tag brauchen?«

»Wie meinst du das? Einen langen Tag brauchen?«
»Na, lange wach bleiben wollen. Werden die Menschen nicht müde, wenn die Sonne untergeht?«

»Doch. Irgendwie schon. Junge Leute bleiben einfach wach, bis sie umfallen. Und ältere Leute nehmen Drogen«, erklärte Josh.

»Drogen. Interessant.«

Josh sperrte die Wohnungstür auf.

»Nimm Platz«, sagte er dann und zeigte auf die Couch.

Odiklu setzte sich und öffnete den Koffer, den ihm Herr Rosenberg gegeben hatte.

»So, hier sind also deine Dollars, die du dir wirklich verdient hast. Ulionk war sehr zufrieden. Regelrecht begeistert. Aber das habe ich dir ja schon gesagt.«

Odiklu zählte die Päckchen von 50-Dollar-Scheinen ab und stapelte sie auf dem Tisch. Josh konnte nicht anders, als den immer größer werdenden Haufen mit offenem Mund anzustarren.

»Danke«, brachte Josh nur heraus.

Josh hatte noch nie so viel Geld auf einmal gesehen. Er hatte ein paarmal einen Blick in eine der Kassen bei Walmart werfen können. Darin waren vielleicht ein paar 100 Dollar. Wer bezahlte heute noch in bar? Nur Touristen aus Europa. Und Touristen von anderen Planeten, korrigierte er seinen Gedanken. Aber hier türmte sich gerade das Jahresgehalt eines Millionärs. Nein, eines intergalaktischen Fremdenführers!

Josh schaffte es, von dem Haufen aufzublicken.

Nie wieder Walmart, dachte er.

»Ganz im Ernst. Vielen Dank, Odi.«

»Ich habe zu danken.« Odiklu kramte in seiner Tasche.

»Ach ja, ich habe da noch etwas. Es ist von Ulionk. Eine Erinnerung an eure gemeinsame Zeit.«

Odiklu reichte Josh einen runden Gegenstand. Er war flach, pink und hatte etwa die Größe einer Untertasse. Josh schaute verdutzt auf die Scheibe. Sie glänzte und war glatt poliert.

»Danke«, sagte Josh leise. »Das ist ja hübsch. Was ist das?«

»Drück unten auf den Knopf.«

»Unten?« Die Scheibe sah von beiden Seiten gleich aus. Nein. Halt. Tatsächlich gab es bei genauerem Hinsehen auf einer Seite eine kleine Delle, die sich eindrücken ließ. Josh betätigte den Knopf. In diesem Moment flackerte etwas auf. Josh ließ das glänzende Ding vor Schreck fallen. Es landete jedoch sicher in seinem Schoß. Er stellte es sachte auf dem Tisch ab, während eine Art Hologramm erschien. Wie in Star Trek. Unglaublich. Es war eine dreidimensionale Figur, etwa zwanzig Zentimeter hoch. Sie zeigte Josh und Ulionk, wie sie in der Arena in Glendale standen, Donuts aßen und darauf warteten, dass der Kampf begann. Es war wie eine .gif-Datei, nur eben in 3D. Die beiden Figuren, die kleine Ulionk und der noch kleinere Josh, bewegten sich und schauten in die Kamera. Ihre Mimik war zu erkennen. Nach ein paar Sekunden begann die Sequenz von vorne.

»Das ist ja der Hammer! Das ist Science-Fiction!«

»Ulionk hatte eine recht gute Kamera dabei, nicht wahr?«

»Ganz offensichtlich.«

»Und das ist noch ein Geschenk. Es ist für deinen Freund Henry. Von Ulionk.«

»Echt?«

»Hier«, sagt Odiklu und gab Josh eine zusammengefaltete Pop-Tarts-Tüte.

»Aber das sind ja …«

»Genau. Ein paar Diamanten. Er soll Kunst studieren, hat Ulionk gesagt. Was immer das bedeutet. Kannst du mit dieser Information was anfangen?«

»Absolut.«

Odiklu genehmigte sich Joshs letzte Oreos und erzählte von seinen vielversprechendsten neuen Kunden.

»Ich melde mich bei dir, sobald alles in trockenen Socken ist. Versprochen. Es könnte natürlich sein, dass Earthventure in ein paar Monaten expandieren muss. Was ist denn mit deinem Freund Henry? Meinst du, der käme infrage?«

»Infrage?«

»Na als Reiseführer für Earthventure. Du könntest ihn anleiten.«

»Also … ehm. Wer weiß. Wenn es soweit ist, kann ich ihn ja mal fragen.«

»Hervorragend.« Odiklu wischte sich ein paar Krümel aus dem roten Gesicht. »Also, ich melde mich bald. Partner!«

»Alles klar.«

Josh ließ sich auf die Couch fallen und starrte einfach noch ein paar Minuten lang auf das Geld. Im Kopf rechnete er: Ich habe 500.000 Dollar. Das sind 10.000 Fünfziger. Jeder Schein wiegt ein Gramm. Ich habe also zehn Kilo Geld!

50

Josh saß später noch lange auf seiner Couch und blickte auf das kleine blaue Notfalltelefon, das Odiklu ihm ebenfalls dagelassen hatte. Er hatte ihm diesmal sogar gnädigerweise gezeigt, wie er funktionierte. Leider hatte Josh schon wieder fast alles vergessen. Er erinnerte sich aber daran, dass er das angrodanische Telefon mit beiden Händen umfassen und leicht zusammendrücken musste, wenn es zu summen begann.

Nun. Er würde es stets mitnehmen, um Odiklus Anruf nur ja nicht zu verpassen, denn ob es einen Anrufbeantworter hatte, wusste Josh nicht. Er war zwar ein Weichei und ein Angsthase und ein stinknormaler langweiliger Durchschnittsmensch, aber er musste gestehen, dass er dieses Abenteuer, das ihn so unvorbereitet überrollt hatte, irgendwie genossen hatte. Er mochte den Gedanken, etwas Besonderes zu sein. Der erste oder zumindest einer von wenigen Menschen, die Außerirdische getroffen hatten.

Josh ließ das Telefon in die Tasche seiner Jogginghose gleiten und erhob sich. Auf dem Wohnzimmertisch lagen 500.000 Dollar in 50-Dollar-Scheinen. Die mussten irgendwo anders hin.

Ein Safe? Die Matratze? Unauffällig ein paar tausend auf das Girokonto einzahlen? In Las Vegas konnte man immer behaupten, Geld gewonnen zu haben, wenn dumme Fragen gestellt wurden. Ach was. In Las Vegas wurden keine dummen Fragen gestellt. Zumindest nicht, wenn es um Geld ging.

Josh stopfte jeweils 10.000 in Müslischachteln, die er zurück in den Küchenschrank stellte, in eine leere Pop-Tarts-Schachtel, die er in einen weiteren Küchenschrank schob, in einen Waschlappen, den er unter Handtüchern im Badezimmer versteckte, in eine Socke, die er unter anderen Kleidungsstücken verschwinden ließ und so weiter und so weiter. Am Ende hatte er in seiner winzigen Wohnung mehr als 400.000 Dollar an allen Ecken und Enden verteilt. Einen kleinen Packen hielt er allerdings noch in den Händen. Er schob ihn in seine Umhängetasche, packte das Geschenk für Henry dazu und machte sich auf den Weg zu Walmart.

51

»Guten Tag, Mary«, sagte Josh, als er am Eingang des Walmarts seine ehemalige Kollegin traf. Sie stützte die Hände in die Hüfte und streckte sich ein wenig, wobei sie leise stöhnte.

»Guten Tag, Josh. Wie geht es dir?«

»Bestens. Danke.«

»Hast du einen neuen Job gefunden?«

»Sozusagen.«

Mary runzelte die Stirn und legte den Kopf leicht schief.

»Ich meine: ja.«

»Das freut mich sehr. Wo denn?«

»Bei so einer Art Reiseagentur.«

»Klingt spannend. Herzlichen Glückwunsch.«

Mary war eine gute Seele. Sie freute sich ehrlich. Das konnte Josh an ihrem Lächeln erkennen.

»Ist Henry heute da?«

Mary schaute auf ihre Armbanduhr.

»Der sollte in etwa einer Stunde da sein. Er hat heute die Nachtschicht.«

»Danke dir. Mary.

»Mach's gut, Josh!«

Josh hatte Hunger. Sein erster Impuls war es, einfach in den Supermarkt hineinzugehen und ein Snickers zu kaufen. Dann besann er sich aber der Tatsache, dass er ja nun quasi reich war. Während sich in seinem Kopf der Gedanke an einen riesigen Burger mit Chili-Cheese-Fries manifestierte, breitete sich auf seinem Gesicht ein Lächeln aus. Also machte er auf dem Absatz kehrt, verließ den Walmart und steuerte auf Freddy‘s Frozen Custard & Steakburgers zu. Dieser Burgerladen im Stil eines klassischen amerikanischen Diners lag direkt neben dem Starbucks am Charleston Boulevard, nur ein paar Schritte vom Walmart entfernt.

Als Josh die Tür öffnete, erklang ein Pfeifton, der dem Personal das Eintreffen neuer Kunden signalisierte. Der Geruch in Freddy‘s Frozen Custard & Steakburgers erinnerte Josh an seine Kindheit. Seine Mutter hatte ihn zu besonderen Anlässen mit hierher genommen und dann hatte er sich aussuchen dürfen, ob er einen Burger oder Chili-Cheese-Fries haben wollte. Diesmal würde er einfach beides nehmen.

»Guten Tag, mein Herr. Wie geht es Ihnen? Wollen Sie hier Platz nehmen?«

Josh stolzierte hinter dem Kellner her und grinste wie ein Honigkuchenpferd.

52

Nach einer Stunde ging er mit vollem Bauch zurück zum Walmart, um Henry abzupassen. Er hatte Glück und schon nach wenigen Minuten des Wartens erschien Henry in der Nähe des Personaleingangs.

»Josh!«

»Hi.«

»Was machst du denn hier? Was, wenn Bob dich sieht? Du willst doch nicht etwa deinen Job zurückhaben?«

»Nein, nein. Keine Angst. Es geht um was ganz anderes.«

»Na dann, schieß los. Ich habe nur ein paar Minuten. Bob … du weißt ja.«

»Klar. Wie könnte ich Bob vergessen? Hör zu, Henry. Ich habe hier was. Von meiner Tante Uli. Für dich.«

»Echt? Das ist ja lieb. Hat sie ein Päckchen geschickt oder so?«

»So ähnlich.« Josh zog die zusammengefaltete Pop-Tarts-Tüte aus der Tasche und reichte es Henry. Dabei schaute er sich kurz um. Irritiert nahm Henry das Tütchen entgegen, das wie Abfall wirkte.

»Was ist das denn?«

»Schau rein!«

Henry tat, wie ihm geheißen.

»Aber … Das ist ja … Sind das …? Ich meine, sind die echt?«

»Ja. Sind sie.«

»Aber. Das geht doch nicht. Das kann nicht dein Ernst sein. Also ich meine Ulis Ernst. Das geht doch nicht.«

Henry fuhr sanft mit dem Finger über die Diamanten, die nun auf seiner Handfläche lagen und im Licht der Scheinwerfer in der Warenanlieferung funkelten. Er schaute von den Diamanten zu Josh auf, der lächelte. Dann ließ er die Steinchen wieder in das Tütchen gleiten und hielt es Josh hin.

»Das geht nicht. Wirklich. Ich kann das nicht annehmen. Die sind doch sicher ein Vermögen wert.«

»Sind sie. Und doch. Also natürlich kannst du sie annehmen. Meine Tante Uli ist so was wie ein hohes Tier in Kirgistan. Sie kann sich das problemlos leisten. Du brauchst keine Bedenken zu haben. Wirklich nicht. Und es ist auch alles vollkommen legal. Ehrenwort.« Josh berührte Henry, der ihm noch immer das Tütchen entgegenstreckte, am Arm.

»Echt jetzt, Henry. Nimm sie. Frag deinen Bruder, ob er jemanden kennt, der sie umtauschen kann.«

»Aber …«

»Uli stellt nur eine Bedingung.«

»Eine Bedingung?« Henry schaute skeptisch.

»Du sollst Kunst studieren.«

»Ich weiß nicht, was ich sagen soll«, sagte Henry und hatte plötzlich Tränen in den Augen.

»Sag einfach gar nichts. Schreib‘ ihr eine Danksagungskarte, wenn du am College eingeschrieben bist. Dann freut sie sich.«

»Das mache ich auf jeden Fall«, sagte Henry, zog die Nase hoch und umarmte dann Josh kurz und heftig.

In dem Moment öffnete sich die Tür hinter Henry. Bob streckte seinen Kopf heraus und sein suchender Blick verwandelte sich innerhalb einer Sekunde in ein hasserfülltes Grinsen.

»Henry, du Nichtsnutz! Was soll das? Was macht ihr da, ihr Schwuchteln? Du bist zu spät! Ich ziehe dir 15 Minuten von deiner Zeit ab! Und was machst du hier, John? Willst du deinen jämmerlichen Job zurück, du Versager? Das kannst du vergessen.«

Henry löste die Umarmung und drehte sich ganz langsam zu Bob um. Er schaute ihn ein paar Sekunden lang an und sagte dann ganz ruhig:

»Bob. Sie können sich Ihre 15 Minuten, ihr Gebrüll und Ihre jämmerlichen Jobs sonst wohin schieben. Sie sind der mieseste Boss, den ich je hatte. Ich kündige.«

»Das geht nicht. Du kannst nicht kündigen! Ich lasse meine Beziehungen spielen. Niemand wird dich einstellen!« Bob lief hochrot an und verschluckte sich schließlich an seinen bösartigen Worten. Während er hustete, drehte sich Henry wieder zu Josh um und die beiden verließen gemächlichen Schrittes das Gelände des Walmarts.

»Wie wäre es mit Eiscreme?«, fragte Henry.

»Eine hervorragende Idee«, sagte Josh.

»Sag mal, kommt deine Tante wirklich aus Kirgistan?«, fragte Henry schließlich.

»Ja. Irgendwie schon«, erwidert Josh. »Aber ich habe sie nie dort besucht.«

53

Knapp zwei Monate später wohnte Josh noch immer in seiner kleinen Wohnung, in der Hunderttausende von Dollar in Kleidern, zwischen Lebensmitteln und im Mobiliar versteckt waren. Er hatte die Miete ein halbes Jahr im Voraus gezahlt und sich dabei wie Krösus gefühlt. Irgendwie hatte er diese etwas lausige Wohnung liebgewonnen und er hatte noch immer Odiklus Worte im Ohr. So authentisch wie möglich, mit der schmierigen kleinen Wohnung und dem klapprigen Auto, hatte er gesagt.

Josh hatte sich angewöhnt, öfter mal in einem Restaurant zu essen und sich mehr Obst und Gemüse zu kaufen. Er hatte sich einen neuen Computer gekauft und ein paar Videospiele sowie eine Originalausgabe eines alten Flash-Gordon-Comics. Der Rest seines unerwarteten Reichtums war noch da. Er könnte wahrscheinlich bis zu seinem Lebensende mit dem Geld auskommen, wenn er genügsam blieb und es keine verheerende Inflation gab.

Er hatte fest vor, sich in das Thema Aktien einzulesen, aber vorerst hatte er es bei dem Vorhaben belassen und sich von den Strapazen des Einsatzes als Reiseleiter ausgiebig erholt.

Da ertönte plötzlich ein summendes Geräusch, das Josh nicht zuordnen konnte. Eine Fehlfunktion der Waschmaschine? Ein Telefon in einer Nachbarwohnung? Moment. Das kam vom Couchtisch. Josh schob ein paar Comics und einen Pizzakarton zur Seite und starrte auf den kleinen blauen Ball, der sanft vibrierte.

Hastig hob er ihn auf. Verdammt. Wie war das nochmal? Er suchte die glatte Oberfläche nach einem Schalter oder Knopf ab. Dann erinnerte er sich und hielt den Ball in beiden Händen. Als er auf beiden Seiten sanft Druck ausübte, öffnete sich ein schmaler Spalt in der Kugel.

»Hallo?«, sagte Josh vorsichtig, als könne er das Gerät durch ein zu lautes Geräusch kaputt machen.

»Hallo Josh! Hier ist Odi«, sagte der Angrodaner unnötigerweise.

»Das habe ich mir schon gedacht«, antwortete Josh.

»Ich habe großartige Neuigkeiten. Es ist der Hammer. Die Anzeige in der Intergalactic Times ist sogar noch effektiver als die in der International News. Ich hatte ja schon mehrere Interessenten, aber jetzt will jemand wirklich buchen. Ein vornehmer Herr aus der Hauptstadt. Sein Name ist Gorondlu. Er will auf die Erde kommen. Für zwei Wochen. Also zwei von deinen Wochen. Was sagst du dazu?«

»Ehm«, sagte Josh vorsichtig. »Großartig?«, schlug er vor.

»In der Tat. Das ist großartig. Ich wusste, dass du dich freust. Hör zu. Du musst mit den Vorbereitungen beginnen. Gorondlu will, wenn es geht, einen japanesischen Sumoringerkampf sehen.«

»Japanisch«, korrigierte Josh.

»Genau. Sag ich doch«, sagte Odiklu, »und er will Pinguine sehen. Am besten irgendwo, wo es auch ordentlich kalt ist. Wir müssen Schutzkleidung auftreiben. Kälteanzüge in großen Größen. Das gibt es ja bei euch sicher. Er will Zuckerwatte essen, Skifahren, auf eine Party mit nackten Erdenbewohnern gehen und ein Straußenrennen sehen.«

»Ein Straußenrennen?«, fragte Josh nach. Das war weniger illegal als ein Hahnenkampf, aber möglicherweise in Las Vegas schwierig aufzutreiben.

»Ja. Du weißt doch, was ein Straußenrennen ist?«

»Ja, schon …«

»Dann ist ja alles in Senf!« Josh konnte Odiklus Grinsen durch den Apparat förmlich hören.

»Ach, Josh?«

»Ja?«

»Gibt es eventuell die Möglichkeit, dass Gorondlu an einem Geburtsvorbereitungskurs teilnimmt?«

»Ehm … ich werde mich mal erkundigen.«

ENDE

Mehr von dieser Reihe

Teil 2

Earthventure in Fern Ost
Beatrice Sonntag

Erscheint 10. Februar 2026

Teil 3

Earthventure auf Angrodan: Der Gegenbesuch
Beatrice Sonntag

Erscheint 30. Juni 2026

Mehr entdecken

Die Schatten der Solaren Union
Eryx Vail

Nach den Neuwahlen herrscht Katerstimmung in der Solaren Union. Die neue Vizepräsidentin Selena Veyra muss sich nicht nur mit ihrem ehemaligen Widersacher, dem populistischen Präsidenten Julius Marek, herumschlagen, sondern auch noch eine Naturkatastrophe auf dem Mars und Aufstände auf den Saturnmonden bewältigen. Schon bald droht die fragile Koalition zu zerbrechen – und damit die gesamte Solare Union ins Chaos zu stürzen.

Ein fesselnder Near-Future-Thriller über Täuschung, Liebe, Verrat – und den Preis, den man für seine Überzeugungen zu zahlen bereit ist.